신장기룡

최약무패의

룡

"역시 남성이 없는
여자만의 학원은, 좋네요."

하고, 무심코 소리치고 말았다.
어두컴컴해서 잘 보이지 않았지만,
소녀의 상반신은, 알몸이었다.

신장기룡
《린드부름》의 특수무

라이트닝 랜스
-《뇌광천창(雷光穿槍)

CONTENTS

UNDEFEATED
BAHAMUT
CHRONICLE

© 2013 Ayumu Kasuga

신장기룡

최약무패의

바하무트

3

아카츠키 센리 지음
카스가 아유무 일러스트
원성민 옮김

Character

룩스 아카디아

멸망한 아카디아 제국의 왕자.
『무패의 최약』이라고 불리는 기룡사.

리즈샤르테 아티스마타

아티스마타 신왕국의 왕녀. 붉은 전희(戰姬)라고 불린다.
신장기룡《티아마트》의 파일럿.

피르히 아인그람

아인그람 재벌의 차녀. 룩스의 소꿉친구이며 학원장의 여동생.
신장기룡《티폰》의 파일럿.

크루루시퍼 에인폴크

북쪽의 대국, 유미르 교국에서 온 유학생 클래스메이트
신장기룡《파프니르》의 파일럿.

아이리 아카디아

구제국 황족의 생존자.
1학년이며 룩스의 친여동생.

녹트 리플렛

아이리의 룸메이트 소녀. 1학년.
학원의 명물 삼인조인 『삼화음(三和音)』의 일원.

샤리스 발트시프트

학원의 유명한 삼인조 『삼화음』의 리더.
부친은 신왕국군의 부사령관을 맡고 있다.

렐리 아인그람

왕립 사관 학원의 학원장. 피르히의 언니.

World

장갑기룡《드래곤 라이드》

유적에서 발굴된 고대병기.
그중에서도 희소종이며, 높은 성능을 보유한 것은 신장기룡이라고 부른다.
또한, 장갑기룡의 파일럿은 기룡사《드래곤 나이트》라고 부른다.

성채도시《크로스 피드》

아티스마타 신왕국의 방위거점으로서 왕도와 유적《루인》의 사이에 있는 도시.

왕립 사관 학원《아카데미》

성채도시에 있는 기룡사《드래곤 나이트》 사관후보생의 학원.
귀족 자녀들이 다닌다.

유적《루인》

전 세계에서 발견된 일곱 개의 고대유적. 장갑기룡《드래곤 라이드》이 발굴된 이후, 국력을 좌우하는 중요한 거점으로써 각국 간에 세력 다툼이 일어나고 있다.

환신수《어비스》

유적에서 나타나는 수수께끼의 환수. 인류를 위협하는 존재이며, 기룡사만이 대항할 수 있다.

『검은 영웅』

정체불명의 장갑기룡《드래곤 라이드》을 사용하여 단신으로 약 1,200기에 달하는 제국 장갑기룡을 쓰러뜨렸다고 하는 전설의 영웅.

아티스마타 신왕국

리즈샤르테의 아버지인 아티스마타 백작이 아카디아 제국에 대항하여 일으킨 쿠데타에 의해 5년 전에 건국된 나라.

아카디아 구제국

세계의 5분의 1을 지배했던 대국. 세계최강이라고 일컬어지던 압도적인 군사력을 바탕으로 압정을 펼쳤으나, 쿠데타로 인해 멸망하였다.
룩스와 아이리는, 이 제국 황족의 생존자.

　그 두 사람은 세계를 내려다보고 있었다.

　새벽 어스름에 감싸인 구형의 무기질적인 넓은 공간.

　벽면은 무수한 틀이 있었고, 그곳에는 마을과 숲과 광대한 대지가 작은 창문처럼 비치고 있다.

　그러한 모든 경치를 담은 기계로 된 전망실에, 두 사람의 남녀가 앉아있었다.

　한 사람은 단정한 얼굴의, 은발 청년.

　황금 자수가 들어간 우아한 망토를 걸친 그 남자는, 왕족이 지닌 위용과 겉으로 드러나는 칼날 같은 살기를 두르고 있었다.

　"하나만, 질문을 해도 괜찮은지요?"

　"—싫다, 라고 대답하면 어쩔 건가. 쓸데없는 사족을 붙이는 건 직업병인가? 미스시스 V 엑스퍼."

　놀리는 듯한, 혹은 비웃는 듯한 웃음을 보이며 청년은 뒤를 돌아보았다.

　순백과 짙은 감색이 섞인 시녀복을 걸친 묘령의 여성이 마치 그림자처럼 오도카니 서 있었다.

주인을 따르고 모시는, 그 역할에 투철한 의지를 명확하게 드러내면서도 일말의 틈이나 해이함을 보이지 않는, 강철의 시녀.

그 아름다운 얼굴에 감정은 없었고, 그저 조용히 청년을 응시하고 있었다.

"어째서, 당신은 신장기룡을 그들에게 맡기셨는지요? 예의 목적을 위해서라고는 하나 후일을 생각하면 언젠가 적대할 그들에게 전력을 쥐어 주는 것은, 좋은 생각이 아니라고 판단합니다만."

담담한 어조로 미스시스라 불린 여성은 그렇게 조용히 물어보았다.

청년은 그 질문에 코웃음을 친 다음 조용히 턱을 들어올리며 미스시스에게 시선을 던졌다.

"『용사』라는 존재는, 어디서 온다고 생각한? 미스시스여."

"……. 말씀의 의미를 잘 모르겠사옵니다만."

아주 잠깐 머뭇댄 뒤, 그녀가 그렇게 대답하자 청년은 웃었다.

"너는 영웅담을 읽어본 기억이 없는 거냐? 옛날이야기라도 좋다. 선량한 백성이나 공주를 구하고, 악한 마물이나 지배자를 물리치는 용사 말이다. 이야기속이 아니라 이 현세에서, 그들은 어디서 태어날까?

"……그 시대의 권력자가 준비한다. ―라는 것이옵니까? 『용사』라는, 적과 싸우며 정의를 자칭하는 역할을 짊어진 존재를."

미스시스의 말에 청녀는 살짝 실눈을 뜨며 입꼬리를 끌어올렸다.

"아니다, 미스시스. 『용사』라는 건, 민중이다."

"민중…… 입니까?"

미스시스는 의문을 표정이나 행동에 나타내지 않고, 그저 다시 질문을 돌려주었다.

"그래, 미스시스여. 잠들어 있던 너는 모르겠지만, 이 세계의 태반은 그렇게 되어있다. 좋아서 대의를 위해 싸우기 시작한 용사 따위는 없어. 사람도 동물도, 위험을 무릅써야 하는 싸움보다는, 눈앞의 푼돈에 매달려서 사는 법이지. 기사도 영주가 주는 녹봉이 끊기면 입에 풀칠을 하기 위해 강도로 전락하기 마련이다. 그것이 인간의― 생물의 본능이라는 거다."

"그렇다면……."

"그렇다면, 무엇이 그들을 싸움으로 내모는 걸까? 대의? 정의감? 사명감? ……아니, 그런 자기희생 정신 따위로 놈들은…… 민중은 결코 움직이지 않는다."

"……."

미스시스가 아주 약하게 숨을 들이쉬는 소리가 들렸다.

"놈들을 움직이는 건, 항상 『자기보신』이다. 그렇다면, 아무것도 가지지 못한 놈들에게 마법을 걸어주면 돼. 장갑기룡이라는 강대한 병기를 선사하고, 보물이 잠든 유적의 장소를 알려주고, 환신수라는 적을 보여주고, 그리고 마지막으로 승리의 맛만 일깨워주면, 녀석들은 차례차례— **자신의 이익**을 지키기 위해 움직이며, 스스로 『용사』라는 어리석은 존재로 전락한다."

한 번 말을 끊고 은발 청년은 일어섰다.

무수한 광경을 비추는 기계의 창문을 바라보며, 불현듯 입가에 웃음을 띄웠다.

"우리가 모든 유적을 열려면 『용사』들이 필요하지. 신장기룡을 준 이유는 그 이상도, 그 이하도 아니야. 지금부터 각국의 분쟁은 더욱 격화되겠지. 시녀장인 너도, 언젠가 움직여야 할 때가 올 거다."

"말씀은 이해했습니다. 하오나 그렇게 된다면, 당신께서 생각하시기엔 이 세계에 『영웅』 같은 것은, 처음부터 존재하지 않는다는 것이옵니까?"

미스시스의 물음에 지금까지 가식적인 미소를 머금고 있던 청년의 분위기가 변했다.

잿빛의— 광기로 뒤덮인 두 눈을 부라리며 중얼거렸다.

"—아니, 그건 아니야."

아주 잠시 말을 고르고서, 남자는 흉악하게 웃어 보였다.

"……나는 예외지. 단 하나의 예외. 나만은— 누가 뭐래도 틀림없는 진짜 영웅이다, 미스시스. **그 녀석들**과는 다르게 말이지."

"……."

그렇게 고하는 동시에 은발 청년은 전망실 밖으로 걸어나 갔다.

"슬슬 다음 수를 내놓을까. 그 제3 황녀님께 사신(使臣)을 보내라, 미스시스."

"알겠사옵니다."

시녀는 공손하게 머리를 숙인 뒤, 청년이 나간 문을 닫았다.

손가락으로 책상 위를 건드려 방에 있는 기계를 제어하며, 미스시스는 조용히 중얼거렸다.

"……당신은 정말로 그렇게 생각하고 계신 겁니까. 후길."

Episode 1 최강의 귀환

"으으……. 오늘은 쌀쌀하네……."

유적 조사권을 건 국외 대항전과 그 대표자를 선출하는 교내 선발전의 개최일이 며칠 뒤로 다가왔다.

기룡사로서 솜씨를 발휘할 수 있는 최대의 행사에, 고양감과 비슷한 긴장이 학원 내에 가득했다.

그런 날 밤, 룩스는 학원 부지 내— 여자 기숙사 근처의 안뜰을 걷고 있었다.

별도 보이지 않는 암흑 속, 기숙사에서 새어나오는 램프 빛만이 포석을 흐릿하게 비추고 있었다.

여자 기숙사가 있는 왕립 사관 학원은, 이미 정문이 닫혀 있다.

성채 도시에 존재하는 기룡사 육성기관인 이 장소는, 방위거점으로써도 중요한 장소이기 때문에 전속 위병까지 포함하여 철통같은 경비가 이루어지고 있었다.

하지만 그렇다 해도 침입이나 훔쳐보기를 시도하는 부외자는 끊이질 않았다.

꽃다운 귀족 영애들이 다니며, 게다가 장갑기룡이라는 엄청난 병기가 잠든 이 학원은, 나쁜 짓을 저지르려는 인간들에겐 이른바 보물창고 같은 것이니까.

그래서 학원의 명물인 삼화음^{트라이어드}이라 불리는 소녀들이, 지금까지는 자발적으로 부지 내의 순찰 등을 해왔지만, 오늘 밤은 의뢰를 받아 룩스도 순찰에 참가한 것이다.

'그것뿐이라면, 별 문제 없었을 테지만. 어째서 이런—.'

그렇게 룩스가 지금 상황에 뺨을 붉게 물들이자.

"어라, 너— 못 보던 얼굴이네? 설마……."

"앗……? 아, 그게, 그러니까—."

때마침 여자 기숙사 앞에 있던 실내복 차림의 클래스메이트가 말을 걸어서 무심코 놀란 목소리를 내고 말았다.

'드, 들킨건가?! 이를 어쩌지! 이런 모습이 알려진다면, 내일부터 반에서 웃음거리가—?!'

"전학생이지? 이 시간에 웬일이니?"

"엇……?!"

눈앞의 소녀가 꺼낸 진지한 질문에, 룩스의 마음속에서 깊은 갈등이 일어났다.

몇 초 정도 망설인 뒤, 룩스는 속이기로 각오했다.

"마, 맞습니다. 그, 그러니까…… 학원장님께서 부르셔서, 특별히—."

"흐응. 뭐, 같은 반이 되면 잘 부탁할게. 응— 나로서는 아예 네가 남자애였으면 했는데 말이지. 뭐, 이 학원에서는 있을 수 없는 일이겠지만."

얼굴을 가져다 대며 빤히 룩스의 얼굴을 바라본 뒤, 그녀는 쓴웃음을 지었다.

'여, 역시 들켰어?!'

룩스가 한순간 흠칫 놀랐을 때.

"그치만 너, 무진장 예쁜걸. 우리 학원은 예쁘장한 애가 많긴 하지만, 그중에서도 톱 클래스가 아니려나. 아— 싫다 싫어. 또 라이벌이 늘어나다니."

어깨를 으쓱하며, 다소 과장된 모습으로 소녀는 한숨을 내쉬었다.

"라, 라이벌이라뇨……?"

"그러니까, 우리 반의 룩스 군을 노리는 라이벌 말이야. 이 학원에는 남자애가 딱 한 명 있거든. 주위에는 엄청 예쁜 애들이 있어서 전혀 손을 댈 수가 없다구. 너처럼 예쁜 애가 남자애였다면, 조금은 인기도 분산돼서 내가 룩스 군 — 그 남자애랑 이야기할 수 있는 기회가 조금은 늘어나지 않겠니—."

사랑스러운 입술을 삐죽 내밀며 소녀는 그런 말을 했다.

"아, 아하하……."

대화 상대가 되어준 **룩스**는, 쓴웃음을 지을 수밖에 없었다.

"그럼, 잘 자렴. ······맞다! 최근 우리 부지 주변에 남자 변태 같은 게 나온다는 것 같으니까, 조심해. 너처럼 예쁜 애는 가장 먼저 먹잇감이 될거야."

"······네, 네에. 조심할게요."

어색하게 손을 흔들며 룩스는 곤란한 듯 미소 지었다.

기숙사 안으로 돌아가는 소녀의 뒷모습과 발소리가 그 자리에서 완전히 사라졌을 때―

"―아니, 어째서 아무도 눈치 못 채는 거야?!"

룩스는 **여학생 모습으로** 자기도 모르게 소리 치고 말았다.

이 모습을 시작한 뒤로 이미 다섯 명의 여학생과 만났지만, 단 한 명도 룩스라고 알아차린 소녀는 없었다.

······뭐, 무리도 아니라고 생각하긴 한다.

밤색 긴 머리 가발을 쓰고 여자 교복을 입었을 뿐이지만, 거울을 보고서 룩스 자신도 눈을 의심했을 정도다.

하지만, 그래도.

"아, 아무리 그래도 클래스메이트 상대로는 들킬 거라고 생각했는데······."

여장 문제를 의심받지 않은 건 다행이었지만, 몹시 복잡한 기분이었다.

"하아······."

작게 한숨을 쉬고서 룩스는 의뢰를 계속하기 위해 학원 부지를 돌아다니기 시작했다.

　'저, 정말로 이거, 필요했던 걸까……?'

　스커트 밑단을 살짝 붙잡고, 그런 생각을 하며 룩스는 바로 조금 전에 있었던 일을 떠올렸다.

†

　"그러니까……. 학원 부지 내의 경비 의뢰— 인겁니까?"

　그날 방과 후, 룩스는 소녀 친구들에게 불려, 『어떤 의뢰』에 대해 상담하고 있었다.

　늠름한 리더 격 3학년, 샤리스. 쾌활한 성격의 동급생, 티르파. 그리고 여동생 아이리의 친구이기도 한 냉정한 소녀, 녹트.

　학원에서 자경단을 만들었고, 그밖에도 다양한 소란을 일으키는 명물 삼인조인 트라이어드의 의뢰는, 뜻밖에도 진지한 이야기였다.

　"맞아맞아—. 학원 경비 같은 건, 사실 위병들이 해야 할 일인데 말이지. 그것만으로는 손길이 미치지 않는 일도 있거든."

　티르파가 그렇게 팔짱을 끼고 근심어린 표정을 보이자, 옆에 있던 녹트도 고개를 끄덕였다.

"Yes. 그들에게도 생활이 있으니, 날이 저문 뒤에도 계속 ─ 하게 놔둘 수도 없죠."

"특히 밤의 부지 안이나 여자 기숙사 주위는 우리 트라이어드가 자발적으로 해왔다만, 요 근래의 정세를 생각하면 일손이 좀 더 있었으면 하는 참이거든."

샤리스가 그렇게 정리하며 룩스에게 다가왔다.

"그런고로 룩스 군. 가능하다면 오늘부터 당분간 너도 참가해달라고, 이렇게 고개를 숙이러 왔다는 거다. 학원의 평화를 지키기 위해, 우리의 힘이 되어주지 않겠나?"

그녀는 다소 과장된 몸짓으로 부탁했다.

'여전히 착실한 건지, 털털한 건지, 잘 알 수 없는 사람이야……'

룩스는 내심 쓸쓸하게 웃으면서도 당연하다는 듯 수긍했다.

"알겠습니다. 저라도 괜찮다면, 거들어드릴게요."

그렇게 웃는 얼굴로 응해주자.

"고맙다. 역시 우리 학원의 왕자로군."

"Yes. 역시 룩스 씨입니다. 저도 예의를 표하겠습니다."

"이야 ─ 역시 루크찌야. 잘됐네, 잘됐어."

예를 표하는 샤리스를 따라 녹트도 가볍게 고개를 숙였고, 티르파는 미소를 보였다.

"아뇨, 이런 잡일이라면 큰 환영인데요 ─."

잡일.

폭정을 펼쳤던 구제국 황족의 생존자인 죄인 룩스가, 은사를 받아 석방되며 주어진 의무.

어떤 국민에게든 잡일 의뢰를 받으라는 그 계약은, 이 학원에 편입한 뒤에도 관계자나 학생들의 잡일을 책임지는 형태로 계속하고 있었지만—.

'다들, 이상한 의뢰만 한단 말이지……'

룩스는 그 내용을 떠올리며 쓰게 웃었다.

쇼핑 보조나 방 청소정도라면, 아직 나은 편이다.

학원 유일의 남자인 룩스에게 흥미를 보이는 이곳의 영애들은, 농담인지 진담인지 터무니없는 의뢰를 해대는 경우도 드물지 않았다.

한시도 곁을 떠나지 말라는 전속 호위, 전신 마사지에 옷 갈아입기 보조. 게다가…… 목욕 시중이라는 내용을 봤을 때에는, 아무리 그래도 눈을 의심했을 정도였다.

그러니 이번처럼 제대로 된 의뢰에는, 솔직히 가슴을 쓸어내렸지만—.

"……저기, 이게 뭡니까?!"

그 의뢰를 준비하고자 연습장 대기실에 간 룩스는, 무심코 소리지르고 말았다.

트라이어드가 갈아입으라며 건네준 것은, 왠지 몰라도 여자용 교복이었다.

깔끔하게 손질된 블라우스와 스커트.

그리고 고가 장식품인 밤색 가발.

"그게 말이다. 학원장님께 부탁해서 특별히 준비해둔 거니까, 아무 부담 갖지 말고 입어도 괜찮다고?"

"그거 말고요! 제가 신경쓰고 있는 건 이걸 입수한 경로가 아니라…… 그러니까, 어째서 제가 이런, 여, ……여장 같은 걸—"

"룩스 군, 조금만 진정해다오. 이건 목적을 위해서다."

당황해서 허둥대는 룩스에게 샤리스는 자못 심각한 태도로 말했다.

"이번 경비는, 여자 기숙사 주위가 메인이다. 그리고 최근 학원 주위를 어슬렁거리며 엿보는 것이, 아무래도 남자 변태인 것 같더군."

그 정보에 대해서는 룩스도 교관에게서 주의를 받아 알고 있었다.

"네가 연약한 소녀 시늉을 하면, 방심한 변태의 틈을 찌를 수 있다. 경계당할 걱정도 없어지지. 다시 말해 미끼 역할이기도 하다. 이것도 전부 학원의 모두를 지키기 위해서다. ……이해해주겠나?"

"아, 알겠습니다……."

샤리스에게 떠밀려서, 룩스는 결국 고개를 끄덕였다.

그렇게까지 진지하게 부탁받으니 역시 거절할 순 없었다.

지금의 룩스에게도 이 학원은 소중한 장소다.

오랫동안 구제국의 압정과 남존여비 풍습에 고통을 받아왔음에도, 황족의 죄인인 자신을 받아들여준 학원의 소녀들.

그녀들을 지키기 위해서라면, 이정도 쯤—.

"그런가, 고맙다. 그렇다면 즉시 즐거운 옷 갈아입기 타임을 시작해 볼까? 왕자님."

"억⋯⋯?!"

샤리스가 씨익 웃음을 띄우며 룩스의 가슴에 손을 뻗었다.

그에 합류하는 것처럼 조용히 지켜보던 티르파도 교복을 손에 들었고, 녹트는 가방에서 향수와 빗을 꺼내들었다.

"그러엄, 옷 갈아입혀 줄게! 루크찌, 여자용 교복 입는 방법 모르잖아?"

"아, 아뇨⋯⋯! 혼자서 노력해볼 테니— 저기! 왜 다들 히죽히죽 웃고 있는 겁니까?!"

"No. 다른 의도는 없으니 안심하십시오. 샤리스나 티르파, 그리고 저도 딱히 의뢰하는 김에 당신의 여장 차림을 볼 수 있겠구나— 두근두근 같은, 그런 생각은 티끌만큼도 하지 않으니."

"전혀 신용할 수 없게 됐거든?!"

담담한 녹트의 대답에 룩스는 무심코 딴죽을 걸었다.

그러나 이미 저항은 불가능했다.

"네네~. 바로 벗어볼까? 루크찌. ⋯⋯룩순이?"

"룩스 군, 일단 여자용 속옷도 준비해왔다만?"

"그것만큼은 제발 참아주세요!"

마지막 선만큼은 가까스로 사수했지만, 수십 분 뒤에는 완전히 여학생 모습으로 변하고 말았다.

"우왁……?! 이, 이거, 생각보다, 되게—."

"Yes. 이렇게까지 어울릴 줄은, 솔직히 오산이었습니다."

"화, 화장은 역시 그만 둘까? 지, 지금 상태로도, 좀 과하다 싶을 정도인데……."

"……."

트라이어드의 세 사람이 각자의 소감을 말하고 있는 사이, 룩스는 감당할 수 없는 수치심에 거울 앞에서 굳어버렸다.

"안심해다오, 룩스 군. 지금 넌 누가 보더라도, 정말 아름다운 귀족 영애이니까."

"……전! 혀! 기쁘지 않습니다만!"

쾌활한 미소로 어깨에 손을 얹는 샤리스에게, 룩스는 울먹이며 소리쳤다.

†

그 후로 귀족 영애다운 걸음걸이나 간단한 몸짓만을 체크받은 뒤, 이렇게 부지 내 순찰에 참가하는 중이었지만, 지금으로선 그럴듯한 수상한 인물은 나타나지 않았다.

"사실, 부지 내까지 들어오지 않는 편이, 나한테는 좋지만—."

룩스는 이 모습을 또 강요하지나 않을까 하는 점이 걱정됐다.

특히 여동생 아이리나 친한 소녀들에게는 절대로 들키고 싶지 않았다.

"하지만, 정말 여러모로 조심하지 않으면—."

그렇다. 룩스는 얼마 전 일을 떠올렸다.

유미르 교국에서 온 유학생인 크루루시퍼를 둘러 싼 사건으로 신왕국 사대귀족의 적통, 발제리드 크로이처는 실각했다.

그가 뒤에서 온갖 악행을 저지른 것은 틀림없었지만, 발제리드에게는 아티스마타 신왕국을 구한다는, 중요한 사명이 주어질 예정이었던 것 같았다.

종언신수라는, 일곱 개의 유적에 한 마리씩 존재한다고 전해지는 최대최강의 환신수.

일찍이 아카디아 구제국이 그 라그나뢰크 한 마리를 유적에서 풀어놓고만 사실이 발각되어 헤이부르그 공화국에서 토벌 요청을 받고 있는 건이었다.

만약 요구를 거절한다면, 헤이부르그를 포함한 동맹 3국에서 외교적인 압력을 가할 것이 분명했다.

신왕국으로선 그것은 바람직하지 않은 상황이다.

그러나 라그나뢰크의 토벌은 보통 수단으로 해결할 수 있는 게 아니었다.

평범한 기룡사는 한데 뭉치더라도 감당할 도리가 없다고 기록되어있는, 신화급 괴물.

그 토벌 방법이나 부대 편성에 대하여, 왕도에서는 연일 군사 회의가 진행 중이라는 이야기는 리샤나 학원장인 렐리를 통해 이미 들은 바가 있었다.

『신왕국의 전력 중에 승산이 있는 사람이라면— 지금으로선 세리스티아밖에 없겠지.』

신왕국 공주인 리샤의 대답은 그랬다.

학원 3학년으로 최강이라는 이름을 내건 사대귀족 소녀.

그녀에게 군의 대부대 지휘를 맡겨서 싸우는 쪽이 가장 승산이 높다는 것이다.

토벌부대의 대장 후보였던 발제리드를 쓰러뜨리고 만 룩스로서는, 세리스에게 그 죄를 사과하고 협력을 제안하고 싶은 심정이었지만—.

'하지만 그 사람, 남자를 정말 싫어한다는 것 같으니.'

그녀의 무용(武勇)에 대해선 수도 없이 들어서 알고 있지만, 가장 큰 문제는 그것이었다.

현재 학원의 유일한 남자인 룩스의 존재를 1, 2학년에서는 받아들였고, 3학년에서는 묵인하고 있었지만, 세리스가 돌아오면 어떻게 될지 모른다.

그녀에게 협력 이야기를 꺼내기는 커녕 룩스가 학원에서 내쫓길 가능성도 제로는 아니었다.

'뭔가, 대책을 생각해야…….'

여자 기숙사 주위를 느긋하게 걸으며, 룩스가 그렇게 생각하고 있으니.

"……? 저건—."

시야 구석에서 미약한 위화감을 느낀 룩스는 경계심을 곤추세웠다.

뒷문 쪽 수풀. 화톳불 불빛이 닿지 않는 장소에, 사람 그림자를 본 듯한 기분이 들었다.

"……."

"—하여, 그렇게 생각했습니다."

룩스가 숨을 죽인 채 앞으로 나서자 뒷문 부근에서 목소리가 들려왔다.

'누구랑 대화하고 있어……? 이런 시간, 이런 장소에서?'

한순간 괴한에 관한 건이 뇌리를 스쳤지만, 이내 다른 것임을 룩스는 깨달았다.

영롱하게 울리는 목소리, 우아한 발음은 귀족 영애의 것이었다.

그래도 일단 확인을 해보고자 그쪽을 응시하니, 키가 큰 늘씬한 소녀의 옆모습이 시야에 날아들어왔다.

'어라……?'

익숙한 교복과 3학년임을 나타내는 청색 넥타이로 판단하면 선배 중 한 명임에 틀림없었지만, 뭔가 이상했다.

"—그래서 그때는, 저 혼자 왕도에 남는 쪽이 좋을 거라고 판단한 겁니다. 제가 생각하기에도 영단(英斷)이었다고 자부하고 있습니다만, 당신은 어떻게 생각하십니까?"

소녀는, 누군가와 이야기하고 있는 어조로 말을 하고 있었지만, 주위에는 아무도 보이지 않았다.

'……저게 뭐지?'

룩스가 그렇게 고개를 갸웃거렸을 때.

"야옹~."

작은 울음소리가, 소녀의 발 밑 언저리에서 들려왔다.

"하지만 내심, 누군가 함께 남아주겠다는 말을 꺼내주지 않을까 기대했던 겁니다. 하지만 남아주는 이는 아무도 없었지요…… 물론 그런 말을 꺼내는 사람이 있더라도 거절할 생각이었지만…… 아아, 가지 마세요! 이야기는 아직—."

당황한 모습으로 소녀가 손을 뻗었지만, 고양이는 그 자리에서 사라져 버렸다.

'엑, 길고양이한테 말을 거는 거였잖아! 심지어 달아났어……?!'

힘없이 고개를 떨군 소녀를 보다가, 이러고 있을 때가 아니라고 생각하며 룩스는 장소를 이동했다.

'그나저나, 멀리서 봤을 뿐이긴 해도 예쁜 사람이었지. —

으, 내가 지금 무슨 생각을!'

고개를 흔들어 잡념을 털어내고, 룩스는 그대로 순찰을 계속했다.

"응……?"

시야 구석에서 움직이는 인영을 포착했다.

숨죽이고 그것을 쫓아가자 익숙한 건물이 눈에 들어왔다.

'여긴, 도서관……?'

도착한 곳은, 교사에서 떨어져있는 학원 부지 내의 도서관.

당연히 해가 떨어진 지금은 문을 닫았고, 아무도 없을 텐데—

'어째서, 이런 장소에?'

룩스가 상황을 더 자세히 살피고자 발소리를 죽이고 다가가려 하자.

"—엇차, 조용히 해줬으면 좋겠는걸. 아가씨."

젊은 남성의 목소리가 갑자기 룩스의 등 뒤에서 들려왔다.

"……윽?!"

교관이나 순찰하는 위병이 아니다.

그들은 이미 업무가 끝나, 부지 밖 대기소에 있을 터였다.

그렇다는 건—

'이 녀석이, 소문의 괴한인가!'

룩스는 돌아서서 남자를 봤지만, 전혀 본 기억이 없는 외모였다.

얇은 암갈색 코트를 걸치고, 몹시 예리한 눈초리를 보이고 있었다.

"착한 아이로군. 그대로 움직이지 말라고? 난 아가씨를 다치게 할 생각은 없어. 몸값을 받을 때 가치가 내려가기도 하지만 무엇보다도, 미소녀에게 상처를 주는 건 내 성미에 맞지 않거든."

'이⋯⋯이 사람까지, 내 성별을 착각하고 있잖아?!'

애초에 그걸 위한 여장이었으니, 어떻게 보면 목적대로였지만, 룩스의 심경은 복잡했다.

"좋아. 그럼 천천히, 날 따라와 주겠지?"

그러나 변태— 아니, 유괴범으로 보이는 남자는 완전히 방심하고 있었다. 오른손에 나이프를 쥐고 있었지만, 룩스의 목덜미나 등에 들이대고 있진 않았다.

이대로 남자가 주의를 돌리기만 하면, 한순간의 틈에 붙잡는 건 가능하다.

그렇게 판단한 룩스가 우선 동향을 살펴보려고 하자—

"그건 인정할 수 없습니다. 제 판단은— 불허입니다."

투명하고 우아한 목소리가, 밤의 공기를 뒤흔들었다.

여장한 룩스와 수상한 남성에게서 약간 떨어진 위치.

그곳에는 어느 새인가, 조금 전 고양이와 이야기하고 있던 소녀가 서 있었다.

하얀 피부와 허리까지 내려오는 선명한 금발, 한없이 깊은 비취색 눈동자.

그리고, 터질 것만 같은 풍만한 가슴을 지닌 소녀.

단정함, 이라는 표현만으로는 어림도 없을 정도의 그 미모에도 눈길을 빼앗기긴 했지만, 룩스와 괴한의 움직임이 멈춘 이유는 그것만이 아니었다.

소녀의 몸에 감도는, 신비롭다고도 할 수 있는 초연한 분위기.

남들 위에 설 자격을 지니고 태어난, 귀족 소녀의 모습이었다.

"칼을 버리고, 그 소녀를 조용히 풀어줄 것을 허가합니다. 당신에게 거부권은 없습니다만."

몹시도 침착한 목소리의 경고가, 소녀의 입에서 나왔다.

살기나 분노 등의 감정은 느껴지지 않았고, 그 입가에는 잔잔한 미소가 어려있었다.

그 자리의 모든 것을 지배하는, 절대자의 여유가.

"……아쉽지만, 그 기대에 부응해줄 순 없겠는데."

수상한 남자는 다소 기죽은 목소리로 후퇴했다.

소녀가 지닌 전력(戰力)을 경계한 것은 아니었다. 아마도 본능적으로— 자신과의 『격의 차이』를 인정한 것이리라.

그러나 눈앞의 소녀에게 두려움을 느끼면서도, 수상한 남성은 저항했다.

룩스 뒤에서, 남자가 나이프를 쥔 손에 힘을 주는 게 느껴졌다.

"……어때? 먼저 그 허리에 차고 있는 무기부터 버려주겠나, 가슴 큰 아가씨."

스스로 고무하기 위해서인지 남자는 일부러 경박한 말을 섞으며 협박했다.

룩스를 인질로 삼아, 우선 무기를 빼앗고서 달아날 심산일 것이다.

"알겠습니다"

소녀가 살짝 뺨에 긴장을 풀며, 허리의 검대에 손을 댄 순간—.

"아픈 꼴을 보고 싶다, 라는 것이지요?"

벨트를 벗는 시늉을 하더니, 그것을 고속으로 뽑았다.

"앗……!"

소녀와 룩스와 괴한의 거리는, 어림잡아 7ml^{메르} 남짓으로, 아무리 생각해도 한순간에 좁힐 수 있는 거리는 아니다.

룩스조차 그렇게 판단했지만, 소녀는 완벽한 우위에 서 있었다.

괴한 남성이 보인 한순간의 틈을 놓치지 않고, 소녀는 단 한호흡만에, 뽑은 레이피어 형태의 기공각검^{소드 디바이스}을 남자의 목덜미에 들이대며 승부를 결정지었다.

"아닛……?!"

파지직! 하는 뇌명(雷鳴)과 동시에 소녀의 등 뒤가 빛나며 황금빛 기룡이 나타났다.

거기서 끝이 아니었다. 룩스와 남자가 놀라 눈을 깜빡이는 사이, 그녀의 반신을 장갑이 뒤덮었다.

영창이 없는 고속 기룡 소환, 속공을 위한 부분 접속.

일반적으로는 거의 불가능한 난이도의 기룡 조작술에 아연해하고 있는 사이—.

"무기를 버리는 것을 허가합니다. 이것이 최후의 경고입니다."

소녀는 위압감을 담은 냉소를 보이며 사실을 선언했다.

들이댄 레이피어는, 사이에 살가죽 한 장 만을 둔 채 남자의 목을 찔러서 송골송골 피가 배어나왔다.

"크……윽!"

괴한은 이마에서 땀을 흘리며 나이프를 풀밭 위에 버리고서 양손을 들어올렸다.

룩스가 그 틈에 괴한의 손에서 벗어나자, 키가 큰 소녀는 미소 지었다.

"다친 곳은 없나요?"

소녀는 남자에게서 시선을 떼지 않고 침착하게 물어보았다.

© 2013 Ayumu Kasuga

그 국면에 접어든 뒤, 이제 괴한이 달아날 길은 없었다.

룩스가 작은 안도의 한숨을 쉬었을 때, 데굴— 하고 무언가 발 밑으로 굴러왔다.

"⋯⋯?!"

달걀 정도의 구체가 펑! 하는 소리와 함께 터지며, 함께 일어난 하얀 연기가 시야를 차단했다.

"큭⋯⋯!"

괴한 남성이 달리는 소리가 들린 순간, 룩스는 불현듯 등 뒤에서 살기를 느꼈다.

"위험해!"

순간적으로 소녀의 등 앞을 가로막으며 양팔을 뻗었다.

그 직후, 날카로운 통증이 두 팔을 달렸고, 사방에 선혈이 튀었다.

"우윽⋯⋯!"

"괜찮나요?"

룩스가 감싼 소녀가 다시 검을 고쳐쥐고 앞에 나섰을 때, 하얀 연기가 걷혔다.

괴한의 모습은 이미 없었다.

그 자리에는 쌀쌀한 밤공기만이 남아있을 뿐.

"⋯⋯괜찮아요. 선배야말로, 다친 곳은—?"

"저는 무사합니다. 그보다, 어서 의무실로 가지요."

초연한 분위기의 소녀는, 처음으로 약간 초조함이 느껴지는 목소리로 룩스의 손을 잡았다.

그리고 지나가던 여학생에게 이 소식을 전해달라고 부탁한 다음 "스친 상처니까 괜찮습니다."라고 사양하는 룩스의 손을 이끌고 의무실로 향했다.

†

"아프지는 않나요?"

이미 근무시간이 끝난 여의사 대신에, 금발 소녀는 솜씨 좋게 룩스의 상처를 소독하고, 붕대를 감아주었다. 괴한이 던진 나이프에는 독이 묻어 있지 않았고, 상처가 얕은 것도 다행이었다.

괴한 사내는 붙잡지 못했지만, 지금은 삼화음이나 다른 기사단 소녀들이, 분담하여 쫓고 있는 모양이었다.

"괜찮아요. 감사합니다."

일단 안심한 룩스가 그렇게 감사의 뜻을 표하자,

"……."

금발 소녀는 아무 반응 없이 물끄러미 룩스의 얼굴을 들여다보았다.

'왜 저러는 걸까—? 헉, 망했다! 나 아직 여장한 채잖아?!'

룩스가 황급히 가발을 벗으려고 했을 때, 부드러운 감촉이 얼굴을 밀어붙였다.

"엑……?"

뭉클, 하는 부드러운 감촉과 질량.

그리고 사르락 가볍게 흔들리는 머리카락이 룩스의 얼굴을 간질였다.

"무슨……?!"

그 모든 것이, 눈앞의 소녀가 자신을 안았기 때문이라는 것을 깨닫고서 룩스는 머리가 새하얗게 변했다.

'어, 어째서 갑자기—?!'

룩스가 격렬한 혼란에 사로잡히자, 살짝 머리를 누르고 있던 두 팔이 멀어졌다.

"헛……?! 미, 미안해요. 당신이 너무나도 귀여워서— 그, 실례하고 말았습니다."

허둥지둥 바닥 구석으로 시선을 돌리며 소녀는 해명했다.

볼이 살짝 물든 모습을 보니, 꽤 당황하고 있는 것 같았다.

"아, 아뇨, 그 정도는—."

마찬가지로 두근대는 가슴을 누르며 룩스가 대답하자, 소녀는 그저 가볍게 미소 지었다.

"가, 가벼운 상처라 다행이군요. —하지만 조금 전과 같은 행동은 용인할 수 없습니다."

가볍게 꾸짖는 것처럼 말하며, 눈앞의 소녀는 훌쩍 의자에서 일어섰다.

"저는 당신들 후배를, 지키기 위해 있는 것이니까."

의연한 어조로 소녀는 딱 잘라 말했다.

그것은 이 소녀의 신념인 것일까. 룩스는 마음에 걸렸다.

조금 전 그녀의 몸놀림과 기룡 조작을 보는 한, 학원에서도 유수의 실력자라는 점은 분명했다.

그러나 같은 학생인 그녀에게, 위험한 일을 전부 맡길 수는 없었다.

"그래도 선배는 다치지 않으셨으니까, 다행이에요."

"……."

룩스가 자신의 본심을 말하자 소녀는 한순간 멈칫 하더니.

"―나쁜 아이였군요."

약간 상냥한 표정을 보여주고는.

"하지만, 그런 말을 들은 것은 처음입니다."

희미하게 뺨을 붉히며, 룩스의 손을 쥐었다.

그 손의 부드러움과 따스함에, 룩스는 자기도 모르게 가슴이 뛰었다.

"앗, 그, 그러고 보니―"

당황한 룩스가 불현듯 어떤 것을 떠올리고 말을 걸었다.

"선배, 혹시 조금 전 뒷문에서 무언가 하고 계시지 않았나요?"

"……?!"

그 질문에 소녀의 전신이 움찔 경직되더니, 초조한 표정을 보였다.

"보, 보고 있었습니까?! 당장 잊어버릴 것을 허가합니다! 그건 기분 탓입니다! 결단코 이야기 할 상대가 없었다든지, 그래서 그런 건 아닙니다."

"아……알겠습니다."

필사적인 태도를 보이는 게 제법 수상했지만, 깊이 파고 들지 않기로 했다.

분위기를 파악하는 것도, 잡일을 할 때에는 중요한 요소인 것이다.

"하지만 어느 틈에 그런 남자가 학원에 침입한 걸까요. 경비를 좀 더 강화해둘 필요가 있겠습니다."

"네, 네에—."

불현듯 소녀의 눈초리가 변하더니 말투에서 험악함이 느껴지기 시작했다.

"역시 남성은, 우리의 적입니다. 당신처럼 가련하고 상냥한 아이를 지키기 위해서도, 그들을 좀 더 이 학원에서 멀리하지 않으면—."

"저기요……?"

진지한 표정을 짓는 소녀에게 말을 걸자, 퍼뜩 놀라 등줄기를 쭉 펴며 룩스 쪽으로 고개를 돌렸다.

"미안해요. 벌써 취침 시간이군요. 기숙사로 돌아가지요."

그렇게 말하며 소녀는 룩스의 손을 붙잡은 채 의무실 밖으로 나섰다.

"그러고 보니, 당신의 얼굴을 처음 봅니다만, 전학생인가요?"

"아, 그러니까ー."

룩스가 반사적으로 자신의 이름을 대려고 했을 때.

"저는 금일부로 성채 도시에 귀환한, 세리스티아 라르그리스라고 합니다."

"……넵?!"

그 순간, 룩스는 심장이 멎는 것만 같았다.

'이 애가……?! 아니, 이 선배가, 학원 최강의 소녀ー?!'

사대귀족의 일원, 라르그리스 가의 장녀이며, 심한 남성혐오증으로 이름이 알려진 소녀.

부주의했다.

그 뛰어난 솜씨와 순혈 귀족을 연상케 하는 이 언행을 보고도, 지금껏 눈치채지 못한 것은 문제였다.

"……"

룩스가 굳어있자, 세리스티아는 진지한 눈길로 지그시 룩스의 얼굴을 들여다보았다.

"저는 세리스라고 불러주세요. 그리고 괜찮다면, 당신의 이름을 가르쳐주지 않겠습니까?"

"루……. 루, 루노, 라고 합니다. 그러니까ー 2학년이에요."

'……나는 대체 무슨 소릴 하는 걸까!'

이 자리에서 남자라는 사실을 밝히는 것에 위험을 느낀 룩스는, 순간적으로 그렇게 대답하고 말았다.

세리스티아는 지금까지 왕도에 출타 중이었지만, 유일한 남자로서 학원에 편입한 룩스에 대해서는 편지 등을 통해 알고 있을지도 몰랐기 때문이다.

"루노…… 인가요. 멋진 이름이군요."

그런 룩스의 불안 따위는 모르는 얼굴로, 세리스티아는 고개를 끄덕이며 미소 지었다.

"또 저의 이야기 상대가 되어주세요, 루노. 당신이 마음에 들었습니다."

세리스티아는 그 말을 남기고, 아쉬운 듯 룩스의 손을 놓고서 그대로 떠나갔다.

"……"

그녀의 뒷모습을 배웅하며 잠시 시간이 흐른 뒤.

"―아니 그보다, 이를 어쩌지?!"

여장한 채 그녀를 속였고, 그대로 헤어지고 말았다.

평소에는 교복으로 가려질 테니 팔의 상처로 들킬 일은 없을 테지만, 문제는 문제다.

"하지만…… 세리스 선배는―"

남성은 우리의 적입니다. 확실히 그렇게 말했다.

다음에, 남자인 룩스로서 다시 만났을 때, 어떤 일이 일어나는 걸까?

희미한 불안과 당혹을 가슴속에 품고, 룩스는 여장을 푼 뒤 트라이어드 소녀들을 찾기로 했다.

†

같은 시각, 학원 부지 외부.

인기척 없는 뒷골목 어둠 속에 한 쌍의 젊은 남녀가 있었다.

어딘가 위험한 기척이 감도는 그 두 사람은, 주위를 경계하며 잠복한 채, 조용히 말을 나누고 있었다.

"그나저나 우리도 운이 없구만. 하필 이 타이밍에, 학원 최강이 돌아오다니."

빨간 머리 사내가 고개를 내두르며 과장되게 어깨를 으쓱였다.

그리고 한 번 주위에 시선을 보낸 뒤, 정면에 있는 소녀에게로 돌아섰다.

"어이없는 건 이쪽이다. 무얼 위해서 경비를 돌파했다고 생각하는 거지?

"이보셔. 찾아내긴 킬리 쪽이 먼저 찾아냈다고. 그 연약해 보이는 여자애가 예리했던 거지. 평화에 찌든 아가씨 학원 따위는 바보취급 하고 있었는데, 이거야 원 인식을 수정할 필요가 있겠어."

"……흥."

마주보고 선 소녀는 불쾌한 듯 코웃음을 치며 남자에게 등을 돌렸다.

"상황이 바뀌었다면 하는 수 없지. 『암상인』이 보내는 지시는 내가 네게 전하마. 그때까지는 예정대로 킬리와 몸을 숨기고 있어. 이그니드."

"오케이, 대장."

남자는 미소를 보이며 끄덕인 뒤, 그 장소에서 자취를 감췄다.

"예정은 살짝 바뀌었지만…… 뭐, 좋아. 이것으로 마침내 우리의 숙원을 이룰 수 있게 됐으니."

남은 한 사람은 하늘을 올려다보았다.

별이 보이지 않는 밤하늘과 같은 어두운 색이, 소녀의 눈동자에 비치고 있었다.

Episode 2 학원생활과 그녀의 생각

"후아암……."

학원 안뜰에서 룩스가 하품을 하자, 양 옆의 소녀들이 키득 웃었다.

지금은 점심시간으로 점심 식사 도중이다.

각자 식사가 담긴 식판을 무릎 위에 두고, 반원을 그리듯 놓여있는 연석(緣石)에 나란히 걸터앉아 있었다.

룩스는 딱 소녀들에게 둘러싸인 형태로 있었다.

"이봐 룩스, 잠들기엔 아직 이른 시각이다. 피곤한 거냐?"

"네, 네에. 그냥 좀……."

룩스가 어색하게 대답하자, 오른쪽에 앉아있던 소녀는 더욱 얼굴을 가까이 가져왔다.

당찬 느낌의 진홍색 눈동자와 귀여운 금발 사이드 테일이 특징인 소녀─ 신왕국 왕녀인 리즈샤르테였다.

룩스가 학원에 입학하는 계기가 된 소녀이며, 지금은 전폭적인 신뢰를 보내주고 있는 믿음직한 공주님이다.

이미 허물이랄 게 없는 사이였지만, 어제 의뢰 건에 대해서는 아직 이야기하지 않았다.

　여장을 했다는 사실이 부끄러웠던 탓으로, 가능하다면 룩스와 트라이어드 소녀들 사이에 영원히 묻어두고 싶었다.

　"너무 무리는 하지 말아라. 네게는 그…… 나랑 지금부터 이것저것 해야 할 일이 있으니까. 최근에야 겨우 함께 있을 수 있는 시간도 늘어났으니……."

　어딘가 열띤 표정으로 리샤는 그렇게 중얼거렸다.

　얼마 전까지 어떤 의뢰를 우선적으로 수행해야 했던 탓인지, 잠시 외로움을 느낀 모양이다.

　"아, 걱정하지 마세요, 리샤 님. 저는 멀쩡하니까—."

　리샤는 약간 괴짜라고나 할까, 순진무구한 어린아이 같은 일면도 있지만, 솔직하게 자신에게 기대올 때는, 무척 귀엽다고 생각했다.

　게다가 그녀는 익숙하지 않은 왕녀로서의 책임을 다하기 위해 장갑기룡 기술자로서든 기룡사로서든 나날이 노력하고 있었다.

　그런 존경할만한 소녀에게, 룩스는 협력을 아낄 생각은 없었다.

　"어지간하면, 무리는 피하는 편이 좋아."

　그렇게 생각하고 있으니, 갑자기 그런 말이 들려왔다.

　"나도, 평소처럼 하고 싶은 일은 아주 많지만— 피곤하다면 하는 수 없겠지. 예의 개인과외, 시간을 조금 줄이는 편이 좋으려나?"

"어…… 그게, 아직 다른 학생들 진도까지 따라잡진 못했으니까, 오늘도 부탁드릴게요. 크루루시퍼 씨."

룩스의 왼쪽에 앉아있던 소녀가 서운한 눈길로 바라보자, 룩스는 급하게 좌우로 고개를 흔들었다.

첫눈을 떠오르게 하는 하얀 피부와 푸른 장발, 요정처럼 신비로운 아름다움을 지닌 소녀.

북쪽 대국 유미르의 백작 영애, 크루루시퍼 에인폴크는, 요즘 들어 부쩍 룩스와 사이가 좋아진 소녀다.

룩스는 10일 정도 전에 있었던 어떤 이벤트의 결과로 크루루시퍼에게서 『연인 역할』을 해달라는 의뢰를 받아, 그녀가 바라지 않는 약혼을 취소시키기 위해 싸웠다.

본디 그 건이 끝난 시점에서 임시 연인 관계도 끝나야 했지만─.

"아니면, 가끔은 공부를 내려놓고, 둘이서 어디 놀러 가 볼래?"

슬그머니, 크루루시퍼가 귓가에 입을 가져다 대며 간지럽히는 듯한 목소리를 냈다.

긴 머리카락에서 감도는 달콤한 향기가 룩스의 콧속을 간질였다.

"아, 아뇨─. 그래도 당분간은, 좀……."

등줄기를 움찔움찔 떨면서, 룩스는 얼굴을 빨갛게 물들

였다.

그 사건 이후로 크루루시퍼가 룩스에게 보이는 태도는 약간 달라졌다.

간단하게 말하자면 룩스를 곧잘 놀리는 것은 지금도 변하지 않았지만, 최근에는 그 장난에 『단순한 친구』가 아닌 진심이 섞여있는 것 같았다.

"그래? 아쉬운 걸. 그럼 또 다음 기회에, 다시 권해야 되겠네."

과외를 해줄 때 그녀가 살그머니 손을 포개는 경우도 있어서, 여자와 정식으로 사귀어본 적이 없는 룩스의 심장에는 상당히 좋지 않았다.

내심 룩스가 그렇게 가슴을 콩닥대고 있자—.

"이봐……! 둘이서 뭘 그리 속닥대고 있는 거냐!"

그 모습을 본 리샤는 불만스러운 목소리로 투덜거린 뒤, 다소 초조한 기색으로 화제를 전환했다.

"그런 것보다, 그 여자를 상대할 방법을 빨리 생각해야 하거늘—."

"그 여자……?"

"예의 공작 영애 말이다. 우리 기사단의 단장이며, 학원 최강의 3학년인 세리스티아가, 어젯밤 마침내 돌아왔다."

"아……."

리샤의 말에 룩스는 그 사실을 떠올렸다.

아무리 그래도, 여장한 상태로 이미 그녀와 만나고 말았다는 이야기는 꺼낼 수 없었지만.

"그러네. 확실히 그것도, 이야기해둬야만 하는 문제였지."

불현듯 크루루시퍼도 근심 어린 표정으로 동의했다.

"오전 중의 쉬는 시간을 이용해서, 이런저런 이야기를 물어봤더니―. 며칠 전부터 룩스 군을 학원에서 쫓아내자는 움직임이, 3학년 사이에서 일어나고 있는 모양이니까."

"엑……?!"

처음 듣는 정보에 룩스와 리샤는 무심코 반응했다.

"진짜야. 엄밀하게는 딱 한 명, 사니아라는 3학년이 다른 동급생을 부추긴 것 같지만."

"……"

그 이야기를 듣고, 룩스는 아무 말도 하지 않았다.

이제는 완전히 익숙해졌을 거라고 생각했지만, 룩스는 본디 이 여학원에 있을 수 없는 『남자』이니 그런 이야기가 나오는 건 필연일 것이다.

강한 남존여비 풍습을 밀어붙이던 구제국의 사상.

특히 귀족 남성에 대한 나쁜 인상은, 그리 쉽게 지울 수 있는 것이 아니다.

지금까지는 1, 2학년이 응원해준 덕분에 룩스를 잘 모르는 3학년들도 동향을 지켜보고 있었던 것 같지만, 그 사니아라는 소녀가 다시 룩스를 몰아내려 하는 것 같았다.

"뭐, 안심하거라. 신왕국 공주인 내 이름에 맹세코, 네 재학을 취소코자 하는 움직임은 반드시 막아내 보일 테니까."

룩스가 불안한 표정을 보이자, 리샤는 그렇게 말하며 체구가 작은 것 치고는 존재감이 느껴지는 가슴을 폈다.

"가, 감사합니다."

그 모습을 보고 룩스는 안도의 한숨을 쉬었다.

솔직한 심정으로, 룩스도 이 학원에 제법 애착을 느끼고 있었다.

또래 친구들이나 신뢰할 수 있는 전우는, 지금껏 자신이 가지지 못했던 것이다.

'허드렛일에 치여서 5년간 방랑하던 무렵에는, 이런 건 꿈도 못 꿨었는데 말이지⋯⋯.'

그런 생각에 잠긴 룩스는—.

"⋯⋯."

콕콕. 갑자기 살짝살짝 등을 찌르는 손가락을 느끼고 뒤를 돌아보았다.

"왜, 왜 그래⋯⋯? 피이."

분홍색 머리카락과 풍만한 가슴을 지닌, 어쩐지 종잡을 수 없는 분위기의 소녀.

룩스의 소꿉친구이기도 한 피르히는, 잠시 멍한 눈동자로 룩스를 바라보나 싶더니.

"잠깐⋯⋯?! 피르히?!"

눈앞에 소녀의 귀여운 얼굴이 가까워지자 룩스는 허둥댔다.

"윽……?!"

양 옆에 있던 리샤와 크루루시퍼도 놀라서 굳어버린 가운데, 홀쩍 피르히는 얼굴을 뗐다.

"피이라고, 부르랬지?"

피르히는 약간 뾰로통한 모습으로 중얼거렸다.

"그, 그 부분을 정정하는 거야?! 그, 그보다 지금, 왜 이마를—."

"루우. 오늘은 일찍 자자?"

"어, ……뭐?"

여전히 마이페이스 적인 말투로, 피르히는 그렇게 말했다.

어젯밤 순찰에 대해서는 트라이어드 소녀들 말고는 모를 터였지만, 룩스가 최근 지쳤다는 사실을 피르히는 눈치챈 것 같았다.

이마를 맞댄 것은, 만약을 위해 열이 있는지를 조사한 것이었다.

"아니 하지만, 나는 아직, 괜찮으니까—."

그렇게 평소 버릇대로 룩스가 허세를 부리려 하자.

"빨리 잠자리에 들지 않으면, 안되는 거 알지?"

피르히는 얼굴을 가까이 가져다 댄 채, 그렇게 밀어붙였다.

"저기……."

"내 말을 들어주지 않으면, 같은 침대에서 자버릴 거야."

"야⋯⋯?!"

피르히는 흐리멍덩하면서도 진지한 얼굴로, 나직하게 그런 말을 중얼거렸다.

그 발언에 리샤와 크루루시퍼의 눈빛이 돌변했다.

"이, 이봐, 룩스. 이게 대체 무슨 소리인 게냐? 가, 같이 잔다고—?!"

"그러고 보니, 그녀의 방에는 동거인이 없었지. 룩스 군, 설마—."

"아, 아닙니다! 그, 그러니까— 피르⋯⋯ 피이는 그러니까, 분명 낮잠 같은 뜻으로—!"

필사적으로 변명하며, 룩스는 자신의 부주의함을 저주했다.

피르히는 얌전하며 과묵하지만, 동시에 비교적 완고한 부분이 있다.

"아, 알겠다고 피이! 미안, 내가 나빴어! 오늘은 푹 잘게! 무리하지 않을 테니까!"

"응. 그렇게 해야 해?"

헉헉— 룩스는 거친 숨을 몰아쉬었다.

정말로, 이 마이페이스인 소꿉친구의 말에는 매번 놀라기만 한다.

그러나 분명, 이것은 피르히의 배려심일 것이다.

룩스가 옛날부터 쉽게 무리한다는 사실을, 이 소녀는 잘 알고 있는 것이다.

'지금까지, 걱정을 끼친 걸까?'

"뜨, 뜻밖의 강적이었군, 이 마이페이스 아가씨."

"그러게, 나도 쉽게 보고 있었지만, 수완이 제법 뛰어난 걸. 조심해야 하겠어."

"저, 저기요? 두 분 다 무슨 말씀을 하시는 겁니까?!"

소근소근 상담하는 리샤와 크루루시퍼를 향해 룩스는 허겁지겁 반응했다.

점심시간은 그런 평화로운 소동 속에서 지나갔다.

✝

그리고 모든 수업이 끝난 방과 후.

"후우……. 이것으로 오늘 일도 끝인가."

룩스는 평소처럼 학원 측과 학생들의 의뢰를 해결한 뒤, 기숙사 식당에서 한숨을 돌렸다.

피르히에게 지적받은 것처럼, 확실히 최근에는 조금 지쳤기 때문에, 수락한 잡일은 열 건으로, 평소에 비해 줄여두었다.

하지만 그것과는 별개로 룩스는 어제까지는 없었던 묘한 위화감을 느꼈다.

'—역시, 내 기분 탓이 아닐, 까…….'

관찰당하고 있다.

1, 2학년 여학생들과 교관의 시선은 변함없었다.

그러나 3학년 소녀들이 보내는 시선에는, 약간의 경계심이 섞여 있었다.

적의라고 할 정도까지는 아니었지만, 역시 세리스가 귀환한 영향이 3학년 사이에 퍼지고 있는 것이리라.

그런 것을 생각하며 룩스는 일단 사람들의 시선을 참으며 어떤 장소로 향했다.

"……"

학원 부지 내에 있는 장갑기룡 공방.
<small>드래곤 라이드 아틀리에</small>

벽돌로 지어진 커다란 건물 뒷문을 두드리며 "늦어서 죄송합니다."라고 말을 걸자, 조용히 문이 열렸다.

"좋아, 괜찮다. 들어와라."

얼굴을 내민 리샤를 따라 안으로 들어가자, 넓은 작업대를 테이블로 삼아 이미 여러 명의 소녀들이 그 자리에 모여 있었다.

"……이렇게 많이 모인겁니까? 아이리까지—."

공방의 소장인 리샤와 크루루시퍼, 피르히에 더하여 트라이어드 삼인조와 여동생 아이리까지 이미 공방 안에 있었다.

"제가 여기 있는 게 왜요? 오빠가 너무나도 위태로운 모습을 보이니, 걱정돼서 와 준 건데요."

약간 어이없는 것처럼 도끼눈을 뜨고 바라보자 룩스는 당황했다.

아이리는 학원에서는 문관 지망이며, 유적의 고문서를 해독하는 일을 하고 있다.

최근에는 지난번 유적 조사에서 획득한 새로운 문서의 해독작업에 들어갔는지, 그로 인해 바쁜 탓도 있어서 며칠 정도 얼굴을 보지 못했지만.

"그렇게 말씀하시니, 여러분께 그 일을 폭로하고 싶어지는 걸요."

룩스의 반응이 마음에 들지 않았는지, 아이리는 불쑥 그런 말을 꺼냈다.

"그, 그 일이라니, 설마……!"

"네에, 알고 있답니다? 저도 보고 싶었다고요. 오빠의……."

"잠깐, 하지 마?! 부탁이니까, 그것만큼은—!"

"다음부터는, 꼭 제게도 상담해 주시겠어요? 오빠."

어쩐지 음습한 미소를 보이며 속삭이는 아이리에게 고개를 끄덕이자, 그제야 여동생은 용서해주었다.

"그럼, 용서할게요."

급하게 아이리의 입을 막으려고 하는 룩스를 보며, 아무것도 모르는 리샤와 다른 소녀들은 다들 고개를 갸우뚱 했다.

"어, 어쩐지 신경 쓰이지만…… 뭐, 그건 나중에 묻기로 하고, 그보다 예의 건에 대해 얘기하지. 괜찮겠나?"

리샤가 화두를 꺼내자 그 자리의 전원이 끄덕였다.

"그럼 먼저, 우리가 오늘 『기사단』 멤버에게서 들은 이야기 이다만—."

그렇게 운을 떼며 오늘 세리스에 대하여 모은 정보를 한 사람씩 말하기 시작했다.

룩스에 대해서는 거의 소문 정도로밖에 모르는 3학년이지 만, 하급생들의 설득도 있어서인지 룩스의 편입 자체에는 그리 심한 거부감은 품고 있지 않았다.

그러나 남성을 혐오하는 세리스가 룩스를 쫓아내려고 한 다면, 그 경우에는 잠자코 그녀에게 찬동할 사람이 대다수 를 차지하는 모양이었다.

"즉, 우리 3학년이 어떻게 움직일지는 그녀의 의지에 달려 있다. 세리스가 룩스 군을 어떻게 생각하는 지가 관건, 이라 고 보면 되겠지."

그렇게 이 장소에서는 유일한 3학년인 샤리스가 이야기를 정리했다.

"Yes. 그렇다면 룩스 씨를 잘 아는 우리가 나서서 세리스 선배를 설득해봐야 하는지요?"

"아니. 아마도 그건 관두는 편이 좋을 거 같아."

녹트의 제안에 크루루시퍼는 조용히 고개를 저었다.

"지금까지 그녀는 늘 강한 신념을 따라 이 학원을 이끌어 왔어. 적어도 우리의 설득 정도로 흔들릴 정도라면, 애초에 이런 사태는 일어나지 않았을 거야."

"그 이전에, 루크찌를 지지하는 우리가 말해봐야 설득력이 있을 리가 없겠지만—."

티르파의 한숨에 "으음……." 하고 룩스를 편입시킨 장본인인 리샤가 신음했다.

결국은 그렇게 될 것이다.

룩스라는 개인이 아니라 『남자』라는 존재를 허용해야 하는가. 그것을 전교생에게 판단하도록 해야 하는가. 그런 방향으로 이야기가 움직이면 이쪽이 불리해질 게 틀림없다.

"……."

그러나 대안이 떠오르지 않는 것인지, 모두가 입을 다물고 있자.

"—그렇다면, 역시 오빠가 직접 노력하는 것 말고는, 없을지도 모르겠네요."

"응……?"

불현듯 아이리가 꺼낸 말에 룩스는 고개를 갸웃했다.

"과연, 그 수는 괜찮아 보이는군."

룩스가 멍하니 있자 샤리스도 팔짱을 낀 채로 고개를 주억거렸다.

"간단하게 말해서, 세리스가 너를 예외로 처리해준다면 그것으로 끝나는 거니까. 아무리 대의를 내건다 해도, 결국 인간이란 감정으로 움직이는 생물이지. 네가 세리스 본인

마음에만 들면 문제는 해결된다. ―그런고로, 이번에는 그 방향으로 논의를 해보는 게 어떨까?"

"아, 아니, 그것도 좀, 무리가 아닐까요―."

남성을 혐오하는 소녀의 환심을 살만한 방법을 떠올릴 수 있을 정도로 룩스는 여자아이에 익숙하지 않았다.

"그녀의 마음에 드는 방법인가……. 그렇군, 요전번 유적에서 발굴해서 들고 온, 새로운 장갑기룡의 부품을 준다든지―."

"너의 그 마니아적인 발상은 그만뒤주겠니……? 그런 걸로 기뻐할 여자애는 거의 없을 거야."

리샤의 발언에 크루루시퍼가 형언할 수 없는 얼굴로 딴죽을 걸었다.

"으극……?! 그, 그렇다면 너는 어떻게 할 생각이냐?!"

그렇게 작은 다툼이 벌어지려 하는 찰나에, 크루루시퍼는 룩스를 향해 돌아섰다.

"그러려면 먼저 룩스 군의 무기를 제시할 필요가 있어. 어때? 여자애를 기쁘게 해줄 수 있을만한 잡일 의뢰는, 지금까지 경험해본 적이 있나 모르겠네?"

"그러니까―."

몇 초 정도 생각해 보았지만, 슬프게도 떠오르는 게 없었다.

5년간 날품팔이 생활을 하며 의뢰인도 다양했고, 애초에 무언가를 깊게 파고들 수 있을 정도로 한 가지 일에 장기간 몰두해본 기억은 없다.

아무튼 지금까지 해온 모든 일을 종이에 적어보았더니.

"음─ 수제 액세서리 같은 건 어떠려나? 선물로 성의를 보여주면? 루크찌, 실전에 들어가기 전에 시험 삼아 나한테도 뭔가 만들어 줘도 괜찮아!"

"No. 자중해주십시오, 티르파. 그건 그저 당신이 룩스 씨에게서 선물을 받고 싶을 뿐이라고 판단됩니다."

들뜬 모습으로 나서는 티르파에게 한 학년 아래인 녹트가 냉정하게 딴죽을 걸었다.

"흐음. 위기에 처한 그녀를 구한다, 라는 방법도 있겠지. 남자를 제외하고 세리스가 껄끄러워 하는 건 룸메이트인 나도 잘 모른다만─. 좋아, 내가 주스에 술을 타서 그녀에게 먹일 테니까, 취한 그녀를 상냥하게 돌봐다오. 이렇게 그녀에게 빚을 만들면서, 그대로 갈 데까지 가버리기만 한다면─."

"저기, 우리가 전부 퇴학당할만한 계획은 좀……."

룩스가 땀을 삐질거리며 샤리스의 제안을 말리자.

"Yes. 애초에 그런 부류의 기술을 룩스 씨에게 요구하는건, 조금 가혹한 판단이 아닐까 싶습니다."

"그, 그야 뭐 맞는 말이긴 하지만, 상처받으니까 너무 그러지는 말라고!"

녹트의 의견에 공감하면서도 룩스는 수수하게 마음이 쓰라렸다.

"그러네. 내가 룩스 군에게 연인이 되어달라는 의뢰를 했을 때도, 시종일관 몹시 안절부절 못하는 느낌이었는걸. 도저히 연상인 세리스 씨를 상대로 능숙하게 리드할 수 있을 것 같진 않네."

"이제 그만 이 이야기는 좀 끝내면 안되겠습니까?!"

크루루시퍼까지 대못을 박자, 룩스는 완전히 녹다운당하고 말았다.

"미안해. 너를 놀려주는 게 조금 즐거워진 바람에."

"……."

평소의 쿨한 미소를 띄우며 소녀는 룩스를 바라보았다.

타국에서 온 유학생이라는 점 외에도, 어떤 사명과 비밀을 품고서 고독함을 느끼던 크루루시퍼를 생각하면 이는 무척이나 좋은 경향이었지만—.

'어정쩡한 나 같은 것보다 훨씬 귀족다운 사람이니까, 일방적으로 놀림받는단 말이지…….'

그렇게 룩스가 복잡한 얼굴을 하고 있자.

"피르히 씨, 당신 생각은 어떤가요?"

문득 생각난 것처럼, 아이리가 쿠키를 먹고 있던 피르히에게 말을 건넸다.

"응……."

짧게 몇 초 가량 고개를 갸웃거리던 피르히는 이윽고 입을 열었다.

"평범하게 하면, 되지 않으려나?"

너무나도 평범한 대답이 돌아오자 일동은 침묵했다.

"이 마이페이스 아가씨는, 지금까지 한 이야기를 듣기는 한 건가? 알겠나. 이대로라면 룩스는 학원에서 쫓겨나게—"

"아마도, 우리 언니가 그렇게 못하도록 할 테지만. 그러니까 우리는 루우가 퇴학당하길 바라지 않는다는 것을, 문제가 생겼을 때 말하면 될 거라고 봐."

피르히는 멍한 표정으로 담담하게 중얼거렸다.

그 대답에 다른 소녀들은 잠시 생각에 잠겼고.

"—그렇군요. 지금으로선 그 방법이 최선일지도 모르겠어요."

먼저 아이리가 수긍했다.

"3학년 사이에서 나쁜 소문을 퍼뜨리는 사람이 있다는 건 사실이지만, 그것은 사니아라는 사람뿐이고, 지금도 딱히 문제가 일어나고 있는 건 아니에요. 우리가 반응하고 시끄럽게 굴면, 오히려 대립을 심화시킬 뿐이겠죠."

"즉, 이미 룩스 군을 받아들인 1, 2학년의 의지를 통일하는 게 중요하다는 거구나."

크루루시퍼가 대답하고, 토론이 일단락되려 하는 순간.

쿵쿵, 갑자기 공방 문을 두드리는 소리가 들렸다.

"……무슨 일이냐? 나는 지금 바쁘다만."

"죄송해요. 룩스 군이 여기에 있나요?"

소장인 리샤가 문 너머로 대답하자, 학생인 듯한 소녀의 목소리가 돌아왔다.

"그, 그게요. 사감님께서 룩스 씨를 부르신 것 같습니다만—"

"녀석은 지금 내 의뢰를 수행중이다. 작업이 끝나면 전해 두마. 운이 좋으면 그쪽에 금방 갈 수 있을지도 모른다고, 사감에게 전해다오."

"알겠습니다—. 그러면, 저는 실례할게요."

"……."

일동이 의아한 얼굴로 소리를 죽이고 있자, 소녀의 발소리는 멀어져갔다.

"좀 신경질적으로 대응했나? 설령 룩스가 이곳에 있다는 게 밝혀져도, 『반대파』가 어떻게 해볼 도리도 없을 테고—"

리샤가 그렇게 중얼거렸지만, 뭐라고 할 말이 없었다.

"하지만 확실히— 자꾸 이렇게 은밀하게 행동하는 것도 위험하겠죠. 오늘은 이만 늦었으니 우선 해산하도록 할까요?"

아이리가 그렇게 정리하자 다들 동의하며 이 모임은 파하기로 했다.

"그러면 저 먼저 나가보겠습니다. 사감님께서도 저를 찾으셨으니. 그리고— 오늘 밤은 다들 저를 위해 이렇게 모여주셔서, 감사합니다."

끝으로 웃는 얼굴로 감사를 표하며, 룩스는 주위를 경계하며 공방을 나섰다.

"……."

룩스가 공방에서 떠나고 몇 분 뒤.

실내는 한동안 침묵으로 가득했지만, 이윽고 안쪽에 앉아 있던 리샤가 중얼거렸다.

"그, 그게…… 지금이니까 하는 말이다만. 룩스에게 세리스티아의 환심을 사도록 하는 방법은, 개인적으로는 그다지 선택하고 싶지 않다만—."

어딘지 초조한 것처럼 얼굴을 빨갛게 물들인 소녀를 보며.

"으, 으응, 그러네. 그녀의 남성 혐오증이 낫는 건 좋지만 — 서로 진짜로, 진심이 되지 말라는 법도 없으니까. 그렇게 되면— 곤란하지."

크루루시퍼도 미미하게 뺨을 물들이며 불쑥 말했다.

"하아, 곤란한 사람들이네요."

아이리는 그런 두 사람을 보며 작게 한숨을 쉬었고, 트라이어드 삼인조는 그 순간 흥미롭다는 미소를 지었다.

"과연, 그러니까 룩스 군은 『세리스를 리드할 수 없다』라고 말한 이유는, 그런 일이 일어나지 않기를 바랐기 때문이었나. 네게도 귀여운 구석이 있었군, 크루루시퍼."

히죽히죽 웃는 샤리스를 보며 크루루시퍼는 입을 다물었다.

"그럼, 남자애도 없어졌으니까, 가끔은 그런 쪽 이야기라도 해볼래? 꽤 재미있어 보이는데."

솔깃해서 반응하는 티르파를 보며 아이리는 짝, 가볍게 손뼉을 쳤다.

"오늘은 이만 해산입니다. 여러분, 제 오빠를 가지고 놀지 말아주세요."

다소 기가 막힌듯한 목소리와 함께 소녀들의 회합은 끝을 고했다.

†

"그나저나 급한 용건이라니 뭘까?"

공방을 나온 룩스는, 예의 여장용 세트가 담긴 가방을 들고 여자 기숙사 사감실로 향했다.

원래는 학원장 렐리가 있는 곳으로, 그대로 돌려주러 가려 했지만, 예정이 틀어지고 말았다.

그런 생각을 하며 룩스가 긴 복도를 걷고 있으니.

"죄, 죄송합니다. 잠깐 괜찮으세요?!"

긴 머리카락을 세 갈래로 땋아 묶은 소녀가 다급하게 룩스의 뒤에서 말을 걸었다.

파란색 넥타이었으니 3학년인 것 같았지만, 낯선 얼굴이었다.

남쪽 지방 출신인지, 흔하지 않은 갈색 피부가 특징이었다.

"아, 네. 그게— 무슨 일이죠?"

"그러니까 이 방에, 움직일 수 없는 사람이 있거든요. 장갑기룡을 과도하게 사용한 탓에 근육을 다친 모양이에요. 진료해줄 사람을 불러올 때까지만 당신이 돌봐주실 수 있나요?"

"네……? 그, 그 정도는 괜찮습니다만."

"그럼 부탁드려요! 어서 이쪽으로—."

머리를 세 갈래로 땋은 소녀는 룩스의 손을 잡아끌며 3층의 어떤 방으로 데려갔다.

"여기예요. 그녀는 지금 몸 상태가 안 좋으니까, 가볍게 마사지해주세요."

"아, 네. 알겠습니다. —그런데, 마사지요?!"

아무리 긴급한 일이라고 하지만, 그런 걸 남자인 자신이 하는 건 상당한 문제가 아닐까?

룩스는 그렇게 생각하며 즉시 거절하려 했지만.

"부탁합니다. 이야기는 그녀에게도 해두었어요."

머리를 세 갈래로 땋은 소녀는 그 말만을 남기고 후다닥 그 장소에서 떠나버렸다.

'내, 내가 그런 짓을 해도 괜찮을까? 하지만 받아들인 책임도 있고…….'

잠시 망설인 뒤, 룩스는 뜻을 정하고 문을 열었다.

기숙생용 방과는 다르게 약간 좁은 개인실인 것 같았다. 램프가 켜져 있지 않은 것인지 내부는 어둑어둑 했고, 침대에 엎드려 있는 소녀의 얼굴은 잘 보이지 않았다.

"저기…… 실례합니다."

일단 목소리를 내며 방으로 들어가자, 소녀의 목소리가 돌아왔다.

"어서와요. 늦었군요."

"그…… 문질러도, 괜찮을까요?"

"네. 그렇게 하면 피로가 풀린다고 들었습니다."

목소리에서 약간 열기가 느껴지긴 했지만, 그다지 고통스러운 것처럼 들리지는 않아서 룩스는 고개를 갸우뚱했다.

"그, 그럼 실례하겠습니다……."

일단 룩스는 대욕탕에서 잡일을 해본 경험도 있었다. 물론 담당한 건 남자뿐이지만, 손님의 마사지 따위도 해본 적은 있었다.

'하지만, 의료 쪽 일은 나도 거의 해본 적 없는데—.'

룩스가 어떻게 대응해야 할지 고민하고 있자.

"왜 그러시나요? 가능하다면 몸이 식기 전에 해주셨으면 좋겠습니다만."

"아, 알겠습니다. 그럼, 아프면 말씀해주세요."

룩스는 그렇게 대답하며 조심스럽게 손을 뻗었다.

살짝 등에 손가락을 댔을 때.

"우왁……?!"

무심코 소리를 지르고 말았다.

어두운 탓에 잘 보이진 않았지만, 소녀의 상반신은 알몸이었다.

하얗고 풍만한 가슴이, 소녀의 상체 무게로 부드럽게 짓눌려 있는 모습이 눈앞의 창문에 반사 되어 보였다.

달라붙는 것처럼 매끄럽고 탄력이 느껴지는 피부의 감촉에, 룩스의 심장이 쿵쾅쿵쾅 뛰기 시작했다.

"……? 무슨 문제라도 있나요?"

"앗?! 아뇨, 아무것도—?!"

목소리를 억누르면서도 룩스는 다시 소녀의 피부에 손가락을 댔다.

'……뭐야? 잘 보니까 등만이 아니라, 엉덩이 쪽도, 이건—'

가만 보니 아름다운 라인을 그리는 허리 아래쪽도, 하얗고 얇은 천을 한 장 걸치고 있을 뿐이었다.

그 한 장을 통해 모양이 좋으면서 커다란 소녀의 엉덩이나, 적당한 볼륨감의 허벅지 라인도 선명하게 떠올라서 룩스의 머리는 대번에 끓어올랐다.

"불을 켜는 게 좋을까요? 어두운 쪽이 심리적으로 안정되니 꺼두는 편이 좋다고, 사니아는 그랬습니다만."

"아, 아뇨, 괜찮습니다! 그, 계속할 테니—."

긴장으로 목이 바싹 타들어갔지만, 룩스는 급하게 등을 주무르기 시작했다.

예전에 잡일 의뢰로 남성 발굴가를 마사지 해줬을 때와는 감촉이 전혀 달랐다.

솟아오르는 달콤한 향기와 관능적인 감촉에 룩스의 얼굴은 자연스럽게 불덩이로 변했다.

그럼에도 예전의 경험을 손가락이 기억하고 있었던 것인지, 그럭저럭 잘 하고 있었지만—.

"오랜만에 돌아온 여자 기숙사 목욕탕이라 그런지, 무심코 탕 속에 몸을 오랫동안 담그고 말았어요."

룩스의 손놀림에 만족했는지, 침착한 어조 안에 약간의 편안한 분위기를 섞어서 소녀는 중얼거렸다.

"그나저나 역시 남성이 없는 여자만의 학원은 좋군요. 왕도에서는 매일 긴장을 늦출 수 없었으니."

"네……?"

그 말을 듣고 룩스는 눈치챘다.

'왕도에서 돌아왔다니, 서, 설마 이 사람은—?!'

룩스가 더욱 격렬한 동요에 빠져들었을 때.

"세리스 씨? 이쪽에 계신 것인지요? 사니아 씨가 찾고 있습니다만—."

작은 노크와 함께 누군가의 목소리가 들려왔다.

조금 전 룩스를 꾀어낸 머리를 세 갈래로 땋은 소녀와는 또 다른 목소리였다.

'위, 위험해……!'

그 사실에 룩스는 순간 심장이 멎는 것만 같았다.

지금 이 상황은 세리스가 의도한 것은 확실히 아니었다. 남성을 혐오하는 세리스가, 굳이 남성인 룩스에게 목욕 후의 마사지를 부탁할 리가 없다.

'어, 어쩌다가 상황이 이렇게 됐지? 아니, 애초에 나를 여기에 부른 애는, 몸을 다친 애가 있다면서—!'

『며칠 전부터 룩스 군을 학원에서 쫓아내자는 움직임이, 3학년들 사이에서 일어나고 있는 모양이니까.』

『엄밀하게는 딱 한 명, 사니아라는 3학년이 다른 동급생을 부추긴 것 같지만..』

크루루시퍼의 목소리가 룩스의 뇌리에 되살아났다.

그리고 룩스는, 그 사니아라는 소녀와 면식이 없었다.

'설마— 그 사람이?!'

덫에 걸렸다— 라고 눈치챘을 때에는 이미 늦었다.

여기서 문이 열리면, 룩스가 세리스를 덮쳤다고 오해받아— 퇴학.

그렇지 않더라도 이 건으로 룩스가 학원에서 쫓겨날 가능성이 생기리라는 건 분명했다.

"알겠습니다. 곧 돌아갈 수 있을 것 같으니, 조금만 기다려주겠어요?"

"그러면, 이곳에서 기다리겠습니다."

세리스는 정중하게 대답한 뒤 동시에 천천히 상반신을 일으켰다.

하얗고 아름다운 소녀의 등허리가 눈앞으로 다가오자, 룩스는 자기도 모르게 눈길을 돌렸다.

"불을 켜겠습니다. 일부러 저를 위해 와주다니, 예의를 표하지요. 하지만, 슬슬 옷을 입어야 하니—"

그렇게 세리스가 방의 램프에 손을 뻗으려고 하는 순간.

"자…… 잠시만 기다려주세요!"

"무슨 일인지요?"

"저, 저기…… 그러니까, 커, 커튼을 닫은 다음에 입지 않으면! 밖에서, 보이니까요! 요즘에 괴한도 나온다고 하니까—"

"……."

그야말로 시간벌이만이 목적인 룩스의 임기응변이었지만.

'마, 망했다. 틀켰을지도……?!'

"고맙습니다. 약간 경솔했군요. 저도 반성이 필요하겠어요."

희미한 쓴웃음과 함께 소녀는 중얼거렸다.

'사, 살았다아……. 하지만, 지금부터는 어쩐다?'

밖은 이미 어두컴컴했기 때문에, 이번에는 3층 창문에서 뛰어내리는 무모한 묘기는 부릴 수 없다.

방 밖으로 달아난다 해도, 그 복도에는 세리스를 기다리는 소녀가 서있다.

커튼을 닫으며 룩스가 고민하고 있자, 세리스가 침대에서 일어나며 몸에 걸치고 있던 천을 스르르 떨어뜨렸다.

어둠 속에 떠오른 새하얀 나신에 룩스는 무심코 시선을 돌리고 말았다.

"으……?! 서, 선배?! 무슨—."

"속옷 정도는 입을까 합니다. 몸이 차가워지니까요."

'하, 하지만 숨기지도 않고 입으려고 하다니…… 아무리 나를 여자애라고 생각한다 하지만—. 아……!'

그 순간, 룩스의 뇌리에 한줄기 섬광이 번뜩였다.

서둘러서 곁에 놓아두었던 가방에 손을 뻗고, 그 생각을 실행했다.

"그러면, 불을 켜겠습니다."

속옷을 입은 뒤, 세리스가 그렇게 말하며 램프의 불을 밝힌 직후—.

"……"

"아, 그, 그러니까— 안녕하세요."

세리스는 멍하니 눈을 동그랗게 뜬 채, 여장한 룩스를 바라보았다.

교복 블라우스와 스커트를 걸치고, 허리까지 내려오는 긴

가발을 쓴 소녀.

　때마침 여장 세트를 돌려주러 가는 도중이었기 때문에 사용한, 비상수단일 뿐이었지만—.

　"당신은—."

　세리스가 곤란한 모습으로 중얼거리자 룩스의 몸이 바짝 경직됐다.

　'여, 역시 무모한 짓이었을지도 몰라. 이런 걸로, 속일 수 있을 리가—.'

　"루노. 당신이었습니까. 만나서 기쁩니다."

　"……엑?"

　뜻밖의 대답에 룩스가 고개를 갸웃한 순간, 세리스가 가만히 룩스의 손을 잡았다.

　"상처는 이제 괜찮은 건가요? 당신인줄도 모르고 이런 일을 부탁해서 미안해요."

　세리스는, 룩스를 완전히 어제의 소녀라고 생각하고 있는 것인지, 친애가 느껴지는 목소리로 그렇게 말했다.

　'드, 들키지 않은 건 다행이지만, 뭔가 기분이 복잡한데…… 그, 그것보다!'

　"서, 선배! 아직 옷! 옷 안 입으셨잖아요!"

　그 사실을 깨달은 룩스는 당황해서 뒷걸음질 쳤다.

　가만 보니 세리스는 아직 연한 파랑색으로 물들인 속옷만을 입고 있었다.

"신경 쓰지 마세요. 그보다 저는 다시, 당신과 만났다는 것이……."

"저, 저기요! 그러다 감기 걸릴지도 몰라요! 세리스 선배가—!"

"알겠습니다. 그러면 잠시 시간을 주겠어요?"

룩스가 필사적으로 호소하자 세리스는 천천히 곁에 놓아두었던 교복에 손을 뻗었다.

물론 룩스는 옷 입는 모습을 보지 않도록 얼굴을 돌리고 있었지만, 그래도 심장이 거칠게 요동치고 있었다.

세리스의 초연한 분위기와 절세라고 해도 좋을만한 아름다움이 어우러져서 같은 방에 있는 것만으로도 기분이 자꾸만 고양됐다.

이것이, 그녀가 지닌 공작 영애로서의 격일 것이다.

"그, 그게, 하지만……. 저— 같은 건 세리스 선배께서 신경쓰실만한 학생은 아닐 텐데요. 방금, 다른 분께서도 부르신 것 같고……."

단적으로 말해서, 세리스와는 이대로 아무 일 없이 헤어지고 싶었던 룩스가 그렇게 유도하려고 하자—.

"저는 딱히 동성을, 좋아하는 건 아닙니다."

옷을 다 입고 다시 가까이 다가온 세리스가 뜻밖의 말을 꺼냈다.

"아, 물론 싫어하는 것도 아니지만……. 그, 연애적인 시선으로는 보지 않는다는 이야기입니다. 어디까지나 사이좋은 친구로서, 라는 의미인 것이죠. 하지만— 어째서인지 주위 학생들에게는, 그런 오해를 받기도 합니다."

"……."

세리스가 뜬금없이 그런 말을 꺼내는 이유는 알 수 없었지만, 주위에서 그렇게 생각하는 이유는 왠지 모르게 알 것 같았다.

한없이 환상적이며 아름답고 강한 소녀.

그런 그녀가 남성의 접근을 허용하지 않는다면, 그녀를 동경하는 소녀들은 환상에 더욱 살을 붙여가리라.

"하지만 신기하군요. 당신을 보고 있으면, 무슨 영문인지 그, 이끌리고 맙니다. 갑자기 이상한 말을 꺼내서, 면목없습니다만—."

"아, 아뇨, 그렇게 말씀해주신 것만으로도 저는, 무척 기쁘지만—."

그 대답의 반은 진심이었다.

세리스처럼 고결한 미소녀가 자신을 의식하다니, 기분 나쁠 리가 없다.

하긴, 그건 자신이 남자이니 당연한 반응일지도 모르지만.

"선배. 아직 멀었나요, 이러다 늦겠어요—."

쿵쿵, 다시 문을 두드리는 소리와 함께 조금 전 소녀의 목소리가 들렸다.

"……"

세리스는 잠시 룩스의 얼굴을 쳐다본 뒤,

"지금 한 말은, 진심인가요?"

"어, 아, 네……."

"그렇다면 3일 후의 휴식일에, 저와 둘이서, 그러니까, 외출하지 않겠습니까?"

"넷……?! 하지만, 그건—."

"여, 역시, 싫은, 겁니까?"

세리스의 표정에서 힘이 쫙 빠져나가며, 지금까지 본 적 없을 정도로 낙심한 듯해서 룩스는 허둥댔다.

"아, 아뇨! 괜찮아요! 갈 수 있어요."

"고마워요, 루노."

'스, 승낙하고 말았어……! 나도 모르게 반사적으로…….'

"그럼…… 그렇군요. 아침 아홉 시, 아침 식사라도 한 뒤, 식당 앞에서 기다려주세요."

"아, 알겠습니다."

"그럼, 그때 만나요."

거기까지 말한 뒤, 세리스는 아쉬운 듯 방에서 나갔다.

두 사람의 발소리가 멀어지자 룩스는 램프를 끈 뒤, 만일에 대비해서 그 모습으로 밖으로 나섰다.

나오기가 무섭게 안도의 한숨을 내뱉었을 때.

"처음 보는 얼굴이군요. 당신."

"······?!"

등 뒤에서 들려온 목소리에 룩스는 무심코 숨을 삼켰다.

뒤를 돌아보자, 거기에는 조금 전 룩스를 유도한, 검은 머리카락을 세 갈래로 땋은 갈색 피부의 소녀가 있었다.

"다, 당신은—?!"

"······흠? 저를 본 적이 있나요? 첫 대면인줄 알았는데."

"큭······?!"

이 순간 룩스는 거듭 상황을 파악했다.

학원에 남자가 있는 지금 상황을 부정하고, 세리스가 룩스를 쫓아내기를 종용하고 있는, 소문의 여자.

이 사니아라는 3학년이, 룩스를 함정에 빠뜨린 것이다.

룩스가 세리스를 덮쳤다는 상황을 연출, 곧장 그 소동을 퍼뜨리기 위해 이곳에서 상황을 엿보고 있었던 것이리라.

'위험해······. 세리스 선배랑은 달리 이 사람은 나를 의심하고 있어.'

"뭐, 그 얘긴 됐어요. 그보다 이 방에서, 남학생을 보지 못했나요? 그 정도는 알겠지요? 바로 직전까지 안에 있었으니까."

룩스의 앞을 가로막아 선 채, 의심스러운 표정으로 물어보았다.

도망칠 수 없다.

얼핏 온화한 태도를 가장하고 있지만, 그 가녀린 몸에서는 날카로운 의심과 적의가 발산되고 있었다.

'최악이야, 이대로라면……!'

그렇게 룩스가 초조해하고 있자―.

"잠깐, 실례해도 될까?"

룩스 앞에 선 사니아의 등 뒤에서 의젓한 목소리가 들려왔다.

천천히 걸어오며, 모습을 드러낸 사람은 크루루시퍼.

"대화 도중에 끼어들어서 미안하지만, 그 애한테 급한 용건이 있거든. 양보해주지 않겠어?"

조용한, 그러나 거침없는 움직임으로 크루루시퍼는 여장한 룩스 옆에 섰다.

그녀의 얼굴에는 여유로운 웃음이 떠올라있었다.

"백작 영애인 당신 치고는 무례한 행동이네요. 우선 제 얘기가 끝난 뒤에―."

사니아도 물러서지 않으며 강하게 응수했다. 그러나―.

"학원장님께서 한시 바삐 그녀를 데려와달라고 부탁하셨는데―. 아직도 이유가 더 필요해?"

"……."

학원장 부탁을 들먹이는 부분은 꾸며낸 것일 거라고 룩스는 생각했지만 이 상황에서 확인할 길은 없다.

만류하든 의심하든 부자연스럽다고 생각했는지, 사니아는 작게 한숨을 쉬었다.

"알았다고요. 그럼, 실례."

그리고 룩스 일행에게 등을 돌리고, 성큼성큼 복도 안쪽으로 사라졌다.

완전히 기척이 사라질 때까지 사니아를 지켜본 뒤.

"그럼, 이만 가볼까?"

크루루시퍼는 아무 일 없었다는 듯, 살짝 룩스의 손을 잡아당기며 걷기 시작했다.

"……."

서로 아무 말 없이 기숙사를 나와서, 이미 문이 닫힌 교사 계단을 올라갔다.

주위에 인기척이 없다는 것을 확인한 룩스는, 그제야 물어보기로 했다.

"저기, 크루루시퍼 씨. 그, 고맙습니다."

먼저 궁지에서 구해준 친구에게 감사 인사를 하자.

"여전히, 너는 사람이 너무 좋다니까. 공방에서 너를 찾는 목소리가 들렸을 때부터, 나는 약간 의심스러웠어."

"……."

"참고로, 사감한테도 확인해봤는데, 너를 부른 적은 없다던 걸?"

태연하게 그런 말을 하자 룩스는 말문이 막혔다.

확실히 그때, 모습도 보이지 않고 문 너머로 말하던 소녀의 존재 자체가, 이제 와서 생각해보면 부자연스러웠다.

룩스가 공방의 회의에 참가중이라는 사실을 아는 사람은, 그 자리에 있는 소녀들뿐이었을 터다.

그건 아마도, 룩스의 뒤를 밟은 사니아였을 것이다.

그렇게 생각하면, 확실히 룩스도 생각 없이 행동했다 할 수 있었다.

"하지만…… 용케도 저라는 걸 알아차렸네요? 이런 꼴인데도—."

며칠 전 여장한 채 경비를 했던 일은 크루루시퍼에게 말하지 않았으니, 그 특징도 몰랐을 텐데.

그렇게 생각해서 룩스가 물어보자.

"내가 소중한 너를, 알아보지 못할 리가 없잖아?"

여느 때의 쿨한 미소와 함께 소녀는 딱 잘라 대답했다.

"그, 그러니까, 그 말씀은—?"

"굳이 언급하지 말아줄래? 나도 살짝, 창피해졌으니까……."

그 의미를 파악한 룩스의 얼굴이 빨개지자, 크루루시퍼도 평정을 가장하며 마찬가지로 뺨을 붉게 물들였다.

그대로 학원장실에 도착한 뒤, 업무 때문에 남아있던 렐리에게 사정을 설명하고서 말을 맞춰주기를 부탁했다.

그리고 남자 교복으로 갈아입은 뒤, 여자 교복을 돌려주고 그 자리에서 룩스는 크루루시퍼와 헤어졌다.

"—후우."

피르히와 함께 쓰는 방으로 돌아와, 그제야 안도의 한숨을 내쉬었다.

그나저나 위험천만한 상황이었다.

사니아라는 3학년 소녀는, 지금까지 본 적 없을 정도의 적의를 품고서 룩스를 쫓아내려 하고 있다.

지금까지 주변의 소녀들이 호의적으로 접근해온 탓에 잊고 있었지만, 한동안 방심하는 건 위험할 것이다.

"하지만…… 그녀는 도대체 왜—?"

과거 구제국이 펼쳤던 남존여비 풍습 탓에 귀족 『남성』을 적대시하는 소녀.

원래 남자가 존재하지 않았던 귀족 여성 학원에 갑자기 나타난 룩스가 마음에 들지 않는다.

그런 당연한 이유라면 잘 알고 있었다.

그러나 그 사니아라는 소녀에게서는, 좀 더 강한 의지가 느껴졌다.

"음냐…… 루우……."

2인실의 불빛은 켜져 있었지만, 피르히는 먼저 침대에서 잠든 모양이다.

"잘 자, 피르히."

살짝 미소 지으며 말을 건 뒤, 램프 불을 끄며 룩스는 자신도 잠자리에 들기로 했다.

어쨌거나 이제 곧 교내 선발전이 시작된다.

그리고 신왕국의 위기인 라그나뢰크의 각성도 시시각각 가까워지고 있다.

'세리스 선배에게도, 그 사실을 전해야 해ㅡ.'

그런 생각과 함께, 조용한 밤은 점점 깊어만 간다.

†

같은 날, 옅은 구름에 뒤덮인 달이 떠오른 밤.

성채 도시에서 멀리 떨어진 곳에 있는 왕도의 감옥에 그림자 하나가 뻗어있었다.

그림자의 주인은, 칠흑빛 로브를 두르고 후드를 눈이 가려지도록 깊이 눌러 쓴 사람 모습이었다.

횃불 빛으로 밝혀진 석조 바닥을 뚜벅뚜벅 소리를 내며 규칙적으로 걷고 있었다.

왕도의 감옥은, 그 죄와 종류의 심각함에 따라서 세 개의 계층으로 나눠 죄인을 관리하고 있다.

그중에서도 가장 엄중한 최심부 계층에, 어렵지 않게 그림자가 도착했다.

"ㅡ좋은 밤이다, 가여운 나의 맹우여. 잘 지내고 있었나?"

쇠창살 앞에서 걸음을 멈춘 로브를 두른 자가, 온화한 목소리로 안에 있는 남자에게 말을 걸었다.

"……윽?! 너는—!"

그 순간 감옥 안에서 독서 중이던 금발 사내— 발제리드는 그를 눈치채고 고개를 들어올렸다.

온갖 뒷거래에 손을 뻗은 사실을 발각당한 죄인이지만, 사대귀족의 적통이라는 입장이 적용한 것인지 죄인치고는 썩 괜찮은 옷을 입고 있었다.

그 등장이 어지간히 뜻밖이었는지, 로브를 두른 자의 정체— 예전에 자신과 거래하던 『암상인』이라는 것을 인식했음에도, 다음 말을 꺼낼 수가 없었다.

"흐음? 감격해서 목소리도 나오지 않는 건가? 그거 참 기쁘네. 나도 위험을 무릅쓰고 면회하러 온 보람이 있는걸."

로브를 두른 자는 눈 주위를 어두운 그림자로 감춘 채, 몹시 밝은 목소리를 꺼냈다.

예전에 거래를 했을 때와는 완전히 다른 태도였다.

그것은 일종의 어린아이와도 같은 순수함을 띠고 있었지만, 발제리드는 묘한 불안함에 사로잡혔다.

"꺼, 꺼내주러, 온 건가? 미안하군."

상대의 의중을 헤아리듯 물어보자, 로브를 두른 자의 입꼬리가 초승달 모양으로 일그러졌다.

"사죄할 필요는 없어, 『왕국의 패자』여. 나는 자네가 지닌 재능을 높이 평가하고 있어. 이렇게 이곳까지 온 건, 그것이 첫 번째 이유야."

"그, 그런가……."

로브를 두른 자의 대답에 발제리드는 안도의 한숨을 내뱉었다.

아직 이 『암상인』이, 이렇게 자신을 평가하고 있다면 이야기는 쉬워진다.

"과연 나의 맹우, 혜안이로군."

발제리드는 그렇게 조용히 미소를 보이며 자리에서 일어섰다.

"그렇고말고, 나는 아직 여력을 남겨두었어. 내 영지에는 숨겨둔 재산도 있지. 그것으로 귀공에게 새로운 용병과 장갑기룡을 사들이겠다. 뭐, 여기서 빠져나가기만 하면 전부 어떻게든 될 거야. 이번 건은 반란군에게 죄를 뒤집어 씌우면 되겠지. 크로이처가(家)가 포섭한 집정관들에게 귀띔을 해서, 대신할 죄인을 선정하면—"

발제리드는 다급하게 변명을 늘어놓았다.

지금이 최대의 호기라고 생각하며 로브를 두른 자를 설득하려 했을 때.

"커헉……?! 크, 크가아아아아아아아아아아악?!"

별안간 발제리드의 눈앞에 선혈이 튀어올랐다.

검붉은, 뿔 같은 돌기가 몸 안쪽에서 가슴을 찢으며 튀어나와 있었다.

절규를 토하며 바닥을 구르는 발제리드의 머리를, 로브를 두른 자는 창살 사이로 비집어 넣은 구두로 짓밟았다.

"이봐, 조용히 좀 하는 게 어때—. 지금은 밤이야, 간수 여러분께 민폐잖아?"

장난치는 듯한 목소리로, 로브를 두른 자는 입 앞에 집게 손가락을 세웠다.

눈가가 가려진 그 표정에 놀라움이나 공포는 없었고, 온화하다고도 부를 수 있을 정도의 미소로『왕국의 패자』를 내려다보고 있었다.

"무, 무슨 짓을?! 네, 네놈! 그, 커, 아아아아아아악……!"

두 눈을 까뒤집고 격통에 몸을 바르작거리며 계속해서 소리쳤다.

발제리드의 가슴을 뚫고 나온 검붉은 뿔은, 개수와 두께를 불려가며 쇠창살 몇 개를 부수고 안쪽에서 물어 부수듯이 퍼져갔다.

그 침식이 진행될 때마다 혈관과 피부가 터졌고, 감옥 안은 온통 붉은색으로 물들었다.

"내 이야기를 듣지 않은 거야? 이거 참 곤란하군. —방금 말했잖아? 나는 네 재능을 높이 평가하고 있다고."

"커헉! 크아아악! 으가아아아아아아악!"

울컥 피를 토하며 마구 뒹구는 발제리드 옆에서, 질렸다는 것처럼 로브를 두른 자는 어깨를 으쓱였다.

그리고 후드에 가려진 눈을 확 부릅뜨고, 악마처럼 흉악하게 웃어 보였다.

"너는 나를 화나게 하는 데 천재야! 이 온후한 내게 이렇게까지 하도록 하다니, 정말 끝내주는 재능이다. 아아 정말, 이 쓰레기. 쓸모없는 놈. 버러지 같은 자식. 죽어. 지금 당장 죽어버려. 충분히 고통을 맛본 다음에 죽어버리라고. 안쪽부터 뜯어 먹혀서 죽어. 산채로 구더기가 들끓는 시체나 되어버려라."

어두운 목소리로, 그러나 희희낙락한 태도로 로브를 두른 자는 **그것**을 계속해서 매도했다.

그러나 그것만으로는 성에 차지 않았는지, 감옥 안에 발을 들이더니 구두 뒤꿈치로, 그 허물어진 가슴을 짓밟아 구멍을 뚫어버렸다.

"알겠나?《아지 다하카》는 나도 마음에 들었던 신장기룡이란 말이다. 하지만 그래도 에너지의 한계 용량은 있어. 다른 신장을 여러 개 카피해서 동시에 사용하면, 위력이든 정밀도든 당연히 떨어지지. 그건 가르쳐줬을 텐데? 네가 건방 떨지만 않았으면— 아아 진짜, 심지어 그 지경으로 요란하게 박살난 바람에, 이젠 수리조차 불가능하고—."

"……."

계속에서 원망 섞인 말을 퍼붓는 로브를 두른 자의 밑에서, 이미 발제리드 숨은 끊어져 있었다.

그러나 그런 것도 전혀 개의치 않으며, 웅덩이에서 노는 아이처럼 로브를 두른 자는 춤을 방방 뛰었다.

"아~아, 참 나. 조금은 근성을 보여주란 말이야—. 최후의 **투여**도 소용없었던 거냐. 뭐, 이 녀석 나이를 생각하면 애초에 적합할 가능성도 제로에 가깝지만. —그럼 잘 가라, 쓸모없는 도련님."

로브를 두른 자는 폭언을 내뱉고 발길을 돌리며, 품속에서 뿔피리를 꺼내 입으로 가져갔다.

"……자. 그럼— 당장 꼴사납게 뒈져버린 가여운 이 자식의 원수라도 갚으러 가볼까."

순진무구한, 그러나 끝없이 음습한 미소가 후드 밑에서 흘러넘쳤다.

찰나와 같은 시간 뒤, 격렬한 불협화음이 울려 퍼졌다.

†

—다음날, 학원 점심 시간.

룩스는 안뜰에서 친구인 소녀들과 점심을 먹으며, 세리스에 대해 생각했다.

룩스의 존재가 다시 학원 내에서 도마 위에 오르더라도, 일단 교내 선발전이 끝날 때까지 큰 문제는 일어나지 않을 것이다.

그러나 신왕국을 위협하는 라그나뢰크 건은 시급히 손을 쓰지 않으면 위험하다.

　세리스에게 토벌부대장 임무를 맡길지 여부는 지금도 한창 의논중인 모양이었다.

　그녀가 왕도의 연습에서 남자 지도교관을 때려눕힌 탓인지, 아니면 물밑에서 정치적인 권력면의 다툼이 벌어지고 있는 것인지, 토벌부대의 인선(人選) 문제로 말이 많은 모양이라고 리샤를 통해 들었다.

　'만약 세리스 선배가 간다면, 나도 그녀와 함께 해야 해…….'

　룩스는 토벌부대장 제1 후보였던 발제리드를 쓰러뜨려서 실각시키고 말았다.

　물론 그렇게 할 수 밖에 없었던 사정이 있으며, 그 점에 대해서는 후회하지 않았지만, 그렇더라도 책임은 질 생각이었다.

　"또 복잡한 생각을 하고 있구나. 너는."

　"아…… 그게요."

　왼쪽 옆에서 식사를 하던 크루루시퍼의 혼잣말에 룩스는 퍼뜩 정신이 돌아왔다.

　완전히 자신만의 세계에 빠져있던 모양이다.

　"루우. 점심밥은, 잘 먹어야만, 한다구?"

　오늘은 오른쪽에 앉아 있던 피르히가, 변함없이 멍한 무

표정으로 가만히 샌드위치를 내밀었다.

"엑?! 피이?!"

"잘 먹어야만, 한다구?"

같은 말을 다짐하는 것처럼 반복했다.

"미, 미안해. 하지만 그, 나는 확실하게 내 밥을, 사왔는데—."

룩스가 황급히 부정했지만, 피르히는 들이민 샌드위치를 거두지 않고, 룩스의 얼굴을 빤히 들여다보았다.

"먹지 않으면, 못써."

"……."

때묻지 않은 소녀의 눈동자를 거역하지 못하고, 룩스는 피르히의 손에 들린 샌드위치를 한 입 베어 물었다.

이럴 때의 피르히는 정말로 완고한 탓에 거역하려 해봐야 시간 낭비일 뿐이다.

그러자 피르히는 어쩐지 안심한 표정을 짓더니 아주 희미한 미소를 보여주었다.

"맛있어?"

"아, 어, 응……."

솔직히 말하자면, 창피해서 맛은 잘 느껴지지 않았다.

"다행이야."

피르히가 안심한 듯한 목소리로 중얼거리자, 같은 안뜰에서 멀리 에워싼 채 구경 중이던 1, 2학년 여학생들 사이에서 "꺄아아앗." 하고 작은 환호성이 들렸다.

"역시 소꿉친구는 다르구나."

"크루루시퍼 양이 한 걸음 나아갔을 거라고 생각했는데, 아직 모르겠네."

등등, 구경꾼의 목소리가 들려왔다.

"아니, 이건 딱히, 그런게 아니라―!"

홍당무로 변한 룩스가 그런 말들을 부정하려고 하자.

"상당한 강적이네. 하지만 질 생각은 없다구?"

크루루시퍼도 키득 웃음을 보이며 그런 분위기를 부추겼다.

"저기요, 크루루시퍼 씨까지 이상한 소리 하지 마시죠?!"

허둥대는 룩스를 보며 소녀들은 즐겁게 웃었다.

온화하고 평화로운 일상의 풍경이었지만, 문득 뭔가가 부족하다는 것을 룩스는 눈치챘다.

"그, 그러고 보니. 리샤 님― 잠깐 용건이 있다고 하셨는데, 많이 늦으시네?"

크루루시퍼와 『연인』으로 보냈던 기간이 끝난 뒤부터 하루가 멀다 하고 리샤도 함께 있었지만, 오늘 점심에 한해서는 『급한 용건이 있으니, 나중에』라는 말을 남겼다.

애초에 신왕국 공주님이며 『기사단』 소속이었고 장갑기룡 연구도 하고 있으니 룩스 못지 않게 다망한 몸이기는 하지만―

"루크찌! 여기 있었어?!"

룩스가 그런 생각을 하고 있는데, 트라이어드의 일원, 티르파가 헐레벌떡 달려왔다.

씩씩 숨을 몰아쉬며, 바로 앞에서 얼굴을 들더니.

"얘, 큰일났어! 세리스 선배가, 학원장님께 루크찌를 퇴학시키라고 직접 담판을 짓는 모양인데, 리샤 님께서 그것을 막으러 가셔서—."

"뭐……?!"

몹시 초조해 보이는 티르파의 말을 듣고 룩스는 벌떡 일어섰다.

"둘 다, 잠깐 기다리고 있어!"

그 말을 남기고서 룩스는 급하게 안뜰에서 교사 쪽으로 달려갔다.

†

교사 3층, 학원장실 앞 복도는 학년을 떠나서 이미 엄청난 숫자의 학생들로 심하게 번잡한 상태였다.

"죄송합니다, 잠깐 지나갈게요!"

그 인파속을 헤쳐나가며 룩스는 가까스로 학원장실에 도착했다.

쾅! 문을 연 순간, 그 광경이 눈에 날아들어왔다.

"그러니까, 룩스의 편입에는 아무런 문제가 없다고 하지 않는가! 시작은 내 제안이긴 하지만, 학원장에게도 이야기를 하여 정식 절차를 밟았다. 이제 와서 어떻게 퇴학을 시킬 수 있겠나?!"

"우리 3학년이 부재중일 때, 멋대로 결정된 편입입니다. 게다가 애초에 입학 조건에는 규정에 맞는 연령의 여자라고 명시돼 있지요. 만약 그의 재학이 이대로 허용된다면, 학원의 존재의의는 어떻게 될까요."

학원장 렐리가 앉아있는 이사장석 앞에서 두 소녀가 마주보고 있었다.

한쪽은, 신왕국 공주인 리샤.

그리고 그 반대편에는 세리스티아가 있다.

두 사람은 치열한 말싸움을 계속했지만, 방에 들어온 룩스의 모습을 보더니 뚝, 하던 말을 중단했다.

"루, 룩스?! 어째서 이곳에—?!"

룩스는 놀라는 리샤와 세리스는 신경쓰지 않으며, 문을 닫고 천천히 걸어갔다.

그리고 이사장실 중앙까지 걸어갔을 때, 세리스의 얼굴이 룩스를 향했다.

"당신이 구제국의 전 왕자, 룩스 아카디아인가요?"

숨을 한 번 쉴 수 있을 정도의 사이를 두고서, 값을 매기는 듯한 시선으로 물어보았다.

다른 이를 압도하는 듯한 기척과 목소리에, 약간의 숨막힘마저 느껴질 정도였다.

'이것이, 그녀가 『남자』를 상대하는 태도인가······.'

심각하게 남성을 혐오한다는 소문은 들었지만, 이렇게 대치하고 있는 것만으로도 삼켜질 듯한 위압감이 룩스의 몸을 짓눌렀다.

"당신은 본디 이 자리에 있을 인간이 아닙니다. 그것은, 알고 있습니까?"

"······."

그녀의 담담한 목소리에, 룩스는 순간적으로 반론할 수 없었다.

"이렇게 된 경위에 대해서는 저도 들었습니다."

리샤가 끼어들기 전에 세리스는 이야기를 이어갔다.

"제가 부재중일 때, 몇 번의 위기를 해결해주신 건 감사합니다. 하지만 그것이 당신이 이곳에 재적할 이유가 되지는 않습니다. 이 학원은 귀족 여성들만을 위한 곳입니다."

"하지만, 그건—."

리샤가 언성을 높이자 세리스는 시선만으로 그녀를 견제했다.

"그라는 예외를 여기서 인정하고 받아들이면, 다른 예외도 인정하게 되겠죠. 분명 학원 창립 후 7년간은 공학화하지 않겠다고 했던 것으로 기억합니다만."

"크……!"

리샤가 신음을 흘리자 세리스는 한숨을 내쉬었다.

그러자 곤란한 것처럼 학원장인 렐리도 머리를 긁적였다.

"아무도 그런 이야기는 기억하지 못할 거라고 생각했는데……. 역시 만만치 않군요. 확실히 세리스 양의 주장은 이치에 맞지만, 그래도 이번만큼은 눈감아주면 안될까요?"

"불과 얼마 전에도 남자 괴한이 부지 내에 침입했습니다. 저기 있는 그가 원인은 아닙니다만, 이 학원의 여학생들이 이 이상 남성에게 빈틈을 보이게 되어서도 곤란합니다."

"……."

아무래도 이사장인 렐리에게도 양보해줄 마음은 없는 것인지, 이야기는 평행선을 유지하고 있었다.

그러나 사실상 이대로라면, 결국 룩스가 지는 방향으로 이야기가 움직이리라는 것은 쉽게 상상할 수 있었다.

신왕국 왕가의 힘이 아직 그렇게 강하지 않은 지금, 학원의 스폰서인 귀족들은 왕가보다 발언권이 강한 라르그리스 가(家)에 붙을 것이다.

그렇게 된다면—.

"……."

퇴학인가, 재학인가. 그 아슬아슬한 경계에 놓인 채 룩스는 생각했다.

세리스의 절대적인 분위기에 압도당했지만, 심호흡을 한

번 한 뒤 마음을 가다듬었다.

'침착하자……. 여기서 내가 무슨 말을 해도, 변명으로만 들리겠지. 그렇다면—.'

그렇게 생각한 룩스는 어떤 결의를 했다.

"세리스티아 선배. 부탁드리고 싶은 게 있습니다."

룩스의 갑작스러운 발언에 그 자리에 있던 모두가 깜짝 놀라며 숨을 삼켰다.

문밖으로 새어나가지 않도록, 음량을 약간 낮추며 룩스는 말했다.

"발제리드 크로이처가 맡을 예정이었던 라그나뢰크 토벌 건에 대한 겁니다. 그 부대를, 당신이 지휘해주시면 안될까요?"

"……?!"

그 한마디에 학원장실 내에 긴장감이 감돌았다.

헤이부르그 공화국의 리드니스 해(海) 연안에서 서서히 태동하기 시작한 라그나뢰크의 존재는, 아직 제한된 인물밖에 모르는 극비사항이다.

발제리드가 실각한 뒤, 즉시 세리스가 다음 토벌부대장 후보로 이름이 올라간 순간부터 세리스는 당연히 알고 있는 사실이었지만.

"……당신이 어째서 그 이야기를 알고 있는지는, 굳이 묻지 않겠습니다."

잠시 숨을 고른 뒤, 세리스는 룩스와 시선을 마주치고 담담하게 선언했다.

"하지만 당신과는 아무런 관계없는 이야기입니다. 그러니 걱정하지 마시지요."

뿌리치는 듯한 대답.

그러나 룩스도 이대로 물러날 수는 없었다.

"신왕국군의 기룡사는, 현재 대다수가 남성입니다만, 그들과 연계를 취할 생각이십니까?"

"룩스 아카디아. 지금 논점을 이탈하려는 겁니까? 그렇다면 이 이상 이야기할 여지는 없다고 사료되는군요?"

"당신의 대답에 따라 제 대답도 결정됩니다. 그러니까—."

"……."

세리스는 후우, 작은 탄식을 토해낸 뒤 자기보다 약간 키가 작은 룩스를 내려다보며 대답했다.

"저는 예의 토벌 의뢰를 받아들일 예정입니다만, 남성 기룡사의 힘을 빌릴 생각은 없습니다. 단독으로 참전하여 처리할 겁니다. 이제 됐습니까?"

"——."

어떤 의미로는, 예상대로의 대답이었다.

학원 최강의— 아니, 아마도 현시점에서는 신왕국 최강 클래스의 자리를 쥐고 있을 소녀. 그 절대적인 실력과 자신에서 우러나온 말.

그러나.

"그렇다면, 저는 아직 학원을 떠날 수 없습니다."

"······무슨 뜻이죠?"

명확한 거부 의사를 밝힌 룩스를 보며, 세리스는 의아한 얼굴로 추궁했다.

"저는 『기사단』의 일원으로서, 당신의 토벌부대에 동행하고 싶기 때문입니다. 라르그리스 경."

"······?!"

그때까지 완벽하게 『위엄 있는 사대귀족』이었던 세리스는, 처음으로 동요한 기색을 보였다.

"당신의 실력은 저도 익히 들어서 알고 있습니다. 하지만 — 라그나뢰크는 강적이죠. 다른 기룡사의 협력도 없이, 당신 한 명에게 싸움을 맡길 수는 없어요. 학생이면서 군의 임무를 맡을 수 있는 『기사단』에 제가 들어가면, 당신을 도울 수 있습니다."

"······루, 룩스. 그건—"

무심결에 말을 꺼내려던 리샤는 중간에 입을 다물었다.

룩스에게 무언가 생각이 있을 거라고 판단한 것이리라.

그녀의 배려심을 감사히 받아들이며 룩스는 각오를 굳혔다.

"당신의 실력이 『기사단』 단원과 동등하다는 소문은 들었습니다. 하지만, 저는 당신을 인정할 생각이—"

약간 험악함이 감도는 목소리로 세리스는 말했다.

룩스가 기죽지 않고 계속해서 말하려는 순간.

"잠깐, 두 사람 다 진정 좀 해주겠어요?"

렐리가 쓰게 웃으며 중재에 들어갔다.

"슬슬 점심시간도 끝날 시간이에요? 이렇게 쌍방의 의견을 부정해봐야 결론은 나오지 않아요."

온화한 어조로 말하며 렐리는 자리에서 일어섰다.

그리고 약간 떨어진 위치에 있는 학원장실 문을 열자, "꺄악?!" 하고 그 뒤에 모여있던 큰 규모의 학생들이 우르르 밀어닥쳤다.

"정리하자면, 세리스 양의 요구는『룩스 군의 퇴학』이며 룩스 군은 이것을 거부. 룩스 군의 요구는『세리스 양이 환신수 토벌에 룩스 군의 협력을 받을 것』으로, 이것을 세리스 양도 거부했죠. 정확하게 서로의 주장을 피차 수용할 수 없는 상황인 거네요."

모여있던 학생들에게 전하는 것처럼, 렐리는 구태여 목소리를 크게 냈다.

"그래서 지금 이 이야기를 들은 학생 여러분들은 어느 쪽 주장을 지지할 건가요?"

렐리가 그렇게 묻자, 잔뜩 모인 학생들은 술렁이기 시작했다.

"그, 그게— 역시, 나는 룩스 군 쪽이려나? 아직 의뢰도

만족하지 못했는데 퇴학당하면 곤란하고, 세리스 선배도 강한 환신수를 토벌하려면, 더 안전한 쪽이……"

"뭐, 그도 딱히 나쁜 사람은 아니라고 생각하지만, 남자애가 이 학원에 있는 건 확실히 아직 문제일지도 몰라요. 세리스 양이 그렇게 말한다면……"

"잠시만요! 그런 건 너무 수동적인 생각이라고요. 하다못해 선배도, 그에 대해 잘 알고 난 다음에—"

룩스를 지지하는 1, 2학년과 세리스를 지지하는 3학년.

들려오는 여학생들의 논쟁에서는, 대강 이런 인상이 느껴졌다.

"자자. 다들 조용히 하세요."

렐리가 손뼉을 치며 소란스러워진 자리를 정리했다.

그리고 룩스와 세리스를 다시 한 번 바라보았다.

"결국, 학생들의 의지도 반반인 것 같군요. 이 자리에서 당장 이번 이야기를 결판 짓는 건, 어렵지 않겠어요?"

"과연……. 뭘 노리고 있는지 조금씩 보이기 시작했다. 학원장."

리샤가 질렸다는 투로 입을 열자, 렐리는 미소를 보이며 고개를 끄덕였다.

"눈치가 빠르군요. 기왕 이렇게 됐으니 이번 문제는, 실력으로 해결해볼 생각 없나요?

"네……?"

"그것이, 무슨 의미입니까?"

룩스와 세리스가 거의 동시에 물어보자.

"3일 후에 개최되는 교내 선발전— 그 결과에 따라 이번 논쟁에 종지부를 찍는다. 그런 방법은 어떤가요?"

"……?!"

렐리의 제안에 그 자리의 학생들이 술렁거렸다.

유적의 조사권을 획득하기 위한 국외 대항전.

그 대표자를 정하기 위한 교내 대항전에서, 룩스와 세리스의 문제도 동시에 해결한다.

"나중에 학생들에게 의견을 모으겠어요. 룩스 군을 지지할 지, 세리스 양을 지지할 지. 그것에 따라 세력을 두 개로 나눠서, 다른 학생들도 참가시키는 쪽으로."

"자, 잠깐만요, 그건—?!"

"학원장님. 당신은 무엇을—."

룩스와 세리스가 황급히 막으려 했지만, 늦었다.

"큰일났네! 빨리 강한 사람들을 확보해야—."

"3학년에게 이길 수 있을까……? 하지만 1, 2학년이 있으면 수적 차이로, 어떻게든……."

렐리가 일으킨 파문은 커다란 파도가 되어 교내의 학생

들 사이에 퍼져나갔다

어느덧 취소는 불가능한 상태였다.

"좋지 않은가. 서로의 실력만이 아니라, 더욱 규모가 크고 세력이 강한 지지자를 얻을 수 있을지 없을지— 그 자질까지도 시험해본 뒤에 결판이 나는 거지."

아연실색한 세리스 앞을 리샤가 척 막아섰다.

"나는 물론 룩스에게 붙을 거다만, 자신 없는가? 공작가의 영애여."

붉은 눈동자로 바라보며 도발하자, 세리스는 아주 잠깐 망설인 뒤.

"—알겠습니다."

조용히 눈을 감고 수긍했다.

"불가항력이었다고는 하나 장기간 학원을 비워둔 제게도 책임이 있으니까요. 본의는 아니지만, 받아들일 수밖에 없겠군요. ……하지만."

세리스는 평소처럼 진지한 말투로 중얼거렸지만, 그 기척은 갑자기 뒤바뀌었다.

침착한 연장자의 분위기에서, 초연한 지배자의 분위기로.

"진심으로 제게 이길 수 있을 거라고 생각하고 있다면, 그건 크나큰 오산입니다."

"……?!"

예리한 위압감을 가득 담은 미소에, 룩스와 리샤는 무심결에 멈칫했다.

세리스가 발걸음을 돌려 학원장실을 나서려고 했을 때.

"하지만— 세리스 양은 룩스 군을 보고 뭔가 생각하는 점이, 있는 게 아닌가요?"

"네……? 그건, 도대체 무슨—?!"

"그건— 윽?!"

학원장이 중얼거린 말에 당황한 듯한 세리스의 발이 빙글 방향을 바꾸었다.

한편, 룩스도 반사적으로 학원장 쪽으로 다가가려던 순간, 두 사람의 다리가 꼬이고 말았다.

"우왁!"

호화로운 붉은 카펫 위로 쓰러졌다.

"아야야……. —무슨, 얼레?"

함께 넘어지는 바람에 마치 세리스에게 깔려버린 모양새로, 룩스는 천장을 바라보았다.

아련하게 감도는 달콤한 향과 세리스의 얼굴이 가까이 있었고, 겸사겸사 그 커다란 가슴도 룩스의 가슴에 달라붙어 있었다.

"저, 저기요……?!"

룩스가 당황하자.

"……"

얼굴이 확 빨개진 세리스는 룩스의 얼굴을 보며 그대로

© 2013 Ayumu Kasuga

굳어버렸다.

"이, 이봐 둘 다, 뭘 하는 거냐?!"

리샤의 목소리에 룩스는 퍼뜩 정신이 돌아왔다.

"실례했습니다……. 하지만 역시, 닮았군요."

몇 초 뒤, 뺨이 살짝 상기된 세리스가 일어난 뒤, 룩스에게 손을 내밀어 일으켜주었다.

그리고 학원장에게 무언가 작은 목소리로 속삭인 뒤, 그대로 세리스는 학원장실을 나갔다.

"……후우."

잔뜩 모여있던 여학생들도 떠난 학원장실에서, 룩스는 살짝 한숨을 쉬었다.

"하여간, 짧은 유예는 손에 넣었군."

리샤가 중얼거리며 룩스의 얼굴을 보았다.

"나 참, 네가 찾아올 줄이야. 대체 일이 어떻게 되려나 걱정했다. 당사자인 네가, 너무 그렇게 무리하지 마라."

"죄송합니다. 하지만, 역시 저도 이번에는 제 입으로 직접 말해야만 한다고 생각했거든요."

조금 전까지만 해도 자신은 단순한 죄인이라고 생각했다.

아무것도 모르는 국민의 의뢰나 이 학원의 소녀들의 요청에 멍하니 따르다 보면, 그것으로 죗값을 치를 수 있을 거라고 믿어버린 것이다.

그러니 그녀들의 의지를 따라, 어떻게 되든 모든 것을 받아들였던 것이리라.

하지만, 지금은 달랐다.

"저도, 리샤 님이나 다른 모두와 함께 이곳에서 싸우고 싶으니까요."

자신의 마음속에서 싹튼 그 소망을 털어놓지 않고, 그저 소녀들의 손에 자신의 미래를 떠맡기는 것은 비겁하다고 생각했으니까.

"룩스……."

그 의지를 헤아려준 것인지, 리샤는 가만히 미소를 보이며 손을 내밀었다.

"괜찮다. 우리라면 이길 수 있어. 그— 네 편을 들어주는 인원도 잔뜩 있고, 게다가, 무엇보다, 이 내가 함께 있지 않느냐!"

그 손을 룩스가 붙잡자 리샤는 약간 쑥스러운 듯 뺨을 물들이며 미소 지었다.

"두 사람의 사이가 좋은 건 참 기쁜 일이지만, 이제 다음 수업 시간이랍니다?"

직후에 렐리가 꺼낸 한마디에, 두 사람은 급하게 교실을 향해 달렸다.

†

룩스의 재학을 건 교내 선발전 이야기는 눈 깜빡할 사이에 퍼져서, 방과 후가 됐을 즈음 교내는 온통 그 화제로 가득했다.

그런 와중에도 룩스는 성실하게 학원이나 학생들의 의뢰를 수행했고, 날이 저물 무렵에 모든 것을 마친 뒤 아이리의 방으로 향했다.

트라이어드인 녹트의 방이기도 한 여동생의 방을 방문하자, 교복 차림의 아이리만이 홀로 작은 책상 앞에서 룩스를 기다리고 있었다.

"안녕하세요. 오빠."

온화한 어조였지만, 오히려 그래서 무서웠다.

"저, 저기, 아이리, 화났어……?"

"그럴 리가요? 그래요, 오빠는 분명 저한테 야단맞고 싶어서 그런 행동을 한 것일 테고, 여기서 제가 화내면 더욱 기뻐할 게 뻔한데 제가 뭐하러요?"

완전히 화났다.

겉으로는 미소를 잃지 않고 있지만, 전신에서 새카만 오라가 슬금슬금 피어올랐다.

"미, 미안. 그게 이번 일은, 이래저래 사정이 있어서—."

위험하다! 라고, 경험을 근거로 생각한 룩스는, 순순히 그 자리에서 사과했다.

"아무래도 상관없어요. 오빠 따위는 멋대로 져서, 이 학

원에서 쫓겨나 버리라죠. 제 마음이 어떤지도 모르고 위험한 꼴을 겪는 것 보다, 그쪽이 차라리 안심되니까."

자그마한 입을 삐죽 내밀고서, 아이리는 그렇게 비꼬았다.

이러니저러니 해도, 단 하나뿐인 혈육인 이 여동생은, 오빠의 몸을 깊이 염려하고 있는 것이리라.

그렇기 때문에 룩스가 자기 발로 사건의 소용돌이 속으로 뛰어들 때, 그토록 심하게 화를 내는 것이다.

"이번에는 상담할 틈이 없었어. 정말 미안해! 그, 그게, 이번 일에 대한 보상은 나중에 꼭 할 테니까……."

룩스가 그렇게 필사적으로 사과하자.

"……오빠는, 비겁해요."

난감한 표정으로 아이리가 불쑥 중얼거렸다.

"어……?"

"제가 결국은 용서할 수밖에 없다는 걸 알면서, 멋대로 행동하니까, 언제나 언제나……. 아아, 정말이지."

"저기, 아이리—?"

목소리가 작아 잘 듣지 못한 룩스가 물어보자.

"아, 아무것도 아니에요!"

살짝 붉어진 뺨으로 아이리는 황급히 대답했다.

"아, 아무튼 보상 이야기는, 나중에 천천히 생각하도록 하고…… 이번에 오빠를 부른 이유는 다른 이야기를 하기 위해서예요."

아이리는 그렇게 운을 떼며 어흠, 헛기침을 했다.

그에 응하듯 룩스도 심호흡할 한 뒤 자세를 바르게 했다.

이런 늦은 시간에 룸메이트인 녹트가 보이지 않는 건, 일부러 자리를 비워달라고 부탁했기 때문이리라.

그만큼 중요한 이야기를, 지금부터 하려고 하는 것이다.

"이건 조금 전 학원장님께 극비리에 들은 이야기예요. 왕도에 투옥되었던 발제리드 크로이처가, 어젯밤…… 살해당한 모양이에요."

"……?!"

갑작스러운 사실에 룩스는 헛숨을 삼켰다.

"그리고, 반란군 부대장으로서 감금됐던 벨벳도 살해당했어요. 양쪽 모두 환신수의 습격에 의해서 말이죠."

본디 유적 주위에서 출현하여 근처의 생물을 공격하는 환신수는, 왕도까지 접근하는 경우는 거의 없다.

그 직선상에는 방위거점이 몇 개나 존재했으며, 잠복해서 장거리를 이동하는 종족도 거의 확인된 바가 없었다.

그래서 작위적인 구석이 느껴졌다.

"감옥에 나타난 환신수 자체는 무사히 쓰러뜨린 것 같지만, 아무래도 이해가 안돼요. 두 사람 모두 최근 각국에서 암약중인 『암상인』이라는 인물이 관여했음을 증언해서, 자세한 조사를 받는 중이었는데요."

"……"

"그리고 그것과는 다른 문제이지만, 헤이부르그 공화국의 집정원이 요 근래 군비 확장을 더욱 추진하고 있다는군요. 동맹 2국의 협력을 얻어서, 군과는 별개의 용병부대도 만들고 있다는 소문도 들려오고 있어요. 그 부분도 문제의 암상인이, 장갑기룡 등의 무력을 공급하고 있을 가능성이一."

"설마, 그건……."

각국에 장갑기룡이나 뿔피리 따위의 병기를 팔며, 세계에서 암약중인 암상인.

현재로서는 명확한 목적은 불명이지만, 각국에서 위험시하고 있는 인물이다.

"네, 우리가 쫓고 있는 『그』일지도 몰라요."

"큭……?!"

후길 아카디아.

룩스의 형이며 5년 전 쿠데타의 협력자.

그리고 마지막 순간에 자신을 배신하고, 구제국의 모든 것을 멸망시킨 사내.

사라진 그의 발자취를 쫓아 룩스는 지금껏 국내를 찾아 돌아다녀왔지만一.

"아직, 예의 암상인이 그라고 정해진 건 아니지만, 마음을 정하는 편이 좋을 거예요. 이대로 학원에 남아 싸울지, 일단 학원을 나가서 그를 쫓을지一."

"……응, 알겠어. 생각해볼게."

룩스는 아이리의 물음에 작게 고개를 끄덕였다.

"그러면, 잘 자. 아이리."

"안녕히 주무세요, 오빠."

인사를 남기고 아이리의 방을 나선 룩스는 기숙사 복도를 걸으며 창밖의 달을 바라보았다.

아이리가 굳이 선택지를 내놓은 것은, 룩스를 생각했기 때문이리라.

만약 암상인의 정체가 후길이라면, 이대로 학원에 남을 경우에 룩스와 《바하무트》의 존재가 알려져서, 표적이 될 가능성이 있다.

'하지만 이대로 세리스 선배 혼자만 라그나뢰크 토벌에 내보낼 수는 없어.'

헤이부르그 공화국이 라그나뢰크 토벌을 이 타이밍에 요구한 데에는 이유가 있다.

국외 대항전 직전에 그 기한을 정하고, 아티스마타 신왕국의 기룡사를 소모시킨 뒤에 압도적인 승리를 거둬서 유적 조사권을 독점하려는 가능성이 높았다.

게다가 세리스가 라그나뢰크에게 당하면, 국내의 반란군에게도 파고들 틈을 주게 될 것이다.

신왕국은, 유미르 교국과 동맹관계에 있지만, 유학생 크루루시퍼나 신왕국 왕녀인 리샤는 누가 보더라도 위험한 이 임무에는 동행할 수 없을 것이다.

지금 이 상황에서 관여할 수 있는 사람이라면, 그건 룩스뿐이었다.

'하지만, 예전에 실패했던 내게, 그런 자격이 있을까? 아니⋯⋯.'

룩스는 살짝 고개를 흔들어서 망설임을 뿌리쳤다.

자격은 주어지는 것이 아니라, 쟁취하는 것.

그렇게 결의하며, 룩스는 피르히와의 2인실로 돌아가 쉬기로 했다.

†

"⋯⋯."

같은 시각. 자신의 방에서 세리스는 잠들 수 없는 밤을 보내고 있었다.

룸메이트인 샤리스는 오늘밤도 자경단으로서 순찰을 다녀오겠다고 했으니, 결국 이렇게 잠들지 못할 거라면 함께 따라갈 걸 그랬다고, 약간 후회했다.

마음을 가라앉히기 위해, 왕도로 원정을 나갔을 때에도 가져갔던 책을 읽었다.

검술과 체술, 그리고 장갑기룡 기술을 정리한 그 책은, 세리스가 스스로 배우고, 익힌 기술체계를 발췌하여, 한 권의 기술서로 정리한 것이다.

"룩스 아카디아. 그는 아카디아 황제보다, 역시 당신을 닮았습니다……."

열린 페이지의 글자를 시선으로 쫓으며, 세리스는 조용히 중얼거리고는 손가락을 댔다.

"인과로군요. 이 학원에 온 것이, 하필이면― 그러니. …… 하지만."

갑자기 근심어린 표정을 보인 뒤, 세리스는 책을 탁 덮고서 고개를 들었다.

"저는 이렇게 할 수밖에 없어요. 그를 지키고, 학원 학생들을 지키려면, 달리 떠오르는 길이 없습니다. 이번에는 틀리지 않았겠지요? 웨이드 선생님."

남몰래 각오를 다짐한 그 혼잣말이, 타인의 귀에 들어가는 일은 없었다.

Episode 3　교내 선발전

"그러면 오늘부터 닷새 간 교내 선발전을 개최한다!"

이른 아침의 학교.

평소처럼 교실에서 인사를 마친 뒤, 라이글리 교관이 곧장 그렇게 소리쳤다.

"각자, 참가자인 무관 지망 학생들은 연습장 게시판을 보고 자신의 스케줄이 어떻게 되는지 파악해둘 것. 시간 내에 참전하지 못하면 부전패다. 부상이나 컨디션 불량일 경우에는 일찌감치 밝혀라. 그 점은 참작해주지."

원래는 유적 조사권을 건 타국과의 모의전인 국외 대항전의 대표를 정하는 싸움.

그러나 이번에는 룩스의 존속과 세리스가 나설 토벌에 룩스가 동행할지 여부를 건 싸움이기도 하다.

게다가 두 사람의 의견을 지지하는 학생들의 승패도 걸려 있으므로 1, 2학년 vs 3학년의 구도가 되어, 교실은 이상한 열기에 휩싸여 있었다.

"선발전용 규칙은 이전에 해설한 대로다. 그리고 이번에는 학원장님의 제안으로 한층 특수한 형식으로 경기를 치를 거다."

라이글리 교관은 힐끗 룩스를 바라보았다.

아마도 이번 경기 형식을 정하기 위해 여러모로 고심했을 것이다.

그리고 긴 설명이 시작됐다.

요약하자면, 이번 선발전 한정 특수 규칙은 아래와 같았다.

세리스와 그녀를 지지하는 3학년, 룩스와 그를 지지하는 1, 2학년이 대전을 치르고, 그 결과 이긴 쪽의 요구를 받아들여야만 한다는 것이다.

게다가 그 싸움은 일반 학생전(戰)과『기사단』전 두 가지로 나뉜다.

『기사단』소속 학생은 평균적으로 수준이 높으므로 같은『기사단』소속 상대와 싸우게 된다.

『기사단』과 일반 학생들.

룩스와 세리스가 품은 두 개의 주장을, 두 개의 그룹의 승패 결과에 맡기는 것이었다.

"룩스 아카디아의 주장과 요구는『본교 재학』과『환신수 토벌 임무 동행』이다. 반대로 세리스티아의 주장은『룩스의 퇴학』과『동행 거부』로 한다."

각자가 품은 두 개의 주장을 달성하고 싶다면, 당사자를 포함한 『기사단』 멤버와 자신을 지지하는 일반 학생이 승리한 횟수가 상대 지지자의 승리 횟수를 웃돌아야만 한다.

룩스 및 『기사단』 내 지지자의 싸움으로 한 판, 일반 학생 지지자의 싸움으로 한 판.

최소한 어디서든 1승을 얻지 못하면, 룩스는 확실하게 학원에서 추방당하게 된다.

"이상 설명을 마친다. 그럼 각자, 전력을 다하도록."

라이글리 교관이 나가자, 소녀들이 술렁이는 소리가 한꺼번에 교실 안에 퍼졌다.

"우와―. 역시 진짜로 대결이 시작되는 거구나! 어떡하지?"

"우리가, 3학년에게 이길 수 있을까요? 사람 수와 실력 차이는 승점을 고려하는 모양이지만―."

"룩스 씨, 지면 안돼요?"

그런 목소리가 곳곳에서 튀어나왔다.

"저, 저기, 죄송합니다. 그게, 모두를 끌어들이고 말아서―."

룩스가 반사적으로 그렇게 말하자.

"에잇, 너희 전부! 조용히 좀 해라!"

시끄럽게 구는 클래스메이트들을 보며, 리샤가 일어서서 일갈했다.

"사과할 필요는 없다, 룩스. 어차피 네가 저항하지 않았더라면, 그대로 쫓겨났을지도 모르는 상황이었으니 말이다."

그리고 반 전원에게 전달하려는 것처럼 목소리를 키웠다.

"우리가 할 일은 하나다! 당황할 필요는 없어, 그것을 위해 전력을 다해라! 이미 할 수 있는 최대한의 조치를 취해두었다."

"……어?"

룩스를 비롯한 클래스메이트 전원이 고개를 갸우뚱했다.

"이 클래스의 모든 장갑기룡을 지난밤 사이에 튜닝해두었다. 너희의 기룡은, 이전보다 전체적인 출력이 강화됐을 거다. 이거라면 3학년을 상대로도 일단은 대항할 수 있지."

"리, 리샤 님, 그게 사실입니까?!"

"이봐. 이래 봬도 나는 다른 기룡 정비사나 학원장의 허가를 받고 한 거다. 조정이 끝난 뒤의 확인도 받아두었지. 그러니 당당하게 사용해라."

"감사합니다! 역시 공주님은 대단하세요!"

"이걸로 조금은 희망이 보이는 것 같네요!"

리샤의 말에 클래스메이트 소녀들은 환호성을 질렀다.

장갑기룡은 출력이 높을수록 종합적인 성능이 올라가지만, 동시에 소모되는 속도도 빨라진다.

따라서 출력 강화는 양날의 검이었지만, 단기전을 여러 번 치러야 하는 이번 선발전에서는 실력이 우위에 있는 상대를 쓰러뜨리는 데 알맞다고 판단한 것이리라.

물론 출력을 올리는 조정에도 한계가 있지만, 룩스는 그보다 더 마음에 걸리는 부분이 있었다.

"저기, 리샤 님?"

그 사실이 당장은 믿겨지지 않아 룩스는 자기도 모르게 물어보고 말았다.

"내, 내 얼굴에 너무 신경 쓰지 마라. 조금, 보기 흉하니까……."

그러자 리샤는 어렴풋이 달아오른 얼굴을 휙 외면했다.

자세히 보니, 눈 밑에 희미한 다크서클이 남아있었다.

"그게…… 실은 모든 2학년의 기룡을 조정하고 싶었다만, 역시 그러기에는 시간이 부족하더군. 결국 우리 반의 기룡 정도만 할 수 있었다……."

리샤는 약간 낙심한 것처럼 말했다.

그러나 이 짧은 기간 동안 20여기 이상의 장갑기룡을 조정하려면 작업량이 보통이 아닐 거라는 것을 룩스는 알고 있었다.

"감사합니다. 리샤 님."

룩스가 감사의 마음을 전하자, 리샤는 작게 도리질을 쳤다.

"따, 딱히 감사 받을만한 일도 아니다. 애초에 너를 이 학원에 들인 사람은 나였고— 이래봬도 일단, 신왕국의 공주 아니겠느냐. 내가 솔선해서 모두를 움직이도록 해야지."

"……."

예전에 그 몸에 일어난 과거로 인하여 신왕국의 공주로서 대우받는 것을 꺼려하던 리샤. 그러나 이번 선발전에서는 백성 위에 서는 자로서의 책임감을 보이고, 모두에게 힘을 주었다.

자신을 위해, 그녀가 그렇게까지 해주었다는 것이 무척이나 든든했고, 믿음직스러웠다.

"—아뇨. 그렇다 해도, 정말 기뻐요."

"아……. 으, 응."

룩스가 양손으로 소녀의 손을 꼭 쥐자, 리샤는 얼굴이 확 달아오르며 고개를 숙이고 말았다.

"리샤 님! 새치기 하기 없기예요!"

"저기요, 아직 선발전은 시작도 안 했다고요?!"

그 모습을 본 클래스메이트들이 입을 모아 와자지껄 떠들어대자.

"—꽤 하는걸."

크루루시퍼도 미소를 머금고 그렇게 중얼거렸다.

"……실례. 바빠 보이는데, 잠시 괜찮겠나?"

그때, 똑똑— 노크 소리가 들리며 교실에 한 소녀가 들어왔다.

3학년이며 트라이어드의 일원인 샤리스였다.

"어라……?"

뜻밖의 방문객에 반 전체가 깜짝 놀라자.

"아―! 배신자다―! 샤리스도 참, 왜 루크찌 편에 붙질 않구!"

같은 트라이어드인 티르파가 뺨을 부풀리며 투덜거렸다.

학년이 달라도 본인이 바라면 지지하는 대상을 바꿀 수 있었던 것 같지만, 샤리스는 그대로 세리스의 지지자가 되었다는 이야기를 티르파와 녹트를 통해 들었다.

"그 문제에 대해서는 이미 이야기 했을 텐데. 그야 나도 그의 아군이 되어주고 싶은 마음은 산더미 같다만, 여러모로 생각하는 바도 있어서 말이다. 게다가 이렇게, 우리 쪽 정보를 전하러 올 수도 있지 않나. 뭐 이번에 한해서는 세리스가 전언을 부탁한 거지만―."

"……?!"

샤리스의 한마디에 반에 있던 일동이 숨을 삼켰다.

"그녀는 첫날인 오늘부터 2대 2 모의전에 출장하려는 것 같다. 세리스의 파트너는 같은 『기사단』 일원이지. 사니아 레미스트다."

"―."

일부러 샤리스에게 전언을 부탁했다는 건, 선전포고를 겸한 행동이리라.

"대전할지 어떨지는 운에 달려있지만, 너도 1, 2학년 『기사단』 멤버와 페어를 결정하는 게 좋을 거다. 뭐, 선택지는 그리 많지 않을 거라고 생각한다만. 그럼 이만.”

그것만을 말하고 샤리스는 교실에서 사라졌다.

단원이 적은 『기사단』 멤버 사이의 전투 횟수는 그리 많지 않다.

사니아는 범용기룡인 《와이번》을 사용하는 모양이지만, 세리스가 신장기룡의 사용사라는 점을 생각하면 룩스의 페어 상대는 필연적으로 제한될 수밖에 없다.

누구를 파트너로 선택할 것인가, 룩스가 고민하자.

“물론, 나를 페어로 뽑아줄 테지? 룩스.”

먼저 리샤가 룩스 앞으로 걸어나오며 신체가 자그마한 것치고는 커다란 가슴을 폈다.

“……그건, 그다지 추천할 수 없겠는걸.”

그러나 바로 떨어진 자리에 있던 크루루시퍼에게서 그런 목소리가 날아왔다.

“네 《티아마트》는 분명 뛰어나긴 하지만, 장시간 사용하기엔 아직 난점이 있었을 텐데. 체력이 뛰어난 선배가 상대라면, 그 약점을 찔릴 지도 몰라.”

“으음……!”

크루루시퍼의 냉정한 지적에 리샤는 눈썹을 치켜올렸다.

“너도 지난번 전투에서 파손된 《파프니르》의 수복이 아직 완전히 끝나지 않았을 텐데?! 그런 상태로 실력을 온전히 발휘할 수 있기라도—”

"저, 저기…… 두 사람 다, 좀 진정하시고—."

조용한 불꽃을 튀기는 두 사람 사이에 룩스가 허둥지둥 끼어들려고 했을 때.

"걱정 하지 마. 내가 나갈 테니까."

스르륵 틈 사이로 빠져나가는 듯한 작은 목소리가 들렸다.

지금까지 룩스 옆에 있으면서 멍하니 상황이 흘러가는 모습을 지켜보던 과묵한 소녀가, 천천히 일어서며 그렇게 주장했다.

"어……? 엑, 피이?!"

"응. 내가, 루우랑 같이 싸울게."

커다란 눈동자로 룩스를 물끄러미 바라보며 진지한 얼굴로 말했다.

목소리와 얼굴은 참 얌전하지만, 거부를 허용하지 않겠다는 태도였다.

"그, 그건, 그게—."

확실히 피르히는 신장기룡《티폰》의 사용사이며 『기사단』의 일원이다.

게다가 저번 사건에서 그 실력도 보았다.

충분히 세리스 페어에게 대항할 전력은 될 테지만.

"이봐, 마이페이스 아가씨! 멋대로 정하지 마라. 지금은 종합적으로 토론해서—."

"그러네. 우리도 그 역할을 간단히 양보할 생각은 없어.

차라리 룩스 군이 직접 판단해도 상관없는데, 어떻게 할래?

리샤와 크루루시퍼가 입을 모아 반론하자 룩스는 고민에 빠졌다.

'어, 어쩌지?! 솔직히 누구 한 사람만을 고를 수 있을 것 같지도 않은걸……!'

"자자자—! 세 사람 일단 진정 좀 하시고—."

이야기가 교착 상태에 빠졌을 때, 다른 자리에서 티르파까지 다가왔다.

어느 틈에 준비했는지, 그녀는 손에 가늘게 자른 종이 세 장을 쥐고 있었다.

"대충 이런 느낌으로 제비를 만들었으니까. 세 사람 전부 원망하기 없기야?"

"고, 고마워……."

소녀의 깔끔한 수완에 감탄하고 있을 때, 티르파는 씨익 하고 장난스러운 미소를 보이며 속삭였다.

"응. 아니아니, 신경 쓰지 마. 이 빚은— 비싼 건 아니라도 괜찮다구? 왕자님."

"……아, 알겠습니다."

'사, 살았다고 생각했더니 완전히 함정에 빠져버렸어?!'

역시 자신은 소녀들에게 농락당할 운명인가 보다라고, 룩스는 속으로 남몰래 한탄했다.

그리고, 세 사람이 일제히 제비를 뽑자, 바로 그 결과가 드러났다.

"큭······?!"

"······어쩔 수 없네."

리샤와 크루루시퍼는 낙담한 목소리를 냈다.

붉은 도장이 찍힌 제비를 뽑은 사람은, 피르히였다.

"루우. 나랑, 함께네."

평소와 다를 바 없이 멍한 말투였지만, 기분 탓인지 기쁜 것처럼 보였다.

"아, 그, 그러네······."

"괜찮아. 지지 않을 거니까."

"하, 하는 수 없군······. 세리스와의 대결은 네게 맡기겠다."

리샤는 그렇게 대답하며 크루루시퍼와 전투에 대해 토론하기 시작했다.

아무래도 페어 전투에서는 남는 두 사람이 조를 짜기로 한 것 같았다.

페어는 미리 정해서 신청해둬야만 하지만, 대전 상대의 조합은 직전이 되기 전까지는 알 수 없다.

그리고 『기사단』을 포함하는 정예들의 싸움은, 룩스파(派)와 세리스파의 각 멤버가 진 시점에서, 그 뒤의 싸움에는 참가할 수 없게 된다. 데스매치 방식이었다.

다른 『기사단』 멤버도 세리스 일행과 싸울 가능성이 있는 이상, 전력은 분산하지 않는 편이 좋을 터였다.

페어를 적은 종이를 제출하고 약 한 시간 뒤.

대기실 밖에 금일 대전 상대가 내걸렸다.

리샤와 크루루시퍼의 상대는 세리스와 사니아로 확정됐다.

세리스의 파트너인 사니아는, 신장기룡을 보유하고 있지 않았다.

그러니 기체성능만으로 판단하면 이쪽이 비교적 유리하다고 할 수 있었지만, 주변 클래스메이트의 표정은 긴장으로 가득했다.

국외 대항전, 교내 선발전 모두 최다 횟수의 시합을 치렀으며, 무패를 자랑하는 세리스티아의 일화.

지금까지 아군이었던 『최강』이 적으로 돌아선 것으로 인해, 말로는 꺼내지 않았지만 두려움을 품고 있는 것이 보였다.

"─페어가 되지 못한 건 아쉽지만, 우리가 먼저라서 다행인걸."

"아아, 그렇군."

그러나 대전 상대로 결정된 두 소녀는, 전혀 동요한 기색을 보이지 않고 미소 지었다.

"우리가 먼저 세리스를 쓰러뜨리면, 그것으로 이긴 것과 다름없으니 말이다. 그러니 안심하고 전과를 기다리고 있어라. 룩스."

리샤는 룩스를 향해 의기양양하게 가슴을 펼쳤다.

한편 크루루시퍼는 침착한 태도로 여느 때처럼 쿨한 미소를 떠올렸다.

"그럼, 다녀올게."

"저기, 두 분 다― 조심하세요."

진지한 얼굴로 룩스가 당부하자 크루루시퍼는 키득, 미소만을 돌려준 뒤 연습장 쪽으로 이동했다.

"……."

떠나는 두 사람의 뒷모습을, 룩스가 배웅하고 있는데.

"여전히 인기 만발이네요, 오빠는."

"우왓……?!"

갑자기 들려온 목소리에 룩스는 놀랐다.

어느새 여동생인 아이리와 그 친구인 트라이어드의 녹트가 옆에 있었다.

"친여동생이 만나러 왔는데, 대단한 인사네요. 못된 오빠."

아이리는 빙긋 미소를 떠올렸지만, 눈은 웃고 있지 않았다.

"그, 그런 게 아냐. 그냥 좀 놀랐을 뿐―."

"Yes. 저도 룩스 씨의 의견에 동의합니다. 아이리."

룩스가 다급하게 변명하자 녹트가 그런 그를 지지해주었다.

"……그런, 가요?"

아이리도 순순히 받아들여주었기 때문에 룩스가 가슴을

쓸어내리자.

"Yes. 단순히 리샤 님과 크루루시퍼 씨를 보며 넋을 잃고 있었을 뿐이라고 생각합니다. 두 분 다 아름다우시고, 지금은 장의를 입고 있으니 피부가 노출 된 면적도—."

"……나를 도와주려는 거 아니었어?!"

비교적 차분한 성격이라 깜빡 잊곤 하지만, 이 녹트라는 소녀도 상당한 수완가 축에 들어갔다.

"하아. 뭐 오빠도 혈기왕성한 시기의 남성이고, 아무래도 좋지만 제 동급생들까지 이상한 눈으로 보지는 말아주세요."

"……아니 저기, 나는 딱히—."

"루우. 곧 시작할거야?"

다시 한 번 부정하려고 생각했을 때, 배후의 피르히가 그렇게 재촉했다.

"이동해요. 세리스 선배의 정보도, 모을 수 있는 데까지는 모아서 오빠한테 해설해드릴 생각으로 왔으니까요."

"아, 응. 고마워, 아이리."

룩스는 열없이 웃었고, 네 사람은 함께 연습장 관객석으로 향했다.

많은 학생이나 학원 관계자들로 북적이는 그 자리에 룩스 일행이 도착하자, 거의 동시에 리샤 일행이 입장했다.

†

　"그러면, 교내 선발전 A그룹 2번 페어 vs B그룹 1번 페어의 모의전을 시작하겠다. 참전자는 모두 발검하고 장갑기룡을 장착하도록!"

　심판을 맡은 라이글리 교관의 목소리에 네 사람은 일제히 기공각검을 뽑아들었다.

　그리고 각자 그립에 있는 버튼을 누르고 영창부^{패스코드}를 외우기 시작했다.

　"─오라, 힘을 상징하는 문장의 익룡. 나의 검을 따라 비상하라, 《와이번》!"

　먼저 사니아가 범용기룡인 《와이번》을 소환했다.

　빛의 입자와 함께 나타난 푸른 기룡은, 즉시 무수한 부품으로 전개되어 사니아의 몸을 뒤덮는 장갑으로 변했다.

　"이런 난폭한 일은 특기가 아니지만, 오늘만큼은 전력으로 임하겠어요."

　중형 블레이드를 들고 사니아가 선언했다.

　『기사단』 3학년인 소녀의 선전포고에, 관객석에서 살짝 동요가 일었다.

　"……홋."

　마주 선 리샤는, 그것을 가볍게 웃어넘기고는, 기공각검을 높이 들어올렸다.

"—눈을 뜨거라, 개벽의 시조여. 홀몸으로 군세를 이루는 신들의 용왕이여. 《티아마트》!"

"—전생하라. 재화에 사로잡힌 재앙의 거룡. 끝없는 욕망의 대가가 되어라, 《파프니르》!"

두 사람이 영창부를 선언하자 주위의 공간이 빛으로 뒤덮였다.

아름다운 광택을 발산하며 붉은빛과 백은빛 거룡이, 순식간에 두 사람의 등 뒤에 소환됐다.

"접속·개시!"

그 직후 안에서 밖으로 열리며, 무수한 무품으로 갈라지더니 고속으로 각 부위에 장착됐다.

비상형 신장기룡 두 기의 압도적인 박력에, 회장은 크게 술렁였다.

"일단, 범용기룡으로 싸울지도 모른다는 예상도 했지만…… 아무래도 두 사람 모두 진심인 모양이네."

"저 두 명, 2학년 중에서도 톱클래스지? 실력도, 기룡적성도 높고……."

"게다가 두 기의 신장기룡을 동시에 상대해본 기룡사가 세상에 몇 명이나 있겠어요? 이래서야, 천하의 세리스 양이라도—"

그 위용에 압도당한 것인지, 3학년 여학생들이 저마다 불안을 입에 담았다.

그러나 대치중인 세리스티아 본인은 전혀 동요하지도, 기죽지도 않고 기공각검을 들고 자세를 가다듬었다.

"강림하라. 위정자의 피를 이은 왕족의 용. 일백줄기 번개를 두르고 하늘을 누비거라, 《린드부름》."

특징적인 레이피어 형태의 기공각검.

높이 들어올린 검의 뒤에서 나타난 것은, 예리하고도 장엄한 형상과 황금의 빛을 두른 거대한 날개를 지닌 거룡.

"접속·개시—!"

높은 목소리와 동시에 세리스의 몸을 순식간에 뒤덮은 장갑은, 빛의 고리 같은 양 날개를 등 뒤에 펼치면서 천사 같은 거룩함을 보여주고 있었다.

"——."

그 아름다움과 끝이 보이지 않는 박력에, 관객석의 학생들은 자기도 모르게 환호성마저 잊은 채 넋을 잃고 바라보았다.

오른손에는 특대 돌격창, 왼쪽 어깨에는 특수한 형상의 기룡식포가 연결돼있었다.

"잘 봐두세요, 오빠. 학원 최강이라고 불리는 그녀의 《린드부름》과 그 전술을—."

"Yes. 『기사단』 소속인 저조차 세리스 단장의 전투를 제대로 본 적은, 거의 없습니다. 일단 움직이면, 곧 끝나버리고 말거든요."

아이리와 녹트는 긴장감이 느껴지는 목소리로 그렇게 중얼거렸다.

룩스가 고개를 끄덕이는 것과 동시에 라이글리 교관의 목소리가 링에 울려퍼졌다.

"모의전, 개시!"

배틀 스타트

신호와 동시에 그 자리에 있던 네 기가 일제히 비상했다.

작전은 사전에 정해두었는지, 다들 망설임 없이 움직이고 있었다.

리샤가 기공각검을 휘두르자 갑자기 네 기의 공정요새가 그르렁대더니 네 종류의 곡선을 그리며 세리스를 향해 덤벼들었다.

《티아마트》 전용 특수 무장인 거대한 화살촉 모양의 원격 투척 병기.

그 전탄이 일제히 세리스를 향해 발사된 뒤, 급격히 그 움직임이 변화했다.

"......?!"

세리스를 노리고 포물선을 그리는 궤도가 《린드부름》에 레기온 명중하기 직전에 급상승했다.

그 위에 있는 것은—.

"……세리스 언니가 아니야! 목표는 저였습니까?!"

사니아가 리샤의 의도를 눈치 채고 장벽의 출력을 끌어올려 블레이드를 들어 올린 순간, 리샤가 웃었다.

"안됐다만, 그것도 아니다."

파슝! 그 순간 가느다란 청백색 섬광이 일직선으로 대기를 관통했다.

《파프니르》가 지닌 특수 무장—《동식투사》 프리징 캐논 의 사격.

명중한 부위를 얼려버리는 능력을 지닌 라이플 형 저격총이었다.

피할 틈도 없이 세리스의 눈앞에서 냉기가 터지고, 결정처럼 보이는 꽃잎이 하늘에 흩어졌다.

"세리스 언니—?!"

네 기의 《레기온》으로 세리스의 시야를 차단하고, 그 찰나의 순간을 노린 고속 정밀사격.

—그러나.

"당시들의 판단은, 제법 훌륭합니다."

"윽……?!"

초연한 세리스의 목소리가 공중에서 얼어붙은 얼음 너머에서 들려왔다.

리샤와 크루루시퍼의 얼굴에 미미한 동요와 긴장감이 감돌았다.

동결시킨 것은, 세리스가 소지 중인 중형 기룡아검.[블레이드]

수중의 무기 하나를 희생해서 일회용 방패로 사용한 것이다.

"칫……!"

리샤는 다시 기공각검을 휘둘러 양동작전용으로 사용한 《레기온》으로 추격에 나섰다.

하지만 그 전탄은 《린드부름》의 대형 창에 쉽사리 튕겨나가 제어를 잃고 추락했다.

"강해졌군요. 승산이라면 충분히 있겠어요."

온화한, 그러나 조용한 위압감이 섞인 목소리로, 세리스는 선고했다.

"상대가 제가 아니었다면, 말이지요."

그 직후 《린드부름》은 폭발적인 속도로 상승했다. 세리스는 《티아마트》를 장착한 리샤의 코앞까지 순식간에 접근하더니 창을 들고 있는 우반신의 무게를 그대로 실어 내찌르는 일격을 펼쳐보였다.

"크앗……!"

바지지지직……!

그 순간, 뇌명이 터져나오며 랜스의 끝에서 번개가 뿜어져나왔다.

"우, 아악……?!"

장벽과 장갑 위로 창끝과 뇌격에 가격당한 리샤는 후방

으로 튕겨나갔다.

크루루시퍼가 순간적으로 세리스를 노리고 《동식투사》를
겨눴지만, 사니아가 기룡식총으로 퍼붓는 탄막 탓에 그 원
호는 차단당했다.

"그럼, 워밍업은 이만 끝내도록 합시다. 괜찮겠지요? 두
사람 모두."

위협하는 듯한 세리스의 미소와 함께 《린드부름》이 빛을
머금었다.

†

"저건—!"

룩스가 《티아마트》에 일어난 이변을 느낀 순간, 즉시 옆에
있던 아이리가 고개를 끄덕였다.

"네, 저 특대 창은 《린드부름》의 특수 무장이에요. 번개와
별을 본체로 삼는 용의 송곳니—《뇌광천창(雷光穿槍)》이라
는 이름이죠. 전격은 환옥철강에도 영향을 주니까, 명중당
할 경우 장갑을 통해 사용사에게도 피해를 주고, 공격을 받
은 부위의 장갑이나 무장은 십여 초 간 동작이 둔해지게 돼
요."

문관으로서 학원 내의 온갖 정보를 기록하는 아이리는 그
렇게 신중하게 해설했다.

강렬한 찌르기와 동시에 전격을 흘려보내, 장갑기룡의 기능을 봉하는 능력.

그것만으로도 충분히 성가셨지만, 저 공중을 가르는 뇌격은—.

"Yes. 하지만 그것만이 아닙니다. 전격을 창끝에서 발사, 중거리 공격도 가능하죠. 물론 그 공격에 적중당하면, 접촉했을 때처럼 몇 초 동안 장갑기룡의 기능이 저하되게 됩니다."

룩스가 의문을 꺼내기 전보다 빨리 녹트가 보충해주었다.

"전격을 두른 그녀의 공격은 『뇌섬(雷閃)』이라고 불려요. 저것을 사용하면 아무리 오빠라 해도, 계속해서 막아내기는 불가능 할 거예요. 기룡의 움직임 자체가 봉쇄되고 마니까."

"……"

세리스의 공격을 연속해서 받아내는 것은 불가능.

대책으로는 맞지 않도록 하는 것 밖에 없지만, 저 극한으로 연마된 찌르기 일격을 전혀 허용하지 않고 피하기란 불가능에 가깝다.

멈추지 않고 날아다닌다 해도, 상대는 비상형 신장기룡이었다. 룩스의 《와이번》과는 애초에 기동력 차이가 너무 심했다.

상상 이상의 난적.

룩스가 그래도 어떻게든 대책을 세우고자 시합을 보고 있는데, 느닷없이 세리스의 시선이 움직이더니 관객석에 있는 룩스와 마주쳤다.

 찰나에 가까운 시간. 그러나 일부러 전투 중에 그런 행동을 한 세리스의 의도를, 룩스는 이해했다.

 "―와요, 오빠. 저것이, 그녀의 전력이에요."

 부웅!

 직후, 공중에 멈춰 선 《린드부름》이 격렬하게 빛나며, 거대한 구형 빛이 퍼져나갔다.

✝

 "야단났군⋯⋯. 어떻게든 이렇게 되기 전에, 정리하고 싶었는데 말이지―."

 세리스를 중심으로 전개된 빛의 영역― 공중까지 포함해 연습장 전체를 가득 채운 공간을 보며 리샤는 투덜거렸다.

 발동된 《린드부름》의 신장(神裝)에 약간 압도당할 것 같았지만.

 "한탄하기는 아직 일러. 너도 그에게 멋진 모습을 보여주고 싶잖아?"

 옆에서 멈춰있는 크루루시퍼의 말에, 리샤는 대담하게 웃어 보였다.

"그래, 알고 있다.《티아마트》여! 본성을 드러내거라!"

기공각검을 높이 들어올리며 외치는 동시에 주위에 빛이 달렸다.

직후, 또다시 빛의 입자가 모이며 새로운 무장이 전송됐다. 부속 무장인《일곱 개의 용머리》.

일곱 개의 머리를 지닌 용으로 변한 여신을 상징하는 거대한 포신이《티아마트》의 오른팔과 왼쪽 어깨에 연결됐다.

"자아, 나를 즐겁게 해주겠는가! 학원 최강!"

그와 함께 추가 전송된 도합 열여섯 기의《레기온》을 한꺼번에 기동했다.

그 모두가 공중의 세리스를 노리고 일제히 날아들었다.

그러나 그 순간, 세리스가 차가운 미소를 보이며— 중얼거렸다.

"과연 즐거움을, 느낄 수 있을까요?"

그 순간 일곱 빛깔 빛의 고리에 감싸이며, 세리스의 모습이 사라졌다.

그리고 기공각검을 휘두르는 리샤 바로 옆으로 순식간에 이동했다.

"⋯⋯!"

헛숨을 들이킨 찰나, 전격을 머금은 랜스의 일격이《티아마트》의 옆구리를 노리고 뻗어나갔다.

피할 수 없는 타이밍에 리샤가 무심코 몸을 경직시킨

순간.

타앙!

라이플 발사음이 들리더니 냉기의 섬광이 하늘을 갈랐다.

리샤를 노린 일격을 막고 세리스의 틈을 노린 사격이었으나, 세리스는 내뻗은 창의 일격을 멈추고 그 자리에서 방향을 돌린 뒤 가속했다.

신속한 반응. 마치 처음부터 저격자의 위치를 알고 있었던 것처럼 최단궤도로 《파프니르》를 향해 육박한다.

크루루시퍼가 자세를 갖추려는 순간, 세리스는 이미 찌를 준비를 마친 뒤였다.

"윽……?!"

발동된 《용린장순》을 뇌섬 일격으로 튕겨낸 뒤, 즉각 뻗어나온 창의 후속타가 순간적으로 후퇴한 《파프니르》의 팔에서 《동식투사》를 쳐날렸다.

"─당했네. 처음부터, 내가 목표였던 거구나?"

"눈치채는 게 늦었군요. 총명한 당신 치고는."

후방으로 거리를 벌린 뒤 중형 블레이드를 들어올리며 크루루시퍼는 씁쓸하게 웃었다.

†

"기룡째로 모습을 지웠어?! 저건, 대체─?"

관객석에서 룩스가 중얼거리자, 아이리는 조용히 고개를 들어올렸다.

"저것이 《린드부름》의 신장— 《지배자의 신역(神域)》예요. 처음에 펼쳐진 빛의 범위 내에 있는 것을, 동일 범위 내의 모든 장소로 고속 전송시키는 게 가능하죠."

"그런, 설마—."

《린드부름》이 전개한 빛의 영역은 룩스의 눈어림했을 때 반경 약 500메르.

연습장 전역을 뒤덮어버릴 정도로 넓은 범위를, 자유자재로 순간이동 할 수 있다면—.

"Yes. 그녀가 최강인 이유는, 바로 그 점에 있습니다. 단순한 전투기술, 기룡조작 실력만으로도 이미 출중하지만, 저렇게 자유자재로 간격을 지배하면 상대하는 자에겐 승산이 없지요."

힐끔 룩스 쪽으로 시선을 보내며 녹트가 보충했다.

그 의미를, 룩스는 순식간에 파악했다.

극단적으로 말하자면, 싸움이란 간격을 조절하는 것이다.

자신의 공격은 상대방에게 닿되, 상대방의 공격은 닿지 않거나 쉽게 피할 수 있는 거리를 유지하며 싸우는 것이 기본이며 가장 어려운 기술이다.

하지만 저 신장은—.

"떨어져 있어도 순식간에 거리를 좁힐 수 있죠. 접근해서 몰아붙여도 순식간에 배후를 빼앗기고 말아요. 게다가 그녀는 크루루시퍼 씨의 공격과 신장을 경계해서, 리샤 님이 사이에 들어오는 위치를 잡고 있어요. 저래서야 아무리 미래를 읽을 수 있어도, 거의 소용이 없겠죠."

"······."

아이리의 중얼거림에 룩스는 거듭 이해했다.

크루루시퍼가 다루는 《파프니르》의 신장, 《재화의 예지》를 구사하더라도, 순식간에 자신의 뒤로 돌아서 들어온다면 반격할 수단이 없다.

애초에 장갑기룡은, 기본적으로 배후를 공격할 수 있는 구조가 아니라, 그 자리에서의 급격한 방향 전환도 할 수 없었다.

가까스로 할 수 있는 거라면 달아나는 정도이지만, 그래서야 리샤 일행이 공세에 나서는 상황은 만들 수 없다.

따라서 이 국면을 뒤집는 것은, 더는 바랄 수 없었다.

†

네 기의 용이 춤추는 고속 전투가 연습장에서 전개되고 있었다.

리샤는 《레기온》을 최대로 기동, 전탄을 사용해서 세리스를 몰아붙였지만, 그녀는 이번에는 《지배자의 신역》을 사용하지 않았다.

"그 소년은, 당신의 공격을 막아낸 모양이더군요?"

번개를 머금은 대형 창 형태의 특수 무장—《뇌광천창》을 교묘하게 휘둘러서 모든 방향에서 공격해오는 《공정요새》를 잇따라 쳐낸다.

온갖 무장을 동원해서 대응했던 룩스와는 달리 창 한 자루만으로, 도합 열여섯 기가 퍼붓는 폭풍 같은 공격을 모조리 막아내고 있었다.

그럼에도 리샤는 공격을 계속했지만, 세리스의 창에 튕겨 나갈 때마다 기동력을 잃더니, 결국 모든 《레기온》이 연습장 링으로 떨어졌다.

"당신의 공격은 강력하지만, 버티기에 취약하다는 점이 약점입니다."

세리스의 담담한 선언에, 리샤는 거친 숨을 몰아쉬며 대담하게 웃었다.

"……일일이 내 프라이드에 상처를 주는군, 우리 최강님은. 그걸 버틸 수 있는 인물이, 이 세계에 몇 명이나 있을 거라고 생각하는가?"

크루루시퍼도 사니아의 《와이번》과 공중에서 교전하며 세리스의 틈을 엿보고 있었지만, 세리스가 움직임을 최소한으로 제한한 탓에 전혀 공격할 수 없었다.

사니아는 사니아대로 묘하게 욕심을 보이지 않고, 세리스의 서포트에만 전념했다.

　범용기룡인 《와이번》으로 싸우는 사니아는, 이 국면에서는 결정력이 부족했다.

　그래서 브레스 건 두 자루를 요령껏 다뤄서 중거리 공방을 유지, 결정타를 주지 않고 움직이고 있다. 크루루시퍼의 움직임을 방해할 수 있을 정도로만 딱 달라붙어 있었다.

　한편, 이미 리샤의 체력은 한계에 도달해 있었다.

　"그렇다면, 이것으로— ……크?!"

　《세븐스 헤즈》를 겨눈 순간, 세리스가 움직였다.

　최소한의 동작으로 기룡조인 세 자루를 《티아마트》를 노리고 투척. 거의 동시에 일곱 빛깔 빛의 고리가 《린드부름》을 감쌌고, 그 자리에서 모습을 지웠다.

　"설마. 이건—?!"

　"끝입니다. 붉은 전희."

　리샤가 대거를 막고자 장벽을 펼친 순간, 배후에서 뇌섬을 사용해 《티아마트》의 추진장치를 부쉈다.

　"큭……?! 이것이, 바로 그—."

　"그래. 세리스 언니 **혼자서 펼치는** 동시공격. 우리가 『중격(重擊)』이라고 부르는 기술이지."

　장갑을 파괴당한 리샤의 혼잣말에 사니아가 웃음을 보였다.

　어떤 강자라 해도 여러 방향에서 날아오는 동시공격은 막지 못한다.

그러나 《린드부름》의 《지배자의 신역》을 사용하면, 두 종류의 공격을 완벽한 타이밍으로, 동시에 시도할 수 있다.

세리스가 지닌 집중력과 기술, 그리고 신장의 능력을 모두 활용해야만 가능한 절기에, 관객 여학생들은 환호성을 터뜨렸다.

"—당신의 패배입니다."

그렇게 선언하며, 세리스는 리샤에게 등을 돌렸다.

날개의 추진장치가 파괴된 이상 추락할 수밖에 없다.

최소한 착지하기 전까지는 자신을 공격할 수 없을 테니, 크루루시퍼 쪽을 경계했지만—.

"어딜 가려는 거냐? 네 상대는 아직 이쪽이다, 최강."

"……윽?!"

그 순간, 리샤는 《티아마트》로 세리스의 《린드부름》의 배후에 달라붙어 구속했다.

그 손에는, 《티아마트》의 기공각검이 쥐어있었다.

"신의 이름 아래 부복하라, 《천성(스프레서)》!"

—쿠궁!

눈부신 신장의 빛이 터져나오며, 《린드부름》은 뒤에 달라붙은 《티아마트》와 함께 떨어져내렸다.

고속으로 대지에 내다꽂힌 탓에 피어오른 흙먼지가 두 소녀를 뒤덮었다.

"……중력제어— 자신의 중력을 무효화 하여, 공중에 떠 있는 것조차 가능하다는 건가요?"

어마어마한 낙하 충격을 경험한 세리스는 약간의 동요를 담아 말했다.

《티아마트》의 신장 《천성》을 사용해 먼저 자신의 중량을 무효화 하여 공중에 머물었고, 《린드부름》에 달라붙은 순간 강렬한 중력 부하(負荷)로 전환하여 처음으로 붙잡는 것에 성공했다.

신장기룡 두 기의 자체 중량에 더해 몇 배의 중력까지 걸린 탓에 두 사람의 발밑이 움푹 꺼졌다.

"《지배자의 신역》으로 전송할 수 있는 건, 크기에 제한이 있었겠지? 《린드부름》을 장착한 네 자신의 크기가, 그 한계다. 그렇다면 이렇게 달라붙은 채 동시에 중력을 걸어버리면—"

평범하게 《천성》으로 중력 부하를 걸어봐야, 상대는 자신의 신장으로 달아날 수 있다.

그래서 이렇게 달라붙을 수 있는 기회를 아슬아슬한 순간까지 기다려서, 리샤는 멋지게 붙잡은 것이다.

"크루루시퍼! 와라!"

리샤가 외치는 동시에, 아니, 그 전에 이미 크루루시퍼는 움직이고 있었다.

원거리에서 교전 중이던 사니아를 튕겨낸 뒤, 《파프니르》는 탄환처럼 빠르게 《린드부름》을 향해 달려들었다.

창궁을 가르는 한 줄기 섬광으로 화하여, 중형 블레이드를 휘두른다.

최고속도에 도달한 《파프니르》의 일섬이 세리스를 덮치려는, 바로 그 찰나.

빠지직—!

귀청을 찢는 듯한 굉음과 함께 《티아마트》와 《린드부름》이 번개에 휩싸였다.

"우아악······?!"

"윽—?!"

리샤는 비명을 질렀고, 크루루시퍼는 한순간 그 어마어마한 섬광에 눈앞이 아찔해지는 것만 같았다.

그 직후, 초연한 소녀의 목소리가 메아리치듯 들려왔다.

"《성광폭파(星光爆破)》."

스타라이트 제로

어느새 리샤의 구속에서 벗어나 연습장 반대편까지 순간이동한 세리스가 그렇게 중얼거렸다.

그리고 그 말이 끝나기가 무섭게 어깨에 연결돼 있던 포신이 우렁찬 소리와 함께 기동, 구형 광탄을 발사했다.

"······크?!"

강렬한 빛에 눈을 가늘게 뜨며 리샤와 크루루시퍼는 동시에 숨을 삼켰다.

노란색으로 깜빡이는 광탄의 속도는 결코 빠르다고 할 수는 없었다.

그러나 불과 몇 초 후.

광탄은 연습장 중심에 도달한 순간, 그 자리에서 요동치더니 사방으로 터져나갔다.

투쾅—!

망막을 태우는 섬광과 숨도 못 쉴 정도의 폭풍이 연습장 안에서 격렬하게 소용돌이치고, 관객석의 학생들이 비명을 터뜨렸다.

거의 연습장의 80퍼센트에 달하는 넓이가 빛과 폭염으로 가득 찼다.

《성광폭파》는 《린드부름》이 보유한 또 하나의 특수 무장이다.

축적한 에너지를 극한까지 압축한 『별』이라는 광탄을 쏘아 몇 초 뒤, 그곳을 중심으로 반경 300메터 내의 공간을 폭격하는 광범위 초위력의 섬멸병기.

그 포격을 세리스는 완벽하게 계산, 관객석에 피해가 가지 않도록 조정해서 발사했다.

"세리스 언니가, 전력을 다하다니—."

포격 전에 세리스에게서 회피 지시를 받아 사니아는 공격 범위를 한 발 앞서 빠져나갔다.

그래도 놀라움을 감추지 못하는 표정으로 혼잣말하며, 아래로 보이는 연습장으로 시선을 떨어뜨렸다.

무시무시한 충격과 불꽃의 여파가 사라지고, 연기가 걷히자—.

"……간신히, 늦지는 않은 모양이네."

"크루루시퍼?!"

크루루시퍼의 《파프니르》가 리샤의 《티아마트》 앞을, 마치 폭풍에서 감싸는 것처럼 서 있었다.

그 사실에 놀란 리샤는 자기도 모르게 목소리를 높였다.

"소문으로 듣기는 했지만, 말도 안되는 위력이네……. 유감스럽지만, 나는 이제 한계야."

파직! 빛을 방출하며 《파프니르》의 시스템이 다운됐다.

직후에 리샤의 《티아마트》도 시스템 다운을 일으키며 두 사람의 장갑이 해제됐다.

《스타라이트 제로》를 방어하기 위해, 장벽과 무장에 모든 에너지를 쏟아부은 탓에 힘을 다한 것이다.

"전투 속행은 불가능이라고 판정, 3학년 『세리스티아, 사니아』 페어의 승리를 선언한다!"

그 순간, 재빨리 라이글리가 판정을 내리자 모의전 종료를 알리는 종이 울렸다.

요란한 환성이 연습장 안으로 쏟아져 내렸다.

"《파프니르》의 자동방어인 《오토 실드》까지 날아가 버렸어. 역시 만만한 상대는 아니네, 그녀는—."

"그, 그게 아니라?! 어째서, 나를 도와주러—."

"네가 한계를 쥐어짜면서까지 싸웠으니까. 아무리 세리스 선배가 위력을 계산했다고 해도, 네가 조금도 다치지 않을 거라곤 확신할 수 없었거든."

별 것 아니라는 얼굴로, 크루루시퍼는 리샤의 질문에 대답했다.

그리고 그 길고 아름다운 머리카락을 쓸어올리며 상쾌한 미소를 보였다.

"솔직히, 놀랐어. 너의 공주님이라고는 생각할 수 없는 전술적인 판단력은 알고 있다고 생각했는데, 내 예상을 뛰어넘어서 그 세리스 선배를 몰아세웠지. 감탄하는 동시에, 여기서 다치게 놔두고 싶지 않다고 생각했다구."

"그, 그렇게 대단한 일도 아니다, 그 정도쯤⋯⋯. 《천성》으로 내게 걸리는 중력을 가볍게 해서 체공하는 전술은, 예전부터 생각해왔고—."

"아니. 내가 인정한 부분은, 신왕국의 공주인 네가 앞뒤를 가리지 않고 사력을 다해 이기려고 했다는 점이야. 나는 그때 이미, 반쯤 포기하고 있었는데⋯⋯."

그렇게 말하며 크루루시퍼는 관객석의 룩스쪽으로 시선을 옮겼다.

"그를, 진심으로 이 학원에 남겨두고 싶어 하는 마음. 그 점은 네게 공감할 수 있으니까—."

그렇게 속삭이자 리샤는 뺨을 살짝 붉히며, 부끄러운 듯 고개를 숙였다.

"무…… 뭐냐, 갑자기! 나는 그저, 나를 위해서—!"

"그래, 나도 알아. 될 수 있으면 앞으로도 사이좋게 싸워보자구. 물론, 최후에는 내가 이길 생각이지만."

크루루시퍼는 약간 즐거운 표정으로 주저앉아있던 리샤에게 손을 내밀었다.

그 광경을, 세리스는 약간 떨어진 위치에서 지켜보았다.

"……."

†

"당하고 말았네요. 두 분 전부……."

룩스 옆에서 해설하던 아이리는, 약한 한숨과 함께 입을 열었다.

"Yes. 하지만 상당히 건투하지 않았나 싶습니다. 저 세리스 선배를 상대로, 용케 여기까지—."

녹트도 동의하며 끄덕였지만, 그 직후에 의문스러운 표정을 띄웠다.

"그러나 마지막 공방은 대체 어떤 것이었을까요? 크루루시퍼 씨가 세리스 선배를 베려는 순간, 그 근처가 빛나서 아무것도 보이지 않았습니다만……."

"자신을 공격했다 ……고, 생각하는데?"

"엑?"

룩스 옆에서 들려온 작은 목소리에, 아이리와 녹트가 나란히 고개를 갸우뚱했다.

지금까지 멍한 모습으로 관전하고 있던 피르히가, 갑자기 그렇게 중얼거렸기 때문이다.

"─역시, 그랬나."

진지한 표정으로 연습장을 보고 있던 룩스도, 무심결에 수긍했다.

"무, 무슨 말씀이세요? 그 순간, 무슨 일이─."

아이리가 당황하며 그렇게 묻자.

"그때 세리스 선배는, 《라이트닝 랜스》로 스스로를 공격했어. 그것도 아마, 최대치에 가까운 고출력 전격으로…… . 그리고, 달라붙은 리샤 님과 《티아마트》에 대미지를 줘서 구속을 뿌리쳤지."

"설마, 그런─."

평소에는 냉정한 녹트마저 놀란 표정을 보였다.

그 순간의 공방을 알아본 사람은, 이 관객석에는 거의 없을 것이다.

등 뒤에 달라붙는 예상 밖의 공격을 당한 세리스는, 자신이 입는 대미지를 감수하며 뇌섬을 사용해 리샤의 구속을 풀고, 《지배자의 신역》으로 순간이동. 게다가 또 하나의 특수무장인 《스타라이트 제로》를 발사하여 승부를 결정했다.

심지어 그 순간, 자신을 공격한 뇌섬에 의한 섬광으로 크루루시퍼의 시야까지 차단했다.

《파프니르》가 지닌 미래예지의 신장 《재화의 예지》는, 사용사인 크루루시퍼 자신의 시각을 통해서 인식하는 것이라고, 룩스는 들었다. 따라서 시야 그 자체를 차단하면 무효화 할 수 있으리라.

그러나 룩스는 무엇보다도 그 판단력과 실행력이 두려웠다.

"그러고 보니…… 소문으로 들어본 적이 있어요. 그녀는 어렸을 때부터 검술이나 기룡 조종술에 높은 자질을 보였지만, 그중에서도 특이한 재능을 지녔다고요."

아이리는 문득 생각난 것처럼 연습장을 보며 말을 꺼냈다.

"온갖 상황을 상정한 전술을 기억하여, 즉각 최선의 책략을 실행하는 재능─. 왕도의 군인들 사이에서는 『기동정석(機動定石)』이라고 불린다는 것 같아요."

"기동, 정석……."

고작 몇 초 사이에 무서운 반응 속도를 보이며, 궁지를 역전한 사고의 순발력.

기룡조작 기술이나 《린드부름》의 뛰어난 성능이 전부가 아니다.

'저것이 학원 최강의 소녀, 인가…….'

그 끝 모를 실력을, 새삼 룩스가 되새기고 있자.

"……."

콕콕, 피르히가 옆에서 룩스의 어깨를 가볍게 찔렀다.

"루우. 두 사람이 어떤지, 보러 다녀와."

"……아, 응. 그렇지."

일단 리샤와 크루루시퍼의 몸이 걱정됐다.

룩스는 자리에서 일어나 피르히 일행과 함께 관객석을 뒤로 했다.

†

교내 선발전 탓에 부상자가 나오기 쉬운 앞으로의 며칠 동안은 임시 휴게실이 몇 개 준비되어 있지만, 리샤와 크루루시퍼는 일단 의무실로 옮겨진 모양이었다.

피르히와 녹트는 바로 뒤에 개인전, 아이리는 일이 있어서 한 번 헤어진 뒤, 룩스가 걸음을 재촉해서 그 의무실로 향하고 있는데—.

"앗……?!"

"……."

때마침 안뜰로 이어진 복도 반대쪽에서 세리스가 홀로 걸어왔다.

바로 조금 전까지 치열한 전투를 치른 사람이라고는 생각할 수 없을 만큼 반듯한 걸음걸이로, 어딘가 많은 것이 함축된 강한 시선을 룩스에게 보냈다.

"아주 약간, 의외였습니다."

그 커다란 가슴에 손을 얹고, 세리스는 독백처럼 중얼거렸다.

"당신을 붙잡아두는 그녀들은, 진심으로 당신을 위해 싸우고 있는 것 같군요."

아마도, 조금 전의 싸움을 통해 세리스는 리샤와 크루루시퍼의 의지와 각오를, 직접 느낀 것이리라.

그 초연한 지배자의 분위기가, 아주 약간 누그러졌다.

하지만 다음 순간, 등줄기를 오싹하게 만드는 강한 적의가 룩스에게 엄습했다.

"하지만 제 의지가 흔들리는 일은 없습니다. 당신은 아직이 학원에는 불필요한 인간입니다. 그것을 다음 당신과의 싸움을 통해 증명하지요."

"……."

이것이 바로, 타고난 귀족.

사대귀족의 일각인 라르그리스가의 위광.

싸우고, 사람 위에 서는 것이 정해져, 그것을 위해 어린 시절부터 온갖 단련을 계속해온 소녀의 모습.

'그래. 역시 이 소녀는, 각오가 달라……'

어린 시절부터 그 이외의 인생을 포기하고 싸워온 소녀.

일찍이 왕자로서의 책무를 다하지 못했던 룩스에게, 세리스는 너무나도 벅찬 상대였지만.

"당신은 정말 강한 사람입니다."

그 확고한 의지에 지지 않도록, 룩스 또한 선언했다.

"하지만— 이번에는 저도, 절대로 지지 않을 겁니다."

과거 구제국을 멸망시킬 것을 결심했던 것처럼, 룩스는 다시 한 번 결심했다.

신왕국의 미래를 책임질 그녀들의 도움이 되어준다.

어디보다 가까운 이 학원 안에서, 그것을 완수할 것을.

"……."

올곧은 시선이 돌아오자, 세리스는 순간적으로 숨을 죽였다.

그러나 이내 평소의 초연한 분위기를 되돌리고서, 그대로 엇갈려 떠나갔다.

"……후우."

가버렸다.

각지에서 암약하는 암상인— 후길이라고 여겨지는 존재를 쫓기 위해, 자기 발로 학원을 나가 모습을 감추는 선택지도 있었다.

하지만.

"배부른 생각이라는 건, 알고 있지만."

아직 이곳에서, 학원에 있는 소녀들의 힘이 되어주고 싶다고 생각한 것이다.

한 번 심호흡을 한 다음 룩스는 다시 걷기 시작했다.

그러자 의무실 문에서, 마침 학원 전속 여의사가 나오는 모습이 보였다.

"어라, 그런 곳에서 뭐하니? 혹시, 너도 조금 전에 들어온 부상자를 만나러 온 거야? 나는 잠깐 다른 방 상황을 보러 가려는 참인데."

"아, 네. 저, 저기— 두 사람은, 괜찮은가요?"

조금 긴장하며 룩스는 물어보았다.

그러자 여의사는 쓴웃음을 보이며.

"넌 두 사람의 친구였구나. 지금 모습을 보였다간 그녀들도 곤란해 할 테니, 아직 들어가지 않는 쪽이 좋을 거야?"

"엑……?! 그 말씀은, 설마—."

세리스와의 모의전을 마친 후, 두 사람에게는 이렇다 할 외상은 없었을 텐데, 설마 크게 다치기라도 했던 걸까.

불안에 사로잡힌 룩스는 급하게 의무실로 달려가 문고리에 손을 얹었다.

"리샤 님! 크루루시퍼 씨!"

쾅! 힘차게 문을 열었더니, 그곳에는 예상도 하지 못한 광경이 펼쳐졌다.

하나의 침대위에 앉아 있던 소녀들의 팔다리에는 붕대가 감겨있었다.

하지만 심하다고 할 정도는 아니었고, 고작 한두 군데 정도였다.

그러나 그곳을 제외한 부분이 굉장했다.

그렇지 않아도 신체에 딱 달라붙어서 바디라인이 그대로 드러나는 장의를, 두 사람 모두 치료를 마친 뒤에 갈아입으려 한 것인지 전부 벗어둔 상태였던 것이다.

갈아입을 교복과 속옷이 마침 두 사람이 앉아있는 침대 위에 펼치듯 놓여있었다.

룩스의 모습을 본 두 사람은, 뺨을 새빨갛게 물들이며, 저마다 순식간에 몸을 가렸다.

"─헉?!"

학원 내에서도 유수의 미모를 자랑하는 소녀들의 알몸에, 룩스의 머리는 단숨에 폭발적으로 끓어올랐다.

룩스는 반사적으로 눈을 돌리려고 했지만, 그 순간 슬픈 남자의 습성이 몇 초 간 충분히 뜸을 들이고 말았고.

"죄, 죄송합니다앗?!"

그렇게 외치며 힘차게 문을 닫았다.

허억, 허억……. 이마에서 땀을 흘리고 있자, 돌아온 전속 여의사가 그 모습을 보며 쓴웃음을 지었다.

"갈아입는 중이니까, 들어가지 않는 쪽이 좋을 거라고 한 건데."

"그 부분부터 먼저 말씀해주셨어야죠?!"

룩스는 시뻘게진 얼굴로 전력으로 소리쳤고, 의무실에 있는 리샤 일행이 말을 걸어올 때까지 잠시 기다렸다.

†

"정말, 죄송합니다……."

소녀들이 옷을 다 갈아입고, 룩스의 심장도 다소 평정을 되찾은 몇 분 뒤. 의무실 안으로 들어온 룩스는 다짜고짜 머리부터 숙였다.

"……."

마주하는 리샤는 크흠, 하고 가볍게 헛기침을 한 뒤.

"……그래. 너 진짜, 일부러 그러는 게 아닌게냐?! 무슨 생각을 하고 다니는 게냐, 이 호색한!"

수치심에 홍당무가 된 얼굴로, 당황한 것처럼 버럭 소리쳤다.

"룩스 군. 지난번 내 충고를 못 들은 모양이야? 이 학원에 남자는 너 한 명 뿐이니까, 여러모로 주의하라고 그랬지?"

그 옆에서 크루루시퍼도 쿨한 얼굴로 쓴소리를 했지만, 역시 약간 홍조를 띠고 있었다.

"면목없습니다……."

룩스가 고개를 푹 숙인 채 기어들어가는 목소리로 대답하자.

"으, 으음— 그건 그러니까, 나중에 진득하게 반성하도록 하고, 어, 어땠느냐?"

"네? 어, 어땠느냐니 뭐가요?"

"뭐, 뭐냐니. 그야 뻔하지 않느냐?! 조금 전에 말이다……."

창피한 듯 바닥 구석으로 눈을 돌리며 리샤가 그렇게 물어보았다.

그 반응에, 룩스는 동요하며 생각했다.

'조, 조금 전이라면, 역시 그거겠지? 하지만 나는, 여자애를 칭찬해 주는 게, 서투를 게 뻔한데…….'

예전에 의뢰를 받아 일했던 술집 점주의 기술을 써먹는 건 이젠 무리가 있다.

룩스 자신의 화술로 승부에 나설 수밖에 없었다.

'……좋아, 정했다!'

"그, 그게—. 리샤 님의 몸은 자그마하지만 여성스럽고, 무척 에로틱하면서도 귀여워서, 솔직히 흥분했습니다……."

"……윽?! 우, 아으……."

그러자 그 말을 들은 리샤의 얼굴이 화악— 목까지 새빨개졌다.

'헉, 이게 아니지?! 난 대체 뭘 생각한 거야?! 머리카락이 아름답네요…… 라든지, 다른 선택지가 얼마든지 있었잖아?!'

지금까지 잡일로 몸담았던 술집 탓이라고 생각했지만, 근본적으로 룩스가 칭찬하는 방향도 완전히 어긋나있었다.

"그, 그게 아니라, 나는 조금 전의 싸움을 물어본 거다만—."

"……."

'심지어, 착각까지……!'

말도 안되는 착각을 해서, 부끄러운 말을 하고 말았다.

그러니 틀림없이 리샤의 불호령이 떨어질 거라고 생각했지만.

"바, 방법이 없는 녀석이로구나, 너는……. 정말이지, 이 밝힘증 같으니……."

'엑, 어라……?'

정작 리샤는 어딘가 열이 올라 붕 떠있는 듯한 표정으로, 곤란한 것처럼 양손을 꼼지락거리며 룩스에게서 눈을 피하고 있었다.

부끄러운 것 같았지만, 그다지 싫어하는 것처럼 보이지는 않는다.

'……어떻게 된 걸까?'

룩스가 머릿속에 물음표를 띄웠을 때, 크루루시퍼가 입을 열었다.

"룩스 군. 나도 솔직하게 물어보겠는데, 그— 너는 어떤 몸매의 여자애가 취향이야?"

"……어, 갑자기 무슨 소릴 하는 겁니까?! 크루루시퍼

씨?!"

예상을 심하게 벗어난 질문을 받아 룩스가 허둥대자.

"말 그대로의 의미야. 네가 지금 나를 보고 어떻게 생각했는지, 앞으로의 방침에 참고할까 하거든."

"그, 그러니까―. 저기, 정말 아름다웠어요. 하얀 피부나, 허벅지랑 엉덩이도. 꽤, 두근거렸습니다……."

"……그래. 그렇다는 건 역시, 룩스 군은 나를 보고 남성적인 어떤 충동에 사로잡혔다고 생각해도, 틀림없는 거려나?"

"……."

"즉, 룩스 군이 나를 보며 늘 품고 있던, 야한 망상과 같은 모습을, 지금 보여주었다는 거구나."

"아니, 잠깐만요?! 전 딱히 시도 때도 없이 크루루시퍼 씨를 그런 야…… 하, 하여간 그런 눈으로 보는 건 아니거든요?!"

"그렇다는 건, 가끔은 나를 그런 눈으로 봐주는 거구나. 약간 마음이 놓였어."

크루루시퍼는 평소처럼 쿨한 표정에 살짝 짓궂은 미소를 섞어서 대답했다.

그 얼굴은, 어른스러운 그 소녀가 여간해서는 보여주지 않는, 즐거움이 엿보이는 표정이었다.

"그, 그건― 아니 그보다, 왜 아까부터 저한테 이상한 소릴 하게 하는 겁니까?!"

"어라, 그 정도 부끄러운 기억을 남겨주는 건 당연한 거 아닐까? 우리한테도 부끄러운 기억을 남겨줬으니, 제대로 놀림당하는 게 책임지는 방법이라구."

"……."

그런 말이 돌아오자 룩스는 반론할 길이 없었다.

그러나 반대로 말하자면, 그것만으로 용서해주겠다— 라는 의미라는 것을 이해한 룩스는 속으로 감사 인사를 했다.

"자, 자아— 그 건은 일단 미뤄두고, 그— 조금 전의 싸움은 미안하구나."

이야기가 일단락되자 리샤는 고개를 숙이며 작은 목소리로 말했다.

"이래봬도, 반드시 이기겠다는 마음가짐으로 도전했다만…… . 역시, 나 정도 실력으로는—. 아……."

약간 울적한 표정을 보였을 때, 룩스는 반사적으로 소녀의 자그마한 손을 붙잡았다.

"그렇지 않아요. 조금 전의 리샤 님, 정말 멋있었는걸요."

친애의 웃음을 보이며, 룩스는 그렇게 대답해주었다.

신왕국의 공주라는 자리에 추대되어, 자신의 존재를 찾아 방황하는 소녀.

왕녀의 자격에 괴로워하면서도 싸우는 리샤에게, 룩스는 솔직한 마음을 전해주었다.

"……사, 사실이냐?"

"네, 굉장했어요. 역시 신왕국의 왕녀라고, 주위의 모두도
— 앗."

 대답하던 룩스는 무심결에 입을 다물었다.

 리샤가 공주라고 불리는 것에 저항감을 안고 있는 것은
아닐까, 그렇게 생각했기 때문이다.

 하지만—.

 "아, 아니, 너나 학원의 모두에게 왕녀라고 인정받는 기분
은, 그리 나쁘지 않다. 그, 그것도 기쁘긴 하지만, 살짝 머리
라도, 부드럽게 쓰다듬어주면—."

 기어들어가는 듯한 목소리로 중얼거리며, 멍하니 눈을 치
뜬 채 룩스를 올려다보았다. 그러나.

 "네. 그리고 크루루시퍼 씨도 고맙습니다. 여러모로 잘 끈
덕지게 달라붙어서, 세리스 선배가 싸우는 방식을 보여주셔
서."

 "이봐, 내 순서는 벌써 끝인거냐?!"

 너무 작아서 들리지 않았던 것인지, 룩스는 이미 크루루
시퍼에게 위로의 말을 건네주고 있었다.

 "《파프니르》가 완벽한 상태가 아니라서, 그 정도가 한계였
어. 네 싸움에 도움이 되어주기 위해서도, 그 정도는 해줘
야지. 하지만— 정말로, 그녀는 만만한 상대가 아니야."

 "으음……."

 리샤는 조금 불만스러운 모습을 보이면서도, 마음을 가다

듣고 어흠, 헛기침을 했다.

"그렇군. 일단 이기지 않으면 아무 이야기도 할 수 없지. 룩스! 지금부터 내 공방으로 가자!"

"……네?"

침대에서 내려와 기세 좋게 가슴을 펴는 리샤를 보고, 룩스는 불안함에 사로잡혔다.

"아, 하지만. 이전에 개조해주신 그건, 좀 참아주셨으면—."

룩스가 모종의 사정을 위해 방어를 특화하는 쪽으로 장갑과 출력을 튜닝해둔 《와이번》을, 리샤는 공격 특화로 개조한 전적이 있다.

이번에는 교내전이라 《바하무트》를 공공연하게 사용할 수 없는 이상, 성능 면에서 압도적으로 뒤떨어지는 《와이번》으로 싸울 수밖에 없었다.

그러나 아무리 《와이번》을 튜닝한다 해도, 단순한 범용기룡으로는 세리스를 상대로 효과가 있을 거라는 생각은 들지 않았다.

그런데도 리샤는 자신 넘치는 모습으로 단언했다.

"안심하거라. 내 예상(눈썰미)이 정확하다면, 내일부터 3학년 녀석들의 눈은 확실하게 휘둥그레질 테니까! 크루루시퍼, 너도 와라! 실전에서의 상대 역할이 필요하다."

이상하게 팔팔한 모습을 보이기 시작한 리샤에게 이끌려서, 룩스 일행은 장갑기룡의 공방으로 향했다.

그 후로 몇 시간 정도 『대책』을 세우며 교내 선발전의 첫 날이 지나갔다.

†

깊은 어둠 속— 성채 도시 1번 지구의 폐쇄된 도로에 네 명의 남녀가 모여있었다.

한 사람은, 거칠게 산발된 장발을 지닌, 예리한 안광의 소녀.

한 사람은, 적갈색 머리카락을 수탉의 벼슬처럼 거꾸로 세운, 젊은 사내.

한 사람은, 낙서 같은 얼굴의 둥근 가면을 쓴, 성별 미상의 자그마한 인영.

그리고 산더미처럼 쌓인 잡동사니 위에서 달빛을 등진 검은 로브를 두른 존재가 서 있었다.

"—그래서, 결국 예의 물건은 찾아냈나? 나를 너무 실망시키지 않았으면 좋겠는걸, 너희 쪽은."

가져다 붙인 듯한 미소로 내려다보며, 로브를 두른 존재가 고했다.

대면중인 세 사람은 부하처럼 대기하다가, 먼저 장발의 소녀가 고개를 들어올렸다.

그가 근심 없는 순수한 목소리인 반면에, 소녀는 미미한 긴장감이 감도는 목소리로 대답했다.

"유감입니다만—. 아마도 그곳이라고 예상되는 장소의 특정을 했을 뿐입니다. 역시 학원 부지 내는 틈이 없더군요."

"……"

그 대답에 로브를 두른 존재는 웃는 얼굴로 침묵했다.

그 모습이 밑에서 대기 중이던 세 명의 남녀들에게는, 무엇보다도 두려웠다.

핏빛 안개의 암상인.

그것이 지금 자신들 앞에 있는 로브를 두른 존재의 통칭이다.

최근 몇 년 간, 각국을 넘나들며 암약, 온갖 병기나 정보를 팔며 돌아다니는 무기상인.

특별히 고정된 거래처는 없었으며, 뒷배경이나 소속도 불명.

거의 모든 것이 베일에 감싸인 존재였지만, 확실한 것이 단 하나 존재했다.

이 존재가 관여한 뒤에는, 반드시 피로 뒤덮인 천재지변이 찾아온다는 것—.

그래서 이 세 사람이 적을 둔 나라의 집정원도 암상인을 두려워하여 협력을 바랐다.

"—하지만, 조금만 더 시간을 주신다면, 반드시."

장발 소녀가 두려워하지 않고 요청했다.

그러나 로브를 두른 존재는 어깨를 들썩이며 웃었다.

"그것 참 유감이지만, 나도 바쁜 몸이라서 말이지. 이 이상 기다릴 수도 없다 이거야. 게다가, 저쪽 왕자님에겐 빚이 있지. 그러니까 이만 움직이자고. 이런 굼벵이 흉내는 오늘부로 끝이다. 직접 그 학원을 박살낸 다음, 나중에 천천히 헤집어보면 되지 않겠어."

하지만 로브 행색은 어깨를 떨며 웃었다.

"그럼—"

그 말에, 붉은 머리카락의 사내도 입을 열었다.

"그래, 드디어 **그것**을 움직일 거다. 나설 차례다, 헤이부르 그의 개자식들아."

로브를 두른 존재가 입꼬리를 비틀어 올렸다.

그 등 뒤에 떠오른 초승달 같은 미소가, 어두운 그림자 위로 떠올랐다.

Episode 4　소녀의 진실

　교내 선발전 이틀째 아침이 조용히 시작되었다.

　하루 일정은 어제와 거의 같아서 교실에서 간단한 예정과 이야기를 들은 뒤, 쭉 대전을 치를 뿐이다.

　그러나 내걸린 어제의 대전결과를 보고, 룩스가 있는 2학년 교실에서는 약간 가라앉은 분위기가 흐르고 있었다.

　"버겁네요. 역시 아직, 우리가 3학년에게 이기는 건 무리일까요?"

　"나도, 되게 노력했는데, 에휴……."

　"저기, 룩스 군. 미안해……."

　등등, 힘없이 중얼거리는 급우들의 모습이 드문드문 눈에 들어왔다.

　룩스의 재학 권리와 환신수 토벌 협력을 전제로 한 『기사단』 소속 권리, 이렇게 두 가지를 내건 이번 대결.

　세리스와 그 지지자인 3학년 대 룩스와 그 지지자인 1, 2

학년의 싸움 결과는, 지금 시점에서는 예상대로 3학년이 다소 앞서나가고 있었다.

현재 1, 2학년의 득점은 33점. 3학년의 득점은 52점으로 뚜렷한 차이가 있다.

무조건 승리한 횟수만큼 득점이 정해지는 것이 아니라 하급생이 상급생에게 승리할 경우는 그 반대의 경우보다 많은 점수가 주어지지만, 그것을 고려한다 해도 역시 패색이 짙은 상황이라는 사실은 부인할 수 없었다.

"그렇게 마음에 담아두지 마세요. 저도 오늘 열심히 해볼 테니까."

사죄의 목소리를 들은 룩스는 그렇게 미소를 돌려주었다.

"으, 응······."

급우 소녀들은 고개를 끄덕였지만, 그 목소리는 그다지 밝지 않다.

오늘 개인전 일정에 룩스의 출장이 있기 때문이었다.

다행히 세리스와 직접 대결하는 예정은 없지만, 어제부터 승승장구중인 『기사단』의 3학년들과 3회 연속 대결할 예정인 것이다.

그저 싸우기만 할 뿐이라면 문제될 부분은 거의 없다.

그러나 룩스는 직접 공격을 하지 않고, 방어에 특화된 전술을 구사하는 『무패의 최약』이다.

이번처럼 이기지 않으면 점수를 획득할 수 없는 싸움과의 상성이 나빴다.

첫날에 리샤와 크루루시퍼가 패배한 이상, 룩스가 오늘 개인전에서 이기지 못하면 거의 패배가 확정되고 만다.

그 상황을 알기 때문에 급우들은 불안한 얼굴을 보이고 있었지만—.

"……좋아."

시합 시간이 가까워졌기에, 자리에서 일어나 교실 밖으로 나갔다.

리샤와 크루루시퍼는 어제 치른 격전으로 인해 피로가 쌓인 탓에, 다시 의무실에서 검사를 받는 중이다.

그래서 룩스는 피르히와 티르파, 두 사람과 함께 먼저 연습장으로 향했지만—.

"안녕."

연습장으로 이어지는 학원 부지내의 보도. 불현듯 등 뒤에서 누군가가 말을 걸어왔다.

흑발, 갈색 피부. 얼핏 지적인 인상을 보이는 세 갈래로 머리를 땋은 소녀.

세리스를 『언니』라고 부르며 따르는 사니아 레미스트가 그 자리에 서 있었다.

"안녕하세요."

"안녕— 하세요."

한호흡 사이에 두고 룩스가 대답하자, 옆에 있던 티르파도 미묘한 얼굴로 인사를 돌려주었고, 피르히도 가볍게 머리를 숙였다.

"얘, 잠시 꼭 상담하고 싶은 게 있거든. 다음번 나와의 시합에서, 기권해주지 않을래?"

그러자 미미하게 빈정대는 느낌이 섞인 표정을 보이며, 사니아는 불쑥 그런 말을 꺼냈다.

"……네? 사니아 선배, 그게 무슨 말씀이세요? 애초에 루크찌는, 오늘이 첫 교내 선발전—."

티르파가 고개를 갸우뚱한 순간, 사니아는 웃었다.

"그러니까 이러는 거지. 싸우기 전에 관두는 쪽이 효율적이잖아. 왜냐하면, 그쪽의 그의 스타일로는 이길 수 없잖아? 나든, 다른『기사단』3학년들에게든, 아무에게도."

이미 승리를 확신한 미소로 사니아는 단언했다.

왕도에서 부르는 룩스의 통칭은『무패의 최약』.

일절 공격하지 않고, 완벽한 회피와 수비에 전념하는 전술.

그러나 이번 교내 선발전에서는 대표자를 선발하기 위해 무승부가 없었고, 판정으로 승패를 결정했다.

그리고 스스로 공격하지 않는 룩스의 전투 스타일로는 좋은 판정을 얻을 수가 없다.

따라서 룩스는 압도적으로 불리. 그 사실을 간파했기 때문에 사니아는 그런 말을 할 수 있었다.

"세리스 언니는 정말 바쁜 분이야. 네 탓에 이런 할 필요도 없는 싸움을 하게 돼서 다들 정말 귀찮아하고 있다구. 이 학원의 모두가 말이지. 그러니까 너, 깨끗하게 포기하고 이만 항복해줬으면 좋겠어. 그러면 1, 2학년 애들도 더는 무참하게 져서 꼴사나운 모습을 보여줄 필요가 없겠지? ―어제 그 애들처럼 말이야."

노골적인 소녀의 도발에 티르파는 형언할 수 없는 복잡한 표정을 떠올렸다.

"어…… 저기요, 사니아 선배. 이제 겨우 이틀날인데, 그건 좀―"

머리를 긁적이며 어떻게든 반론하려는 순간.

"걱정해주셔서, 감사합니다."

룩스가 가만히 손을 앞으로 뻗으며 그 자리를 제지했다.

그리고 그대로, 눈살을 찌푸린 사니아의 눈을 똑바로 바라보며, 확실하게 말했다.

"하지만, 저는 괜찮아요."

그렇게 말하며 조용한 미소를 보여주었다.

언뜻 온화해 보이지만, 어딘가 정체 모를 깊이가 느껴지는 그 눈초리와 미소에, 사니아의 표정이 알게 모르게 경직됐다.

"흐, 흥. 아직도 요행이 일어날 거라고 생각하는 거야? 낙관적인걸. 하지만, 너를 위해 싸우는 아이들은―"

"아니요. 그녀들은 특별히 제 부탁을 받아 싸우는 게 아닙니다. 물론 제 말에 놀아나고 있는 것도 아니죠. 그녀들

자신의 의지로, 이번 싸움에 나서주었습니다."

"……."

룩스의 침착한— 그러나 거침없는 말투에, 사니아는 한순간 입을 다물었다.

"제 주위에 있는 이들은, 당신이 얘기하는 것처럼 아무 생각도 없이 싸우는 게 아니에요. 이번 일을 저는, 그녀들이 준 기회라고 생각합니다. 그러니까— 기권 같은 건, 절대로 할 수 없어요."

"뭐……?!"

끝까지 온화한 태도를 보이며 단언하자, 사니아는 주춤했다.

그리고, 몇 초 사이를 둔 뒤.

"조, 좋을 대로 해보라지. 너 같은 사람은, 실제로 당해보지 않으면 모를 테니까—."

사니아는 그렇게 비웃음을 섞어 툭 내뱉고서 그 자리를 떠났다.

"후우……."

시야에서 모습이 완전히 사라졌을 즈음, 룩스는 작은 한숨을 내뱉었다.

지금 이 도발로 동요한 것은 아니지만, 역시 이런 대화는 질색이었다.

구제국 궁정에서 지내던 무렵을 약간 떠올리게 하는—.

"에비—!"

"으앗?!"

룩스가 생각에 잠기자 다음 순간, 옆에 있던 티르파가 룩스의 어깨에 달려들었다.

"이야~ 말 진짜 잘하네, 루크찌. 역시 전직 왕자님이야! 나, 감동했다구~!"

구김살 없는 미소로 룩스의 어깨를 탁탁 두드리며, 소녀는 기쁜 표정을 보였다.

"아, 아뇨 딱히, 그렇게 대단한 것도—."

"……."

바짝 가까워진 얼굴에 룩스가 허둥대자, 피르히는 아무 말 없이 그런 그를 잡아당겼다.

"그러면 관객석에서 다른 애들이랑 같이 응원할 테니까, 열심히 해~!"

밝은 목소리와 함께 티르파는 룩스를 놓아주었다.

그와 동시에 피르히가 불쑥, 룩스에게 얼굴을 들이밀었다.

"어……? 자, 잠깐, 피이?!"

키스를 당할 만큼 가까운 거리에서, 피르히는 살그머니 룩스의 얼굴과 머리에 손을 뻗었다.

그리고 머리를 쓰다듬는 것처럼 가볍게 움직이며 조용히 미소 지었다.

"왜, 왜 그래?"

"머리, 까치집이야."

여느 때처럼 멍한 표정으로, 피르히는 담담하게 대답했다.

내심 두근대는 가슴으로 룩스가 걸음을 옮기자, 피르히는 다시 미소를 떠올렸다.

"힘내. 루우."

"……응."

소꿉친구의 격려를 받은 뒤, 룩스는 두 사람과 헤어져 연습장 통로로 들어갔다.

좁은 길을 빠져나가, 싸움의 무대로 내려섰다.

"그러면 금일 개인전 제7 시합, 룩스 아카디아 vs 사니아 레미스트전(戰)을 시작하겠다!"

주위를 원형 석벽으로 둘러싸고, 흙을 깐 넓은 공간.

관객들에게는 크게 주목받는 시합인지, 전 학년 학생과 관계자 대부분이 모여있다.

특히 3학년들은 소문으로만 듣던 룩스의 실력을 확인하려는 것인지, 묘하게 침착한 얼굴로 모여있었다.

'어쩐지, 그리운 걸.'

이렇게 전교생에게 주목 받는 건, 리샤와 싸웠을 때 이후 처음이다.

그러나 주위의 분위기에 떠밀려서 어쩌다가 싸우게 된 그

때와는 달리, 이번에는 자신의 의지로 이 자리에 서있다.

"결국 이렇게 됐구나. ……뭐, 좋아. 톡톡히 깨닫게 해주겠어."

사니아 레미스트가 대담하게 웃으며 기공각검을 뽑았다.

"……."

직후, 그에 응하듯 룩스도 발검하며 소환을 위한 패스코드를 읊조렸다.

"—오라, 힘을 상징하는 문장의 익룡. 나의 검을 따라 비상하라, 《와이번》!"

직후에 고속으로 빛의 입자가 모이며 두 사람의 배후에 푸른 유선형 기룡이 소환됐다.

"접속·개시!"

그리고 무수한 부품으로 전개된 용은 눈 깜빡할 사이에 장의 차림의 그들을 뒤덮었고, 장갑을 두른 기룡사가 나타났다.

여기까지의 움직임은 룩스, 사니아 모두 완벽하게 같았다.

그러나 같은 범용 비상기룡인 《와이번》을 장착하고 거울을 마주한 것처럼 대치한 그 모습은 조금 달랐다.

룩스의 《와이번》은 장벽 발생장치와 장갑의 두께를 늘린 방어 특화형으로, 대형 블레이드를 손에 쥐고 있었다.

대치하는 사니아의 《와이번》은, 반대로 장갑을 줄여 경량화한 공격 특화형이었다.

그 무장은 브레스 건이 두 자루, 중형 캐논, 중형 블레이드, 와이어 테일 등이 메인이었다. 강력한 일격을 가하지는 못해도, 상대가 결정타를 노릴 기회를 주지 않고 자잘한 공격을 끊임없이 퍼붓기 위한 무장이었다.

룩스는 그녀가 히트&어웨이 전술이 특기인 소녀라고, 아이리나 트라이어드 소녀들을 통해 들었다.

특화된 전투방법을 지닌 것도 아닌데 『기사단』의 일원이라는 것은, 그만큼 종합적인 전투력이 높다는 것을 의미한다.

"난 그렇게까지 강한 공격 수단을 보유한 건 아니지만— 너한테는, 그 점이 가장 곤란하지 않을까?"

강력한 공격을 하지 않는다— 그것은 다시 말해 소모도 적다는 것이다.

종료시간까지 싸우면, 더욱 많은 공격을 구사한 사니아의 판정승으로 끝날 가능성이 높아진다.

사니아가 꺼낸 말의 의미를 이해하면서, 룩스는 한 번 심호흡을 했다.

그리고 아무 말 없이, 애용하는 대검을 들어 중단 자세를 취했다.

그것은 언뜻 봐서는 지금까지 룩스가 보여주었던 《와이번》의 전투방식과 아무것도 다른 게 없는 것처럼 보였다.

"대답할 말도 없는 모양이네. —그럼, 시작할까?"

이렇다 할 반응이 없자, 사니아는 시시하다는 듯 툭 내뱉었다. 그 직후.

"모의전, 개시!"

교관의 신호로 전투가 시작됐다.

"네 쓸모없는 저항에, 종지부를 찍어주겠어."

사니아는 개시와 동시에 《와이번》을 후방으로 비상. 동시에 브레스 건으로 탄막을 펼쳤다.

룩스도 공중으로 날아오르며 블레이드를 휘둘러 공격을 튕겨냈다.

여기까지는 전형적인 기룡들의 전투였지만, 평소와 같은 방어 스타일이라고 생각한 사니아는 뺨에서 긴장을 풀었다.

"아무리 멋진 말을 해봐야, 결국 자기를 지키는 데에 급급할 뿐이구나. 어디 한 번 열심히 종료시간 때까지 도망쳐 보라구."

"……."

사니아가 중형 블레이드를 뽑아 환창기핵에서 나오는 에너지를 전도(傳導)시켰다.

그리고 한순간의 간극을 찌르는 듯한 날카로운 움직임으로 단숨에 룩스의 품으로 파고들었다.

"—자아, 견뎌보시지."

약간의 페인트를 더해 비스듬하게 블레이드를 내리긋는

다. 룩스가 순간적으로 자신의 대검을 들어 그 공격을 막으려 하는 순간—.

키잉!

날카로운 금속음이 연습장 안에 메아리쳤다.

"엑……?!"

허망한 목소리가, 검을 휘두른 사니아의 입에서 흘러나왔다.

부러졌다.

에너지를 전도시킨 중형 블레이드가 중심부터 뚝 꺾여서, 자잘한 파편이 하늘을 수놓으며 떨어져 내렸다.

"……무, 무슨 일이—?!"

1초 후, 정신을 수습한 사니아가 황급히 그 자리에서 물러났다.

그러나 룩스는 아무것도 하지 않았다.

평소처럼 대검을 들고, 틈이 보이지 않는 방어자세를 취하고 있을 뿐.

그런데도 공격을 시도한 자신의 검이, 어째서 부러진 것인지 사니아는 알 수 없었다.

제삼자가 보기에도 그건 마찬가지였는지, 놀라움에 술렁이는 소리가 관객석에서 흘러나왔다.

"크……! 너, 너는, 대체 무슨 짓을—?!"

"……."

물어보아도, 룩스는 대답하지 않았다.

그저 조금 전처럼 침착한 표정으로, 대전 상대인 사니아의 움직임을 주시하고 있었다.

"흐, 흥! 뭐, 좋아! 무슨 짓을 한 건진 모르겠지만, 이거라면?!"

소리치면서 사니아는 두 자루의 브레스 건을 동시에 겨냥했다.

중거리에서의 연속사격.

이 방법이라면 일방적으로 공격을 퍼부을 수 있으며, 만에 하나라도 무장이 부서질 걱정은 없다.

위력이 감쇠되지 않는 거리에서 사니아가 방아쇠에 손가락을 건 순간, 룩스가 움직였다.

"윽……?!"

손가락의 움직임은 멈출 수 없었다.

이미 『쏜다』라고 결정한 상황에서, 룩스 쪽에서 자기발로 접근하는 것은 예상을 벗어난 반응이었다.

그러나 끝까지 기죽지 않고 강하게 두 개의 방아쇠를 당긴 순간, 펑! 브레스 건의 포신이 날아가 버렸다.

"아……?"

한순간 그런 소리를 내며 사니아는 망연자실했다.

그래도 『기사단』으로서의 경험이 이긴 것인지, 순간적으로 다른 한 자루의 브레스 건으로 룩스를 조준하고, 지근거리에서 발사했다. 그러나 조금 전과 완전히 같은 모양새로 총구에서 포신까지 박살났고, 사니아는 당황하며 그 자리에서 후퇴했다.

"뭐, 뭐야 이게⋯⋯?! 무슨 일이, 일어난 거야⋯⋯?!"

"⋯⋯."

룩스는 추격하지 않았다. 그저 아무 일도 없었다는 듯 블레이드를 휘두르고, 고쳐 쥐었다.

하지만 모종의 강한 위화감을 느낀 사니아는 눈을 부릅떴다.

룩스가 지닌 대검의 표면에, 작은 빛이 비늘 광택처럼 빛나고 있었다.

"그, 그 빛은— 설마?!"

그것을 눈치챘을 때, 경악한 사니아는 눈을 크게 떴다.

†

두 사람의 싸움을 지켜보는 연습장의 관객석 크게 요동쳤다.

"저, 저게 대체 어떻게 된 거야? 어째서 막기만 했을 뿐인데 사니아 선배의 무기가 부서졌지—"

"그러니까, 잘 모르겠지만 일단 무장을 파괴했으니까, 이

경우 룩스 군이 유리한 거 맞지?"

"하, 하여간 룩스 군, 화이팅~!"

이해할 수 없는 현상에 대한 당혹스러움과 룩스의 우세를 응원하는 목소리가 관객석에서 들려온다.

반대로 3학년들은 아연실색한 표정으로 그 광경을 바라보고 있었다.

"―훗. 역시 무슨 일이 일어나고 있는지, 알아본 사람은 없는 것 같군."

계단식으로 만들어진 관객석의 중단, 전망이 좋은 자리에는 익숙한 멤버가 모여있었다.

의무실에서 검사를 마치고 안정을 취하라고 지시받았음에도 찾아온 리샤와 크루루시퍼. 그리고 아이리와 트라이어드 멤버들이었다.

"……저건 대체, 뭔가요?"

아이리가 어딘가 안절부절 못한 모습으로 묻자, 리샤는 가볍게 미소 지었다.

"후후, 궁금하냐? 저것이 내가 개발한 비밀병기다. 사―."

"원리를 말하자면, 단순한 카운터 공격이야. 상대의 공격에 맞췄다, 라는 거지."

"―실은, 이봐! 크루루시퍼?! 먼저 폭로하지 말란 말이다!"

슬그머니 옆에서 끼어든 크루루시퍼를 향해 리샤가 버럭 소리 질렀다.

그러나 그것을 무시하고 티르파가 고개를 들었다.

"카운터, 라고? 그치만 이상하지 않나? 루크찌는, 그냥 공격을 막고 있는 것처럼 보이는 걸—?"

그 질문에 반응한 리샤는 즉시 대답을 돌려주었다.

"뭐, 그야 그렇지. 룩스는 지금 특별한 무장과 방어방법을 사용하고 있다. 간단하게 설명하자면, 룩스가 이번에 사용 중인 대형 블레이드는, 기룡의 장벽과 같은 역장(力場)을, 날 부분에 형성하고 있다. 즉 상대의 공격을 돌려보내는 힘을 지니고 있다는 거다."

"Yes. 그런 것이라면, 저도 이해가 됩니다만. 어째서, 사니아 선배의 무장이 파괴된 것입니까? 단순히 공격을 튕겨내기만 하는 게 아니었는지……?"

녹트의 의문점에 이번에는 크루루시퍼가 고개를 향했다.

"응, 그 말대로야. 하지만 그 힘을 날 부분이나 칼끝에 집중함으로써 위력을 높이고 있어. 당연한 소리지만, 공격에는 위험도 따라오지. 만약 검을 휘두르려고 하는 자신의 손목을 상대방이 노려서, 반대로 칼을 놓치기라도 하면— 어떻게 되겠어?"

"그건—."

녹트는 무심코 숨을 삼켰다.

그것은 말하자면, 내뻗은 주먹을 칼 끝부분으로 받아내는 것과 다를 바가 없다.

상대는 움직이지 않았는데, 공격자 본인의 힘과 기세를 이기지 못하고 파괴되고 만다.

"블레이드에서 발생되는 강화 장벽을 이용해서, 상대의 공격 발생점을 그대로 반사, 파괴한다. 상대가 총을 사용할 경우는 총구를 칼끝으로 막아서, 폭발시키는 거지."

"———."

해설된 내용을 듣고 아이리 일행은 할 말을 잃었다.

말로 하는 것만큼 간단한 기술이 아닌 탓이다.

공격을 튕겨내고 흘려넘길 뿐인 기존의 방어법과는 다르게, 이 전술에는 온갖 위험이 뒤따른다.

상대의 공격을 정확하게 가늠하고, 상식을 뛰어넘는 정밀함과 빠르기로 약점을 노려 공격한다.

무엇 하나라도 동작이 흐트러지는 순간 당하는 건 자신 쪽이다.

공격자의 무장을 맞받아쳐서 약점 부위를 파괴하는 것은, 비유하자면 대장장이 망치로 검을 때려서 꺾어버리는 수준의 곡예다.

그 자체는 어느 정도 기량이 받쳐준다면 누구라도 가능하지만, 그것은 어디까지나 받침대에 고정돼있을 경우의 이야기이다.

자신을 노리고 날아오는 검에 대고 그런 행동을 성공하기란 사실상 불가능에 가깝다.

상대의 공격 예비 동작을 완벽하게 가늠하고, 읽어낼 수 있는 룩스만이 가능한 전술.

『극격(極擊)』이라는 이름이 붙은 《와이번》 전용 절기는, 어젯밤의 특훈으로 완성되었다.

"하, 하지만 저 장벽을 두른 방패 같은 검은, 혹시 리샤 님이?"

"그래, 룩스가 정식으로 입학한 뒤, 여러모로 생각했거든. 프로토 타입은 진작 만들어두었다만, 실전 투입은 이번이 처음이다."

"새, 새로운 무장까지 만들었다고요?! 심지어 오리지널?! 그런 이야기, 다른 나라에서도 아직 들어본 적 없는—."

"장벽의 전도를 대검 날 부분까지 가도록 했을 뿐이다. 온전히 내 힘으로 만들었다고 할 레벨은 아니라고. 뭐, 그렇게 하는 정도만으로도 참 힘든 나날이긴 했다만……."

졸린 듯 눈가를 비비며 리샤는 "후아암—." 하고 하품했다.

아무래도 매일 밤마다 계속해온 블레이드 개조와 어제의 모의전 탓에, 리샤는 완전히 파김치가 된 것 같았다.

"……일단은 말이다. 나도 신왕국의 공주로서 이것저것 많이 생각했다. 저거라면 룩스가 《와이번》밖에 사용하지 못하는 상황이라도 충분한 파괴력을 보유할 수 있게 된다.

단순히 받아치기만 해도, 중급 레벨 환신수라면 그대로 분쇄할 수 있을 테지. 즉 이것으로 룩스가 『기사단』에서 실력을 내보일 기회도 확실하게 늘어났다는 거다."

정체를 숨기기 위하여, 그리고 소모가 심한 탓에 《바하무트》를 사용할 수 있는 기회는 제한적이다.

따라서 리샤는 룩스가 《와이번》을 장착한 채로도 싸울 수 있도록 대책을 생각해서 행동으로 옮겼고, 결국 실현해냈다.

"뭐, 반 이상은 그의 기술에 떠맡긴 방식이라고 깎아내릴 수도 있지만, 솔직하게 존경해주겠어."

"……전혀 칭찬받는 느낌이 들지 않는군. 괜히 강짜를 부리는 거라고 생각해도 되겠지? 크루루시퍼여."

쿨하게 넘기는 크루루시퍼와 눈살과 입가를 오므린 리샤.

"두 분, 사이좋게 오빠를 두고 다투는 건 아무래도 좋지만, 이제 곧 끝날 것 같은데요?"

아이리가 도끼눈을 뜨고 핀잔을 주자, 관전석에서 와아— 하는 소리가 터져나왔다.

이쪽에서도 작은 싸움이 일어난 사이에, 선발전 승부의 결과가 나왔다.

†

"큭……?! 이, 이젠 됐어……. 끝내도록 하지."

소지중이던 일곱 종류— 합계 열두 개에 달하는 무장을 모조리 파괴당한 사니아는, 결국 고개를 숙이고 항복을 선언했다.

링으로 내려와 기공각검을 거두고 양손을 들어올렸다.

그러자 즉각 심판을 맡은 라이글리 교관이 우렁찬 목소리로 선언했다.

"대전 상대가 항복하였으므로, 룩스 아카디아의 승리를 선언한다!"

그 순간 1, 2학년이 있는 관객석에서 요란한 환호성이 터져나왔다.

동시에 『기사단』이자 3학년인 사니아의 패배로 인해 3학년이 있는 자리에서는 동요가 내달렸다.

"……이번에는, 내가 진 셈 치겠어. 하지만 이 정도로 세리스 언니께 이길 수 있을 거라곤 생각하지 말라구."

씁쓸한 표정으로 툭 내뱉으며, 장갑을 해제한 사니아는 연습장을 떠났다.

"후우……."

그 모습을 바라보며 룩스는 한숨을 푹 토해냈다.

리샤가 만들어준 장벽아검 스케일 블레이드 덕분에 어떻게든 해결됐지만, 역시 상대방의 공격을 받아쳐서 파괴하는 『극격』은 상상 이상의 집중력이 소모된다.

그래도 승리를 거머쥐었다는 점은 만족해도 좋을 터지만.

'……하지만, 뭘까. 사니아 선배의 그 전투법. 뭔가 위화감 이―.'

"어~이! 룩스! 정말 잘 해주었다!"

관객석에서 바람처럼 달려온 리샤의 목소리에, 룩스가 어색하게 손을 흔들었을 때.

"―읍?!"

등 뒤에서 강렬한 기척을 느끼고, 룩스는 반사적으로 뒤를 돌아보았다.

"……."

3학년이 대부분인 관객석 중앙에 세리스가 있었다.

그 자리에서 일어나, 항상 그 몸에 두르고 있는 초연한 분위기를 한층 강하게 하며, 꿰뚫을 것만 같은 날카로운 시선으로 룩스를 응시하고 있었다.

그 예사롭지 않은 감정을 담은 모습에 룩스는 순간적으로 동요했지만, 이내 평정을 되찾고 세리스를 마주보았다.

"……."

서로의 시선이 교차한 시간은 고작 몇 초.

그 뒤에 세리스는 빙글, 룩스에게 등을 돌렸다.

†

"세, 세리스 님. 어, 어딜 가시는—?"

마침 리샤 일행의 맞은편에 있는 관객석에서, 세리스를 지지하는 급우들은 일어서서 관객석을 떠나려 하는 세리스의 행동에 놀라 황급히 붙잡으려 했다.

"돌아갈 겁니다. 이제 그의 실력은 파악했습니다. 사니아의 용태를 확인하고, 그 뒤엔 제 방에서 쉬겠습니다."

담담하게 돌아온 대답에 주위를 둘러싼 소녀들은 곤란한 표정을 떠올렸다.

"나, 나머지 시합은 안 보실 건가요? 저 룩스 아카디아…… 그는 아직 오늘 중에 몇 번의 대전을 더 치러야 하는 모양인데—."

"필요 없습니다. 그는 벌써, 충분히 제게 보여줬으니."

"네……?"

고개를 갸웃하는 3학년 소녀에게 세리스는 스읍 숨을 들이쉰 다음 대답했다.

"포인트를 얻어 판정승으로 끌고 갈 요량이었더라면, 사니아의 무장을 한 번 파괴한 것만으로도 충분히 유리했습니다. 그런데도 굳이 몇 번이나 그 기술을 사용한 이유는, 제게 자신이 지닌 패를 보여주기 위해서였겠죠."

"여유, 라는 건가요? 세리스 님을 상대로, 그런—."

당황하며 둘러싼 소녀가 물어보았다.

그러나 세리스는 전혀 안색을 바꾸지 않으며 고개를 저었다.

"다릅니다."

조용한 어조로 그렇게 고하며, 세리스는 동급생 소녀들에게 등을 돌렸다.

"저건, 저에 대한 선전포고입니다. 하지만— 저는 지지 않을 겁니다."

그 말만을 남기고, 세리스는 관객석을 등졌다.

"당신은 역시, 제가 아는 여느 남성들과는 다르군요. 룩스 아카디아."

마지막 목소리는, 세리스를 제외한 누구에게도 들리지 않았다.

†

그리고 룩스와 사니아의 모의전이 끝나고서 몇 시간 뒤.

개인전을 중심으로 한 이튿날의 선발전 경기가 끝나고 밤이 찾아왔다.

그 뒤로 『기사단』과 연속해서 두 번의 경기를 치른 룩스는 『극격』을 사용해서 승리, 승점을 쌓았다.

그 모습을 본 덕분인지 열세였던 룩스 지지파 1, 2학년 여학생들도 분전을 벌여서, 여전히 3학년 측이 우세를 점하고는 있었지만, 승리의 향방은 알 수 없는 상황이었다.

두 가지 조건을 내건, 교내 선발전을 통한 세리스와의

대결.

그 내용에 관해서 지금까지 별 문제는 없었다.

오히려 매우 순조롭다고 할 수 있을 정도였지만, 그것과는 별개로 룩스에게는 어떤 문제가 있었다.

"그, 그래서 내일 일 말인데―."

"Yes. 룩스 씨는 참으로, 온갖 성가신 일에 휘말리는 숙명을 지고 있군요."

그렇게 말을 꺼낸 룩스에게, 흑발의 얌전해보이는 소녀―트라이어드의 녹트는, 진심으로 그렇게 생각하는 듯한 어조로 대답했다.

"어째서 꼭 그런, 제가 상담해주고 싶지 않은 문제에만 저를 의지하는 걸까요, 우리 오빠는."

그리고 녹트 옆에 있던 여동생 아이리도, 질려버린 것처럼 한숨을 쉬었다.

이곳은 여자 기숙사의 한 방, 아이리와 녹트의 2인실이다.

승리를 축하하는 연회라도 열자는 리샤의 제안을 거절한 것은, 그녀들이 느긋하게 쉬었으면 한다는 의도 외에도 룩스 자신의 사정이 있는 탓이었다.

그것도 서둘러서 해결책을 찾아내야만 하는, 특별한 문제가.

"휴식일에, 그러니까 내일이죠. 그 세리스 선배와 데이트약속을 했다니, 오빠는 대체 무슨 생각을 하고 다니는 거예요?"

"……."

쌀쌀맞은 말이 돌아오자, 순간적으로 아무런 변명도 할수 없었다.

교내 선발전에는 휴식일이라는 것이 존재했다.

계속된 경기로 인하여 피로가 누적되는 것을 방지하기 위해, 5일 중 중간에 하루를 꼬박 쉬는 날이 있었고, 그 동안에 학생들은 긴급사태를 제외하면 장갑기룡의 사용이 금지됐다.

그러나 정확히 그 날에 세리스와 어떤 약속을 했다는 사실이 떠오른 것이다.

"이 학원의 여자란 여자는 모조리 건드릴 생각이세요? 역시 오빠는 한 번 이 학원에서 쫓겨나는 편이 좋을지도 모르겠네요."

"와, 너무하잖아?! 그게, 받아들인 건 확실히 내 잘못이지만, 말을 꺼낸 사람은 세리스 선배고, 그 상황에서는—."

룩스가 그렇게 허둥거리자.

"Yes. 룩스 씨는 여성의 대시에 약하니, 그것을 극복하지않는 한 수난은 계속될 것으로 보이는군요. ……여성을 대하는 법에 능숙해질 기미는, 그다지 보이지 않습니다만."

"아니 대체로 맞는 말이기는 한데, 꽤 상처받으니까 그만해줄래?!"

녹트의 담담한 폭언에 룩스는 급하게 용서를 빌었지만.

"뭐, 아이리는 아이리대로, 진짜로 룩스 씨가 없어진다면 쓸쓸해할 것 같습니다만."

"뭐⋯⋯?!"

이어진 그 한마디에, 아이리는 한순간 뺨을 붉혔고.

"노, 농담 하지 마세요! 마, 마치 제가 오빠한테 벗어나지 못하는 것처럼 들리―. 오히려 오빠 쪽이, 저한테서 벗어나지 못하는 거거든요!"

드물게 어린아이 같은 말투로 반박했다.

최근의 아이리로서는 진귀한 반응이었다.

"Yes. 하지만 룩스 씨가 상담하지 않았다면, 아이리는 역시나 그 이유를 들며 토라졌을 것 같다는 생각도 듭니다만. 지금은 말하지 않기로 하지요. 하지만, 그보다는―."

녹트가 날카롭게 딴죽을 걸며, 룩스 쪽으로 언뜻 시선을 돌렸다.

세리스와의 데이트 약속, 이라는 원래 주제로 돌아가려 하는 것이리라.

"애초에, 그 데이트 이야기는 룩스 씨의 예쁘장한 여장 모습―『루노』⋯⋯ 양이라는, 가공의 소녀에게 제안한 것이겠지요?"

"어⋯⋯? 뭐, 그렇―."

녹트의 지적에 룩스는 복잡한 얼굴로 끄덕였다.

지난번 자신이 사니아에게 속아 세리스를 마사지했을 때, 그 후의 궁지를 벗어나기 위해 여장하고 만 기억을 떠올린 것이다.

"그러면, 그런 약속 따위는 무시해도 되지 않겠어요? 어차피 그『루노』양은, 학원에 존재하지 않는 인물이니—."

매몰찬 아이리의 한마디에 룩스는 퍼뜩 정신을 차렸다.

"그, 그야 안되지?! 세리스 선배와의 약속을, 어기게 되는 건데—."

"이상하게 필사적이네요. 오빠는 세리스 선배와 적대중인 사이인 거 아니었나요? 실제로 그녀는 오빠를 학원에서 쫓아내려 하고 있다고요."

"그거랑 이건 다른 이야기야. 처음에는 그냥 오해였지만, 두 번째는 진짜로 속여버렸는걸. 게다가 기껏 나와서 기다리고 있는데, 말도 없이 약속을 깨뜨려버리면—."

"그럼, 솔직하게 폭로하면요?『루노』양이 오빠였다고. 그야말로 모레 치를 모의전 전에, 엄청난 일이 일어날 거라고 생각하는데요?"

"……."

아이리의 말은 지당하다.

남성 혐오로 유명한 소녀의 마음에 든 사람이 사실은 남자— 그것도 지금 대립중인 룩스라고 정체를 밝히는 건, 여러 의미에서 문제가 너무 많다.

'게다가 세리스 선배인줄도 모르고, 마사지까지 해버렸으니—.'

불현듯 손으로 만진 살갗의 감촉이 떠올라, 룩스의 머리로 피가 쏠렸다.

세리스에 대해서는 지금껏 실력에 관한 명성만을 들어봤지만, 실제로는 외모도 아름다웠다.

그러면서도 신체 쪽은 싱그러운 동시에 어른의 육감적인 농염함까지 겸비한 것이다.

'여, 역시 안돼! 그런 짓을 했는데 정체를 밝히면— 무조건 일이 커질 수밖에 없다고!'

룩스의 정체를 밝히고 만나러 가는 건, 적어도 교내 선발전 기간 중에는 시도할 수 없다.

그렇게 생각하며 룩스가 깊은 갈등을 펼치고 있자.

"Yes. 어쩔 수 없군요. 상냥한 룩스 씨가 세리스 선배와의 약속을 어기는 건 무리일 듯하니, 비장의 수단을 사용해 볼까요."

녹트가 그렇게 조용한 어조로 말했다.

자기주장을 거의 하지 않으며, 평소에는 과묵한 성격이지만, 그만큼 냉정한 대응을 보여주는 이 소녀는 의지가 됐다.

"비장의 수단, 이라뇨?"

아이리가 고개를 갸웃하자, 녹트는 조용히 고개를 끄덕였다.

룩스가 그 대답을 기대하며 기다리자.

"Yes. 요약하자면, 『루노』 양이 데이트에 나가면 됩니다. 그렇다는 건—."

"아하, 그런 수가 있었네요."

손뼉을 치며 아이리가 감탄했다.

"아아, 그렇구나. 내가 다시 여장하면—. ……어?! 어째서 그렇게 되는 건데?! 애초에 비장의 수단도 뭣도 아니잖아!"

순간적으로 룩스는 고개를 끄덕이다가, 도중에 온 힘을 다해 딴죽을 던졌다.

그러나 아이리는 태연한 얼굴로.

"무슨 말씀이세요. 이게 최선의 방법이라고요. 오빠. 아니 — 당분간은 언니, 라고 부르는 쪽이 더 나으려나요?"

"부탁이니까 그러지 마!"

상당히 필사적으로 룩스는 대답했다.

"Yes. 하지만 생각할 있는 범위 내에서, 이것이 아무도 상처받지 않는 최선의 방법이라고 사료됩니다."

"아니, 내가 상처받거든?! 이거 꽤 마음이 아프다니까!"

"그치만, 가장 중요한 여장은 어떻게 할 거예요? 그 세트는 분명, 학원장님께 돌려주었다고 들었는데—."

룩스의 절규를 무시하고 아이리가 중얼거리자, 녹트는 방 구석에 있던 가방을 들고 와 내용물을 꺼냈다.

"Yes. 이럴 것 같아서, 조금 전에 학원장님께 여장 도구 세트를 빌려왔으므로, 안심해주시길."

"잠깐?! 왜 그렇게 준비성이 좋은 거야?! 처음부터 나를 여장시킬 생각이었지?!"

"오빠, 조용히 좀 해주세요. 지금 밤이거든요?"

"……아, 미안. 아니 그래도, 부탁이니까 시간을 좀―?!"

그런 룩스의 애원도 덧없이, 두 소녀는 완전히 그쪽 방향으로 이야기를 진행하고 말았다.

결국, 내일 세리스와의 데이트는 『루노』라는 소녀로 나가게 되었다.

확인을 위해서, 지금 이곳에서 여장해줬으면 좋겠다는 요청은 아무리 그래도 거절했지만.

"그건 그렇고, 기껏 다른 사람으로서 만나는 거라면, 세리스 선배의 속내를 떠보는 건 어때요?"

"응―?"

룩스가 물음표를 띄우자, 아이리는 평온한 얼굴로 대답해주었다.

"데이트 중에 물어볼 기회가 많지 않겠어요? 세리스 선배가 남성을 혐오하게 된 이유를, 운 좋게 알아낼 수만 있다면 뭔가 도움이―."

"……."

아이리의 생각은 금방 알 수 있었다.

세리스의 남성 혐오증. 만약 그 원인을 알아낼 수 있다면, 룩스의 퇴학 문제를 교내 선발전 이외의 방법으로 해결할 수 있을지도 모른다.

그러나―.

"……그러는 건, 좀 그래."

룩스는 일언지하에 잘라 말했다.

그렇지 않아도 변장으로 세리스를 속이고 말았는데, 그에 더하여 그녀의 본심을 끌어내려 하는 것은, 역시나 과한 행동이다.

첫 번째는 오해로, 두 번째는 불가항력적인 상황이라 속였지만, 이건 변명의 여지가 없어지게 된다.

"사람 좋은 오빠라면, 그렇게 대답할거라고 생각했어요."

아이리도 룩스의 반응을 예상하고 있었는지, 가만히 미소를 떠올릴 뿐이었다.

물론 룩스를 생각해서 꺼낸 조언이겠지만, 이 점은 양보할 수 없었다.

"하지만, 조심하셔야 해요?"

"응. 알고 있어, 들키지 않도록―."

"아뇨, 녹트가 정말 잘 어울린다고 했으니까, 그 점은 크게 걱정되지 않지만요―."

아이리는 갑자기 진지한 얼굴을 보였다.

"신왕국은, 이미 헤이부르그를 향해 정찰 부대를 보냈다는 것 같아요. 움직임을 보이기 시작한 라그나뢰크를 감시하고, 기회가 된다면 석화가 풀리기 전에 쓰러뜨릴 방법을 찾기 위해서."

"······?!"

라그나뢰크를 토벌하기 위해, 왕도의 집정원이 마침내 결단을 내린 모양이다.

신왕국군이 움직였다면, 머지않아 『기사단』 멤버도 호출될 가능성이 높았다.

"그것과 이 이야기가 관계있을지는 불명이지만, 며칠 전에 밀입국자 수십 명이 신왕국령에서 확인된 모양이에요. 설마 그럴까 싶긴 하지만······ 시기가 시기이니까요."

휴식일이라도 방심하지 말라는 말을 하고 싶은 것이리라.

"응, 염두할게."

그것들을 전부 담은 한마디를 돌려준 다음 룩스는 일어섰다.

"둘 다, 오늘 정말 고마웠어. 그럼 잘 자."

그 말만을 남기고, 룩스가 소녀들의 2인실에서 나가려고 했을 때.

"아, 혹시나 싶어서 하는 말인데, 데이트 때 따라오면 안 되는 거 알지?"

"에이—."

룩스가 농담을 섞어 말하자, 두 소녀는 나란히 도끼눈을 뜨며 불만스러운 목소리를 냈다.

"뭔데, 그 반응은?! 설마 따라오려고 했어?! 절대 안 돼!

따라왔다간 당분간은 말도 안 섞을 테니까!"

몹시도 실망한 표정의 아이리와 녹트에게 쐐기를 박은 뒤, 룩스는 방을 나왔다.

"하여간 참⋯⋯."

반쯤 어이없는 마음을 품고, 그날은 잠자리에 들기로 했다.

†

다음날. 드디어 『루노』로서 약속했던 세리스와 외출하는 날이 찾아왔다.

불행인지 다행인지, 교내 선발전 휴식일은 아침부터 무척이나 쾌청했다.

모의전의 피로를 풀기 위해 해가 중천에 뜰 때까지 자는 사람도 많다.

학원 내에도 인기척이 적다는 건, 이미 여장을 마치고 세리스를 기다리는 룩스에게는 참으로 고마웠지만―.

"⋯⋯그건 그렇고, 조금 전에 눈치챈 거지만, 왜 속옷까지 여성용인거야?!"

어째서인지 여장 세트에 들어가 있길래 흐름을 따라 자연스럽게 입고 말았지만, 곰곰이 생각해 보니 이런 부분까지 꼼꼼하게 준비할 필요는 없을 터였다.

'건네받았을 때 옷을 잘 확인했으면, 이런 일도 안 일어났

을 텐데—.'

룩스가 그것을 격렬하게 후회하고 있는데.

"—좋은 아침이네요, 루노."

"으앗……?!"

갑자기 들려온 목소리에 룩스는 펄쩍 뛰어오를 뻔했다.

교복을 입은 세리스가 어느새 룩스 옆에 서 있었다.

늘 보는 교복차림이었지만, 기품이 있어서 아름답다.

"무슨, 문제라도?"

"아, 아뇨, 아무것도 아니에요. 그러니까— 안녕하세요."

"신기한 아이로군요, 당신은."

허둥대는 룩스를 보며 세리스는 미소를 머금었다.

기습과도 같은 그 미소에 룩스는 자기도 모르게 가슴이 벌떡 뛰어올랐다.

'—아니, 내가 대체 무슨 생각을?! 오늘은 그러니까, 세리스 씨랑 어울리기 위해 왔을 뿐이잖아?!'

그것도 될 수 있는 한 그녀의 비밀을 묻지 않도록.

세리스의 소망을 따라 약속한 『루노』로서 단 한 번만 어울려준 뒤, 교내 선발전에서 결판이 나면 모든 사실을 밝힌다.

그것이 룩스가 현재 생각중인 타협점이다.

"그러면, 가볼까요? 실은 당신이 사복을 입은 모습을 보고 싶었습니다만, 아직 휴식일이니 어쩔 수 없겠죠."

그리고 세리스는 룩스의 손을 잡고 걸었다.

"앗……."

따스하고 매끄러운 손의 감촉에 룩스의 얼굴이 빨개졌다.

휴식일의 외출은 허가돼있지만, 멀리 나가는 것은 허용돼있지 않아서 1번 지구 일부로 제한돼있다.

'다른 사람들한테, 들키지 않기를…….'

자그마한 소원을 담은 세리스와의 데이트가 시작됐다.

외출이라고 해도 딱히 목적을 정해둔 건 아닌듯했다.

상업구역을 중심으로 가방이나 옷 등의 매물을 보러 가기로 했다.

향한 곳은 부유층을 위한 고급 가게가 아니라 평범한 가게였지만, 역시나 라고나 할지 사대귀족이며 학원 최강인 세리스는 유명인인 듯, 어느 가게를 가더라도 다들 놀라워했다.

"다른 사람들처럼 대해주세요. 오늘은 공작 영애가 아니라 학원의 학생으로 온 것이니."

이상할 정도로 정중하게 대응하는 점원에게 세리스는 그렇게 말했지만, 황송해서 일반 손님처럼 대할 순 없을 거라고, 룩스도 생각했다.

5년에 달하는 허드렛일 경력 중 접객 일도 몇 번 해본 적이 있는 룩스는 그 기분을 잘 알았다.

세리스가 무언가 작은 물건을 선물해주려 했지만, 정중하게 거절한 다음 이번에는 노점이 죽 늘어선 거리를 걷기 시작했지만—.

"……."

'어, 어쩐지 거북한 걸…….'

여장중인 탓인지 그다지 큰 움직임을 보일 수도 없어서 룩스가 불안함을 느끼고 있을 때.

"루노, 특별히 가보고 싶은 곳은 있나요?"

세리스가 여느 때의 초연한 분위기로 물어보았다.

"어, 그러니까—."

솔직히 아무것도 떠오르는 게 없어서, 룩스가 곤란한 표정을 보이자.

"미안해요. 역시 제 능력으로는, 제대로 에스코트 할 수 없는 걸까요……."

축, 기운 빠진 표정으로 세리스가 중얼거렸다.

"안돼겠군요. 이래서야 3학년 실격입니다. 후배 한 사람 조차 만족시키지 못하다니, 아버님께서 꾸중하시겠군요. 미워하시겠어요. 사대귀족의 장녀로서, 학원의 수석으로서, 저는……."

아름다운 얼굴을 푹 숙인 채, 풍성한 금발과 가슴을 흔들며 세리스는 한없이 가라앉았다.

평소에는 이상하다싶을 정도로 당당한 태도를 보이는 만큼 뜻밖의 반응이었다.

"아, 아뇨! 그렇지 않아요! 그, 저— 야말로 심하게 긴장했고…… 얘기다운 얘기도 하지 못해서, 죄송해요."

"……정말, 입니까?"

잠시 뜸을 들인 뒤, 세리스는 불현듯 진지한 얼굴로 돌아와 물어보았다.

"네, 네에! 저, 세리스 선배랑 이렇게 걷게 돼서, 정말 기뻐요."

룩스가 어색한 웃음을 보이며 대답하자.

"앗……?!"

갑자기 매끄러운 금발의 좋은 향기가, 살그머니 룩스의 코끝을 간질였다.

따스하고 부드러운 감촉에 얼굴이 파묻혔다.

그것이 세리스에게 안겨서, 튀어나오려는 것처럼 커다란 가슴 계곡에 얼굴이 파묻힌 거라는 사실을 깨달은 순간, 룩스의 머리는 최고조로 끓어올랐다.

"당신은 상냥한 아이로군요, 루노. 저는 행복합니다."

그러면서 세리스는 사랑스러운 듯 룩스의 머리를 쓰다듬으며 계속해서 포옹했다.

"저기……?!"

지금 당장 떨어져야만 한다는 충동이 고개를 들었지만, 뿌리쳤다가 행여 마음에 상처라도 입어서는 안된다고 생각해서 주저하고 말았다.

그대로 잠시 시간이 지난 후에야 간신히 해방됐다.

"미안해요. 괴로웠나요?"

"아, 아뇨! 괜찮아요!"

그밖에도 온갖 엄청난 생각을 해버린 탓에, 얼버무리려는 것처럼 룩스는 소리쳤다.

"그, 그러면 저기— 딱히 생각해둔 장소가 없으시다면, 인기척이 없는, 느긋한 곳에서 쉬지 않을래요?"

"인기척이 없는, 장소입니까? 면목없지만, 저는 그런 장소를 모릅니다만—. ……앗! 설마 이것은, 단 둘이서 무언가 특별한 일을……!"

"아뇨, 아니에요! 그런 깊은 의미가 아니고요! 선배— 가 아니라 우리는 여, 여자끼린데……."

고개를 갸우뚱하며 이상한 갈등을 하기 시작한 세리스를, 룩스는 황급하게 만류했다.

"그렇습니까……."

룩스는 왠지 모르게 실망한듯한 세리스에게는 다가가지 않고 먼저 걷기 시작했다.

"이, 이쪽이에요. 세리스 선배."

그리고 룩스가 아는 그 장소로 안내하기로 했다.

†

상업구역을 빠져나와서 약 5분.

룩스 일행은 거리 변두리의 좁은 길을 계속 걸어 작은 정원에 도착했다.

키 작은 활엽수가 주위를 에워싸고 푸르른 잔디 융단이 깔린 그곳은, 마치 초목으로 만들어진 작은 방 같았다.

안에는 작은 화단도 있어서, 내리쬐는 따스한 햇살이 피어 있는 꽃을 비추고 있었다.

옆에는 만들다 만 연석이나 조각상도 있어서, 어렸을 적 놀았던 놀이터 같은 정겨움이 느껴지는 정원이었다.

"성채도시 내에, 이런 장소가 있었군요."

"네. 기분 전환에 좋을 거라고 생각해서요."

그렇게 대답하며 룩스는 조심스럽게 세리스에게 앉도록 권했다.

잔디 융단 위에 나란히 앉자, 두 사람은 작은 한숨을 흘렸다.

"이곳은, 어떤 귀족이 별장을 세울 예정이었던 장소였었나 봐요. 하지만 그 공사 도중에, 고용주의 사정으로 중단돼서…… 만들다 만 정원 부분뿐이에요."

건축 도중에 방치되어, 그대로 넘겨받을 사람도 나타나지 않았던 대저택의 정원.

지금은 토지도 매물로 나온 상황이지만, 위치가 어중간한 탓인지 구매자는 아직도 나오지 않는듯했다.

2년 전에 만들어진 이 장소를, 룩스는 멋대로 『성채도시의 은신처』라고 명명, 시간이 조금 빌 때는 자주 이곳에서 쉬곤 했다.

　"마음에 드는군요. 점심거리를 만들어왔으니, 같이 먹지요."

　"고, 고맙습니다."

　그리고 두 사람은 세리스가 가져온 샌드위치를 나눠 먹었다.

　처음에는 꽤 긴장했던 룩스도, 한가롭게 점심식사를 마치고 나니 그럭저럭 진정이 되었다.

　"그나저나, 정말 좋은 장소로군요. 이곳은."

　"그런가요?"

　"네, 어쩐지 무척 차분해지는 기분입니다. 살짝, 잠들어버릴 것 같군요."

　"참지 말고 좀 주무세요. 오늘은 원래 휴식일이니까."

　룩스가 그렇게 말하자, 세리스는 착실한 얼굴로 등을 쭉 펴며,

　"확실히 그렇습니다만, 저는 쉴 수 없어요. 오늘도 신입생에게 성채도시를 안내해주겠다는 명목으로 외출 한 것이니."

　그런 묘한 대답을 꺼냈다.

　"그 말씀은—?"

"제게는 사명이 있기 때문입니다. 학원의 기사단장, 라르그리스가의 장녀로서, 모든 학생의 귀감이 될 수 있도록 행동으로 보여주어야만 하지요. 그래서 휴식일이라고 해도, 그렇게 당당하게 쉴 수도 없는 겁니다."

"그런 건 너무—"

고지식하지 않느냐. 그렇게 말하려던 룩스는 입을 다물었다.

거기에 관해서 했던 생각이 불현듯 떠오른 탓이었다.

"그래서— 그저께 다쳤는데도, 아무렇지도 않은 것처럼 행동하신 건가요?"

"……."

룩스의 물음에 세리스의 표정이 순간적으로 놀라움으로 물들었다.

그러나 이내 평소의 초연한 연장자의 얼굴로 돌아왔다.

찰나의 침묵.

리샤와 접전을 치르며 스스로에게 최대출력의 《라이트닝 랜스》를 사용한 것에 대한 이야기였다.

세리스는 시합이 끝난 뒤에도 안색 하나 바꾸지 않았지만, 그 공격으로 상당한 피해를 입었을 것이다.

"그렇습니까. 당신도, 보고 있었던 거군요."

세리스는 조용하게 중얼거렸다.

그리고 짧게 숨을 내쉬더니 미소를 떠올렸다.

"후배에게 간파당하다니, 저도 아직 미숙하군요."

"그렇지, 않아요."

자조하는 듯한 세리스의 말을 부정하며, 룩스는 강하게 말했다.

"아무리 강하다지만 세리스 선배 역시 여자아이니까, 제대로 쉬어주세요. 이 장소는, 학원 애들은 거의 오지 않으니까."

"……."

세리스는 잠시 눈을 동그랗게 뜨며 룩스를 쳐다보았지만,

"거부하지요. 저는 아직, 긴장을 풀 수는 없습니다."

한결같이 의연한 태도로, 그렇게 말할 뿐이었다.

"무리하지 말아주세요. 힘들 때에는, 누구에게든지 상담이라도—."

"그것도 허가할 수 없습니다. 『기사단』의 단장인 제가 약한 모습을 보이면, 다른 학생들의 사기가 내려가게 되니까요."

세리스는 딱 잘라 대답한 뒤 자신감으로 가득한 미소를 보여주었다.

"알겠나요. 루노. 강자란 절대적인 고독을 견뎌내는 사람을 가리키는 말입니다. 그러니 저는 괜찮아요."

"세리스, 선배……."

사대귀족의 한 사람으로서, 또한 학원 최강의 칭호를 얻

은 기사단장으로서의 각오에 룩스가 무심코 감동했을 때—.

"아니, 잠시만요! 가만히 생각해보니까 전혀 견디지 못하고 계셨잖아요! 죄다 길고양이한테 털어놓았지만, 결국 달아나고 말았잖아요?!"

처음으로 세리스를 봤을 때의 광경을 상기하며 반사적으로 룩스가 그 점을 추궁하자, 세리스는 평소의 초연한 분위기를 무너뜨리며 초조한 표정을 보였다.

"아, 아직도 기억하고 있었습니까?! 아, 아닙니다! 그건 그저 혼잣말이었을 뿐입니다. 결코 다른 사람들과 오랫동안 떨어져 왕도에 체류하는 처지가 된 탓에 갑자기 걷잡을 수 없는 외로움에 사로잡혔다든지, 그런 건 아닙니다."

"……저기, 점점 선배 손으로 무덤을 파고 있는데요?! 거기까지는 묻지 않았다고요?!"

세리스의 폭주 기미에 도리어 룩스가 당황하고 말았다.

"게다가 어찌된 영문인지 왕도에서는, 제가 군 소속 남성에게 화가 나서 따끔한 맛을 보여준 것처럼 소문이 퍼져있지를 않나, 우울하네요……. 그냥 좀, 힘 조절을 실수했을 뿐인데, 어째서 그런 이야기로 변해버린 걸까요……."

"……."

힘없이 고개를 숙인 세리스를 보며 룩스는 생각했다.

사실 이 사람은, 그저 외로움을 잘 타는 성격에 대인관계가 서투를 뿐인 건 아닐까…… 라고.

잠시 낙심에서 빠져나오지 못하는 세리스를 격려하며, 룩스는 그런 생각을 했다.

†

그렇게 『은신처』에서 휴식을 마치고서 몇 시간 뒤.

세리스와 룩스는 1번 지구의 큰길을 따라 걷고 있었다.

저물어가는 석양이 붉게 거리를 비추며 두 사람의 그림자를 늘리고 있었다.

"결국, 그 뒤에 깜빡 잠들고 말았군요. 반성합니다."

태도를 통해서는 여간 알아보기 어려운 게 아니지만, 세리스는 꽤 피로가 쌓인 것 같았다.

"그런 정도는 괜찮다니까요. 저— 저도, 도중에 잠든 건 마찬가지고."

그 세리스를 위로해주며 룩스는 내심 초조했다.

실제로는 남자라는 사실을 들키면 인생의 끝이나 마찬가지였으니, 룩스는 낮잠 따위는 전혀 자지 않았다.

그런 의미로 본다면 정신력을 사용했기 때문에, 비교적 피곤했다.

"그래도 피로가 많이 풀렸습니다. 당신 덕분이에요."

그렇게 중얼거리며 세리스는 평소 학원에서는 보이지 않는 부드러운 웃음을 떠올렸다.

"저기, 다음에 또— 저와 함께, 오늘처럼 외출해주지 않겠어요?"

"윽……?!"

가장 두려워하고 있던 대사를 듣고 룩스는 가슴이 덜컥 내려앉는 것만 같았다.

이번에는 지난번에 약속을 하고 만 탓에 어울려주었지만, 이 이상은 위험하다.

이렇게 계속 세리스를 속이고 있을 수도 없는 노릇이고, 룩스 본인도 한계였다.

이대로— 아니, 오늘 일 역시 계속 잠자고 있을 수는 없었다.

그래서, 이렇게 대답하기로 했다.

"죄송합니다. 지금은 아직, 대답해드릴 수 없어요. 하지만, 이번 교내 선발전이 끝나면—"

그때가 된다면, 룩스는 정체를 밝힐 수밖에 없다.

다시 다른 문제가 일어날지도 모르지만, 이 이상 속일 수는 없었다.

"알겠습니다. 대답을 기다리고 있겠어요."

세리스의 말을 들으며 룩스는 내심 안도했다.

한때는 어떻게 되려나 걱정이 이만저만이 아니었던 이번 외출이 무사히 끝날 것 같자 룩스가 안심해서 한숨을 내쉬었을 때.

이이이이이이이—!

고막을 찢는 듯한 기묘한 불협화음이 근처에서 들려왔다.

"무엇이죠, 이 소리는—?"

세리스는 살짝 눈살을 찌푸렸을 뿐이었지만, 룩스는 깜짝 놀라며 숨을 죽였다.

룩스가 학원에 들어온 뒤로 몇 번 들어본 소리— 환신수를 부르는 뿔피리의 음색이었다.

"이건— 설마!"

그것을 깨달은 룩스가 얼굴을 들어 올렸을 때, 흉조의 그림자가 약간 떨어진 곳에 있는 중앙광장으로 내려왔다.

"윽……?!"

그 모습을 본 세리스는 표정에 긴장을 두르고, 신속하게 칼집에서 기공각검을 뽑아들었다.

"루노. 당신은 이곳에서 기다리세요. 상황을 보고 오겠습니다."

"아뇨, 저도 같이 가겠습니다!"

룩스는 소녀 말투도 깜빡한 채 그렇게 대답한 뒤, 먼저 달리기 시작한 세리스의 뒤를 쫓았다.

일과를 마친 사람들로 북적이던 중앙광장은 공포와 혼란

의 도가니로 변하고 말았다.

"저건—!"

광장에 도착함과 동시에 그 정체가 확실해졌다.

중형 환신수—『키마이라』.

사자 머리와 염소 몸통, 그리고 독사의 머리가 달린 꼬리를 지녔다고 하는 전설의 괴물.

환신수의 출현은 드물어도, 키마이라 자체는 그렇게까지 보기 힘든 종족은 아니다.

그러나 유적에서 출현하여 먼 거리를 날아와야 할 환신수가, 어째서 요새나 관문에서 아무런 연락도 없었는데도 불구하고 이 장소에 갑작스럽게 나타난 것인지 이해할 수 없었다.

"아닛?! 어, 어째서 환신수가 갑자기—?!"

"무, 무슨 일이 일어난거야?……?! 아무나 빨리 경비병을! 아니, 군의 기룡사를—."

마침 그 자리에 있던 상인이나 손님들은 소스라치게 놀라 요란한 비명을 지르며 달아나기 시작했다.

예기치 못한 상황에 환신수가 시가지 한복판에 출현하면, 누구라도 저런 반응을 보일 것이다.

'위험해! 상황이 이런데, 내 수중에는—.'

휴식일에 정비를 받기 위해 《와이번》의 기공각검은 맡겨두고 나왔다.

다른 한 자루에 잠든 《바하무트》를, 이곳에서 부를 수도 없다.

'하지만! 지켜보고만 있다가 피해자가 발생하기라도 하면……'

룩스가 그렇게 망설이며 흑검(黑劍)에 손을 댔을 때, 세리스는 이미 움직이고 있었다.

"앗……?!"

탁, 포석을 박찬 세리스의 배후에 황금빛 뇌령이 모습을 드러냈다.

그리고 순식간에 질주중인 세리스의 장갑으로 변했다.

영창부를 사용하지 않고, 사념조작만으로 기룡을 불러내서 장착하는 고속기동 전개.

5년 이상 전, 룩스가 예전 구제국에 있었을 때에도 제대로 사용할 수 있는 사람이 없었던 고등기술이다.

바늘구멍을 통과할 정도의 정확함으로 움직이고, 탁월한 사념조작기술이 없으면 접속에 실패하여, 오히려 치명적인 빈틈을 드러내고 말리라.

"기이이?! ……가앗?!"

입에서 불꽃 숨결을 흘리는 키마이라가 세리스의 움직임에 반응했을 때, 이미 상황은 끝나있었다.

특수 무장인 대형 창, 《뇌광천창》이 키마이라의 흉부를 꿰뚫어서 그 움직임을 멈추었다.

파지직─!

그리고 더욱 강렬한 전격으로 체내를 태워서, 키마이라는 순식간에 숯덩이가 되고 말았다.

세리스가 창을 뽑자, 키마이라는 그대로 앞으로 고꾸라지듯 털썩, 무너져내렸다.

"굉장해……."

룩스의 입에서 무심코 감탄사가 흘러나왔다.

키마이라는 중형 환신수이지만 생명력이 강하고 다양한 공격수단을 보유하고 있다.

한 명의 기룡사가 상대하기엔 꽤 성가신 종류였다.

그것을 아무렇지도 않게 첫 일격으로 해치우다니, 거듭 세리스의 강함을 실감할 수 있었다.

"쓰러뜨렸습니다. 다른 적의 기척은 없습니다. 루노, 괜찮나요?"

랜스를 뽑은 세리스가 안전을 확인하고자 뒤를 돌아보았을 때, 거대한 검은 덩어리가 그녀의 뒤에서 일어섰다.

"위험해!"

"───."

룩스가 소리치는 동시에 세리스의 《린드부름》이 신속하게 상승했다.

바로 직전까지 세리스가 있었던 그 공간을, 토해내진 업화가 불살랐다.

"큭⋯⋯?!"

코앞의 불길과 함께 따라온 고열과 악취에 룩스는 미간에 주름을 만들었다.

구멍난 몸통은 이미 막혀있었고, 검게 그을린 표피는 벗겨져서 새로운 피부로 뒤덮여있었다.

아니— 그것만이 아니었다.

예리한 육식동물의 두 눈알은 칠흑색으로 물들었고, 동공은 활짝 열려있었다. 게다가 체표에는 검붉은 혈관 같은, 기묘한 모양인지 힘줄인지 알 수 없는 것이 떠올라있었다.

조사서에 기록된 키마이라는 특별히 재생능력이 뛰어난 환신수는 아니다.

그럼에도 불구하고, 저 상태에서 순식간에 되살아난 이유를 전혀 짐작조차 할 수 없었다.

"어떻게 된 것이죠? —어째서, 키마이라가?"

비상해서 공중으로 피신한 세리스는 혼잣말하며, 다시 《라이트닝 랜스》로 공격을 시도했다.

역시 환신수를 상대해본 경험도 많은 병사인 만큼, 그녀는 동요를 보이지 않았다. 그러나—.

"기이, 이이에악⋯⋯!"

"⋯⋯윽?!"

키마이라는 미친듯한 포효를 터뜨리며, 세리스가 내지른

랜스 일격을 앞발 사이에 끼워서 잡아세웠다.

직후에 전격의 섬광이 깜빡였지만 키마이라는 창을 놓지 않았다.

"샤아아아아아아아앗!"

기괴한 울음소리와 함께 밧줄 같은 꼬리의 뱀이 쭉쭉 몇 배로 늘어났다.

그리고 채찍처럼 휘어지더니 반원을 그리며 세리스의 배후에서 덮쳐들었다.

"세리스 선배!"

"—?!"

보라색 독액을 머금은 송곳니 공격.

그것을 포착한 동시에 룩스는 움직였다.

"기익?!"

써걱! 하는 절단음과 함께 공격을 시도한 뱀의 반신이 하늘로 날아올랐다.

룩스가 번개처럼 뽑아 휘두른 기공각검의 일섬에 키마이라의 꼬리가 절단된 것이다.

"지금입니다! 마무리를—."

"알겠습니다."

파직! 다음 순간, 《린드부름》 주위에 격렬한 방전의 불꽃이 흩어졌다.

그리고 조금 전보다 월등하게 강력한 전격이 들고 있는 랜스에서 뿜어져나왔다.

파지지지지지지지직—!

"그, 기……! 아아……!"

역시 버틸 수 없었던 것인지, 앞발로 저지하던 창끝에 관통당하여 다시 창이 동체에 구멍을 뚫어버렸다.

이번에는 핵을 정확하게 관통한 모양이었다.

울컥 핏덩어리를 토해낸 뒤, 빛의 균열이 전신을 내달렸다.

"기, 이아아아아아……."

"……흡?!"

그리고 단말마와 함께 빛을 발산하더니, 순식간에 타올라서 새까만 잿더미가 되어 무너져 내렸다.

한순간 자폭할지도 모른다는 생각에 경계했지만, 아무 일도 일어나지 않아 룩스는 가슴을 쓸어내렸다.

갑작스럽게 성채도시를 습격한 괴물이 소멸되자 중앙광장에서는 환호성이 터져나왔다.

"환신수는, 이 한 마리뿐인 것 같군요."

하지만 세리스는 진지한 표정을 유지한 채 빈틈없는 시선으로 주위를 둘러보았다.

룩스도 근처를 경계했지만, 다른 환신수 등의 기척은 느낄 수 없었다.

'일단, 주위에는 이 이상은 없는 것 같지만—.'

환신수는 유적과 그 부근에서 출현한다.

그 대원칙은 예의 뿔피리를 사용하더라도 변하지 않을 터다.

처음으로 룩스가 학원에 왔을 때, 연습장에서 교전한 가고일은 어떠한 예외일지도 모른다고 생각했지만, 누군가가 성채도시 인근까지 유도하고 있을 가능성도 있었다.

"그것보다, 큰 도움이 되었습니다. 고마워요, 루노."

접속을 해제한 세리스는, 룩스 곁으로 다가와 표정을 느슨하게 풀었다.

"앗⋯⋯!"

반사적으로 숨기려고 했을 때에는 이미 늦었다.

룩스가 들고 있던 검은 기공각검을 세리스는 신기한 눈길로 보고 있었다.

이번에는 들키지 않도록 칼집 주위를 천으로 감싸 속이고 있었는데, 설마 뽑는 처지에 놓이게 될 줄이야─.

"정말 아름다운 기공각검이군요. 설마 루노는, 신장기룡의 사용사였나요?"

세리스는 살짝 흥분한 모습으로 룩스의 눈을 들여다보았다.

"아, 아뇨, 이건 오빠한테 받은 부적 비슷한 거라, 저도 안에 무엇이 들었는지는 잘⋯⋯."

"그랬군요. 언젠가, 사용할 수 있게 되면 좋겠네요."

"네, 네에⋯⋯!"

두근대는 가슴을 끌어안으며 룩스가 어색한 미소로 대답했을 때.

"누나! 고마워!"

목소리가 들려온 쪽을 보자, 환신수에게 습격당할 뻔한 남자아이가, 감사 인사를 하기 위해 이쪽으로 달려왔다.

"아, 잠깐만! 이 사람은—."

세리스의 남성 혐오증을 우려해서 룩스가 소년을 멈춰세우려 하자—.

"씩씩하군요. 다친 곳은 없나요?"

세리스는 부드러운 목소리로, 소년의 머리를 쓰다듬어주었다.

"어라……?"

그 뜻밖의 광경에 룩스는 깜짝 놀랐다.

어린애이니 성별이 남자라 해도 혐오하는 대상이 되지 않으리라는 가능성은 물론 있지만, 소문으로는 어렸을 때부터 남성을 싫어한다고 들었건만—.

남자아이와 손을 흔들며 헤어진 뒤, 세리스는 다시 룩스를 바라보았다.

그리고 현장에 도착한 위병에게 사정을 이야기한 뒤, 학원으로 돌아가기로 했다.

"루노? 제 얼굴에 뭐라도 묻었나요?"

"아뇨, 그……. 어린애라면 남자라 해도 아무렇지 않으시군요, 세리스 선배는."

"......"

가벼운 마음으로 꺼낸 룩스의 한마디에, 어째선지 세리스는 그대로 굳으며 침묵에 빠졌다.

그리고 주위를 둘러보며 근처에 인기척이 없다는 것을 확인한 다음 툭, 작은 목소리로 질문을 꺼냈다.

"루노. 당신은 남성을 싫어하나요?"

"네……?"

룩스는 갑작스러운 질문에 어떻게 대답해야 할지 망설였다.

자신이 지금은 귀족 소녀의 인물상을 연기중이라는 사실을 떠올리는 데에 시간이 조금 걸렸다.

"설령 그렇다 해도, 어쩔 수 없을지도 모르겠지요. 신왕국이 건국되었다고는 하지만, 구제국 시절의— 과거의 풍조를 생각하면 당연한 반응입니다."

"아, 아뇨. 저는 딱히— 그런 생각은."

물론 룩스는 남자이니 당연하지만, 반사적으로 그렇게 대답하자 세리스는 미소 지었다.

"……그, 아무에게도 말하지 않겠다고 약속해줄 수 있나요? 저는— 실은, 남성을 싫어하지 않아요."

"……넵?!"

한순간 룩스는 자신이 들은 말을 이해하지 못해 당황했다.

그러나 초조해하는 세리스의 표정을 보며 그것이 농담이

아님을 깨달았다.

"오히려 남성에게는 동경심과 흥미가 있습니다. 제가 어렸을 때, 신세를 졌던 선생님은 상냥하고 강한 사람이셨으니까요. 언젠가 저도 그런 멋진 사람과 만나고 싶다고—."

자조하는 웃음을 억지로 참으면서, 세리스는 진지한 표정을 되찾았다.

"하, 하지만 세리스 선배는—?! 남자한테는 항상 엄한 태도를 취하거나, 피한다는 소문을—."

"그, 그건 말이죠……. 이것도 비밀로 해주세요. 저, 저는 젊은 남성을 어떻게 대해야 좋을지 잘 모르겠습니다. 그래서 옛날부터 주위에 『남자는 좀 그렇습니다.』라고 얘기했더니, 어디서부터 꼬였는지 제가, 남성을 혐오한다는 소문으로 변해있더군요……. 어째서, 매번 이렇게 되는 것일까요……."

그리고는 힘없이 어깨를 늘어뜨렸다.

'이, 이 사람, 되게 서투르구나……!'

하지만 그렇게 되고 마는 기분도 알 것 같은 생각이 들었다.

사람이 사람의 만남에는 사전정보가 인식의 비중을 크게 차지한다.

한번 세리스가 남성을 싫어한다고 인식하게 되면, 남자 측도 필요 이상으로 몸을 사리거나, 반대로 자신을 낮추려고 한다. 그것이 더욱 오해를 악화시키는 것이다.

"하지만, 제게는 아직 남성에게 호의를 보이는 것은 허용되지 않아요. 의지하거나, 응석부릴 수도 없습니다. 저는 사대귀족, 라르그리스의 장녀입니다. 학원『기사단』의 단장입니다. 너무나도 중요한 위치에 있는 것이지요."

"……."

귀족중에서도 특별한 지위에 놓인 소녀.

그렇기 때문에 지금의 신왕국을 따라서 의연한 태도를 고수하고 있었다는 것인가.

"세리스, 선배……."

"룩스 아카디아."

"……헉?!"

갑자기 튀어나온 자신의 이름에 룩스의 심장이 덜컥 내려앉았다.

'드, 들켰나? 역시—!'

룩스는 사과하려 했지만, 옆에 서있는 세리스는 앞쪽으로 시선을 고정한 채 조용히 미소 짓고 있었다.

"그는 재미있는 인물이더군요. 사니아와의 모의전에서는, 굳이 제게 기술을 보여주며 대등한 승부에 도전했습니다. —역시 그 사람과 닮은 구석이 있군요."

"……그 사람이라뇨? 그게 누구인가요?"

룩스는 물어본 뒤에야 괜한 질문을 꺼내고 말았다며 후회했다.

하지만.

"웨이드 로드벨트 선생님입니다. 구제국 왕가의 교육담당이셨던 분이지요."

"네……?!"

그 이름을 듣자 룩스는 숨이 콱 막히는 것 같았다.

그 인물은, 룩스의 외할아버지였기 때문이다.

"그, 그 사람은, 설마―."

"네. 룩스 아카디아의 조부셨더군요. 저는 과거에 왕가의 교육담당에서 은퇴하셨던 그 분께, 검술이나 전술을 지도받았습니다.

"……."

룩스는 내심 아연한 심정이었다.

설마 이런 곳에서 세리스와 접점이 있었을 줄이야…….

"웨이드 선생님께는 정말 큰 신세를 졌습니다. 그 무렵에는 아직 장갑기룡은 사용하지 않았지만, 선생님 덕분에 여기까지 힘을 얻었다고 해도 과언은 아니지요. 하지만……."

그리움이 묻어나오는 듯 했던 세리스의 어조가 문득 슬픔을 띠기 시작했다.

룩스의 조부인 웨이드는, 구제국의 폭정을 비난하는 진언을 한 끝에 투옥되었고, 끝내 옥중에서 생애를 마쳐야 했다. 그것을 계기로 룩스의 모친과 아이리도 궁정에서 추방당한 것이다.

룩스는 그녀가 그 기억을 떠올리고 있는 것이라고 추측했지만.

"저는, 룩스 아카디아에게 사과해야만 합니다."

"네……?"

세리스의 입에서 나온 예상 못한 한마디에 자기도 모르게 귀를 의심했다.

"이 이야기는 남에게 발설하지 않기를 바라요. 그에게는 제 입으로 직접, 제대로 털어놓을 테니. 내일 이후의 선발전이 끝나고, 제가 맡게 될 그 토벌 임무를 완수하면—."

가만히 집게손가락을 입 앞에 세우며 세리스는 쓴웃음을 지었다.

"……."

'내게, 사과를? 대체 무엇 때문에……?'

룩스는 아무것도 이해할 수 없었다.

현재 자신의 모습이 어떤지조차 잊고 물어볼 뻔했지만, 깊은 생각에 빠진 듯한 세리스의 표정이 마음에 걸려서 생각으로 그쳤다.

"하지만— 저는 질 수 없습니다."

그 미소를 지우고, 세리스는 눈앞에서 주먹을 쥐었다.

"제 판단에, 많은 것이 걸려있지요. 구제국의 사상을 이어받은 남자에게서 학대당하며 여전히 고통받는 소녀도 있습니다. 그가 신경쓰이는 건 사실이지만, 지금 학원에 받아들이는 건 시기상조이지요."

"……."

룩스라 해도 세리스의 생각을 부정할 수는 없었다.

확실히 그럴지도 모른다.

구제국의 사상이 남아있는 이 나라의 군대나 상층부에는, 혁명 뒤에도 바탕에는 아직 그런 사상이 강하게 남아있었다.

'하지만, 나는―.'

"그래요. 저는 두 번 다시, 잘못된 선택을 할 수는……."

"네……?"

갑자기 들려온 슬픈 목소리에 룩스가 고개를 들자.

"루노. 오늘은 즐거웠어요."

세리스는 조심스럽게 룩스의 머리를 어루만졌다.

"그럼 작별입니다. 대답, 기다리고 있겠어요."

학원 교문 앞에 도착해서 세리스와 헤어졌다.

부지 내에 있는 다른 여학생들의 눈을 피해 방문객용 응접실에서 여장을 푼 뒤, 룩스는 작은 한숨을 쉬었다.

"반드시, 이겨야만 하는데……."

다시 남자용 교복으로 갈아입은 후, 룩스는 홀로 중얼거렸다.

여기까지 룩스를 지지해준 그녀들을 위해서라도 질 수는

없다.

"그리고 어떻게 되든, 세리스 선배에게 정체를 밝히고 사과해야—."

그렇게 다시 한 번 결의를 다지며, 룩스는 학원 측에서 신청한 자잘한 의뢰 몇 가지를 해결한 뒤, 밤이 되어 여자 기숙사로 돌아갔다.

†

"……어라?"

이미 불이 꺼져있을 거라고 생각한 2인실 안에, 희미한 오렌지색 불빛이 들어와 있다.

"어서와, 루우."

"아, 다녀왔어. 별일이네? 아직 안 자고 있었구나, 피이. ……엇?!"

영락없이 피르히가 평소처럼 셔츠를 입고 있을 거라고 생각했지만, 검은 레이스로 된 네글리제를 입고 있었다.

아니, 어떻게 보면 이쪽이야말로 제대로 된 것일 테지만, 신체 라인이 노골적으로 드러날 만큼 얇고, 딱 맞는 것이라 도통 눈을 둘 곳이 없어서 곤란했다.

게다가 여느 때처럼 이불을 덮고 있는 것이 아니라, 방 의자에서 막 일어선 상태였다.

적극적으로 자기주장중인 부풀어 오른 가슴, 희미하게 비쳐 보이는 하얀 살결. 그리고 앳된 느낌이 남아있는 멍한 표정이 램프 불빛에 떠올라 룩스의 가슴은 거칠게 뛰기 시작했다.

"그, 그 모습은, 어떻게 된거야?!"

평정을 가장하려 했지만, 누가 듣기에도 동요한 목소리를 내고 말았다.

"언니한테, 이거, 받았어."

"뭣?! 그 사람은 대체 무슨 생각을 하는 거야?! 내가 함께 있는데, 이런—."

"이상해서, 그래?"

피르히는 진지한 얼굴로, 미묘하게 유감스러운 듯한 목소리로 말했다.

그녀의 반응에 룩스는 황급히 고개를 저으며 "그, 귀여워."라고 칭찬해주었다.

"다행이야."

룩스의 칭찬에 피르히는 살짝 미소 지었다.

그 모습과 맞물려서 소꿉친구 소녀는 여느 때 이상으로 사랑스럽게 느껴졌다.

"하, 하지만 어째서 이런 시간까지 기다리고 있었어?"

룩스가 묻자, 피르히는 여전히 진지한 얼굴로.

"루우. 오랜만에 꼬옥— 할까?"

"엑?"

"루우. 최근 조금, 지친 것 같으니까."

피르히는 변함없이 진지한 얼굴로, 다시 한 번 물어보았다.

『꼬옥—』이, 뭘 말하는 거지?' 하고 룩스는 잠깐 고개를 갸우뚱했다.

잠시 생각해본 뒤, 예전의 기억을 떠올린 룩스는 퍼뜩 알아차리고 얼굴을 붉혔다.

어린 시절, 사고로 모친을 떠나보내고 모든 의욕을 잃어버린 룩스에게, 피르히가 곧잘 해주었던 어떤 행동이라는 것을 떠올린 것이다.

『이렇게 해주면 기운이 난다고, 우리 엄마가 말씀하셨어—.』

당시의 룩스가 피르히의 마음씀씀이에 감사를 표하자, 피르히도 기분이 좋았는지 룩스가 기운 없어 보일 때마다 안아주려고 해주었던 것이다.

"그, 그건 안 해줘도 괜찮다고?! 옛날에는 그…… 물론 정말 기뻤지. 하지만 지금은 나이도 나이고, 역시 조금 위험하다고 할까!"

사실 그것보다도 성장한 피르히에게 그런 짓을 당했을 때, 사춘기 소년으로서 이성을 유지할 자신이 없었다.

오늘 보여준 네글리제 차림만으로도, 솔직히 위험할 지경이었다.

"싫어?"

"시, 싫은 게 아니라, 그러니까…… 지금의 우리가 그걸 하면, 윤리적으로 위험하다고—."

"……."

룩스는 필사적으로 설득하려 했지만.

획—.

피르히는 갑자기 진지한 얼굴 그대로 외면했다.

"어……? 피이?"

"……상처받았어."

피르히는 무표정한 와중에도 비교적 슬퍼하는 듯한 뉘앙스를 담아 대답했다.

"루우. 나를 싫어하는구나……."

'위, 위험하다고! 이 패턴은……!'

피르히가 화를 내며 대화 자체를 거부하는 경우라면 아직은 괜찮다.

지금처럼 풀죽는 케이스는 흔하지 않지만, 그만큼 기분이 풀릴 때까지 시간도 오래 걸린다.

"아, 알았다고! 그, 그럼 조금만…… 부탁해도 될까?"

"……응. 좋아."

룩스가 뜻을 굽힌 순간, 살짝 미소 지은 피르히의 신체가 눈앞으로 다가왔다.

그리고 바로 정면에서, 피르히가 꼬옥— 룩스의 몸을 안아주었다.

© 2013 Ayumu Kasuga

"으……?!"

하얗고 매끄러운 살결이 닿고, 피르히의 풍만한 가슴이 부드럽게 눌리는 감촉에, 룩스는 머릿속이 새하얗게 변하는 것만 같았다.

소녀의 체온과 아련하게 느껴지는 달콤한 향기가, 머릿속을 녹을 듯한 황홀경에 빠뜨렸다.

'여, 역시 이거, 위험하다고……! 기분이 너무 좋아서, 이러다가—!'

그렇게 기나긴 몇 초가 흐른 후, 피르히는 가만히 몸을 떼었다.

"……기운, 났어?"

"으, 응! 고, 고마워, 피이……."

소꿉친구의 얼굴을 똑바로 바라보지 못하고, 룩스는 시뻘건 얼굴로 시선을 피했다.

"잘 자, 루우."

피르히는 만족스럽게 웃고는, 그대로 2층 침대의 아래층에서 잠자리에 들었다.

'격려해주려 한 마음은 정말 고마운데, 조금 전의 감촉 탓에 몸이 뜨거워……!'

기운을 차린 룩스는 그날 밤, 오히려 좀처럼 잠들 수가 없었다.

†

"세리스 언니, 어서오세요."

"다녀왔어요, 사니아."

세리스가 여자 기숙사의 입구에 돌아오자, 자신을 언니라고 부르며 따르는 소녀가 마중 나왔다.

"너무하세요, 정말. 저를 쏙 빼놓고 가버리시다니……."

"당신은 저와 함께 외출하면 심하게 들뜨니까요. 이번에는 제대로 휴식을 취해야 한다고 판단했습니다. 다음번에는 동행을 허가하지요."

두 사람 사이에서 늘 오가는 대화를 나누며 여자 기숙사의 복도를 걸었다.

자신을 걱정하고, 의지하는 귀여운 동급생.

하지만 이상했다. 어째서인지 예전부터 함께 어울려온 그녀보다 최근에 만난 루노라는 소녀 쪽이, 지금은 마음의 대부분을 차지하고 있었다.

'……나도, 아직 멀었구나.'

감정을 다스려야만 한다고, 세리스는 생각했다.

최선의 판단과 행동을 선택해야만 한다.

그렇지 않으면, 또다시 돌이킬 수 없는 실수를 저지르게 된다.

"그보다 사니아, 당신은 괜찮나요? 이번 소동 탓에 다시 과거의 기억을, 떠올렸다거나—."

갑자기 튀어나온 세리스의 질문에 사니아는 한순간 숨을 죽이고.

"신경써주셔서 감사합니다, 세리스 언니. 이번에 그를 학원에서 쫓아내겠다는 계획에, 힘을 더해주셔서……."

그렇게 중얼거리며 힘없이 미소 지었다.

"역시, 남성은 아직 무서워요. 저는 레미스트가(家) 내에서, 아버지나 오빠들에게 계속 학대받아 왔으니까요—."

"알고 있습니다. 당신 잘못이 아니에요, 사니아."

사니아의 집안인 변경의 귀족, 레미스트가의 칠남매 중에 여자는 사니아밖에 없다는 이야기를 들었다.

사니아는 구제국의 지배가 이어지던 5년 전까지, 온갖 부당한 대우를 받아온 모양이었다.

그래서 그녀, 다른 남자를 두려워하는 소녀들을 지키기 위해, 세리스는 솔선해서 싸워온 것이다.

"안심하세요. 저는 지지 않습니다."

결의를 새롭게 다지며 그렇게 선언했다.

"고마워요, 세리스 언니."

"……."

하지만, 어째서일까.

세리스는 마음속에 있는 망설임을, 입에 담을 수는 없었다.

Episode 5　　최강 vs 최약

　교내 선발전 4일 째는 무사히 지나고 오늘, 드디어 마지막 날이 찾아왔다.

　"좋은 아침이다, 제군. 오늘로 교내 선발전도 마지막 날이다. 크게 다치지 않게 조심하면서, 각자 전력을 다하도록."

　아침 일찍 교실에서는 라이글리 교관이 평소처럼 짤막하게 이야기를 정리한 뒤에 해산했다.

　교관이 나가고 실내의 긴장감이 느슨해진 순간, 리샤가 교단 앞에 섰다.

　"친애하는 나의 동포들이여, 어제는 멋지게 선전(善戰)해 주었다. 전날까지의 승패 횟수와 득점은 이미 내걸려 있다만, 지금 이 자리에서 다시 한 번 공표하도록 하마!"

　팡, 커다란 대자보를 펼치며 리샤는 드높은 목소리로 설명하기 시작했다.

　1, 2학년이 3학년에게 승리하면, 1승마다 3점을 획득.

　3학년이 1, 2학년에게 승리하면, 각각 1, 2점을 획득.

　현재까지 페어전과 개인전을 합쳐서 127전이 실시되었으며, 득점은 룩스 쪽이 126점, 세리스 쪽이 134점으로 어제보다 차이는 대폭 줄어든 상황이었다.

"이제 남은 것은 역전뿐이다! 전원, 기합을 불어넣어라!"

리샤의 선동을 따라 와아— 하는 환호성이 교실 안을 가득 채웠다.

"어째서 그녀가 리더 같은 역할을 하고 있는 거려나."

평소의 쿨한 미소와 함께 크루루시퍼는 아무렇지 않게 말했다.

"어쨌거나 오늘 싸움으로 모든 것이 결정된다! 이봐, 아인그람의 마이페이스 아가씨! 자신은 있겠지!"

"응. 괜찮아."

리샤가 지명하자 피르히는 평소의 마이페이스인 어조로, 그러나 망설임 없이 고개를 끄덕였다.

"너무 무모한 짓은 하지 말자, 피르히."

룩스는 옆자리에 앉아있는 소꿉친구에게 당부했다.

『기사단』끼리의 싸움은 세리스와의 직접 대결이 매우 중요한 비중을 차지한다.

그러니 질 수 없는 시합이었지만, 역시 걱정되는 면도 있었다.

물론 피르히도 신장기룡의 사용자이며 학원— 아니, 국내에서도 유수의 실력자라는 점은 틀림없다.

그러나 그 점을 제외한다 해도, 역시 세리스는 이상하다

싶을 정도로 강하다.

　아슬아슬한 접전이 일어났을 때, 피르히가 괜한 무리를 해서 다치는 일이 일어나지 않기를 바랐다.

　'피르히는, 꽤 완고하니까…….'

　평소에는 거의 멍한 모습만을 보여줘서 오해받기 쉽지만, 어릴 적부터 자신이 정한 것에는 기를 쓰고 물러나지 않는 기질이 있었다.

　룩스에게 그런 면모를 강하게 보여주는 것은 기쁜 반면에 걱정이기도 했다.

　"응. 걱정 하지 마."

　보일듯 말듯 한 미소를 띄우며 피르히는 즉답했다.

　"힘내자, 루우."

　대답은 그게 전부였지만, 룩스는 쓴웃음을 지을 수밖에 없었다.

　'역시, 물러설 생각은 없는 거구나…….'

　피르히는, 제법 진심으로 시합에서 이기려 하고 있다.

　하지만 이 싸움을 바란 사람은 룩스 본인이기도 하다.

　그렇다면 이제는 전력을 다할 뿐.

　"그러면, 슬슬 갈까?"

　"……그래."

　피르히의 목소리에 대답하며, 룩스는 함께 교실을 나왔다.

　빈 교실에서 간단히 선발전에 대해 손발을 맞춰본 다음

연습장으로 이동했다.

그러던 중, 어떻게 된 일인지 룩스는 전혀 생각지도 못했던 질문을 입 밖으로 꺼냈다.

"저기, 피이."

"왜 그래? 루우."

옆에서 따라 걷는 소녀의 멍한 눈동자에 룩스의 얼굴이 반사됐다.

되묻는 목소리를 들으니, 어째서 그런 질문을 꺼내게 된 것인지 스스로도 의문스러웠다.

"그러니까, 있잖아…… 옛날에, 피이. 그런 거 없었나? 큰 병을 앓았다거나, 다쳤다거나, 그런 이야기―."

"……. 기억, 안 나는걸."

고개를 갸우뚱하며 대답하는 모습을 보니 역시 기분 탓인 것 같다는 생각이 들었다.

"그렇구나, 으음. 아무 것도 아니야. 신경 쓰지 마."

그렇게 말하며 룩스가 쓴웃음을 짓자.

"하지만 5년 전의 일은…… 약간 기억하고 있어."

"……응?"

"루우. 나를, 구하러 와줬었다구?"

"……."

밝지만 아주 약한 피르히의 미소.

평소라면 안심됐을 소꿉친구의 미소에, 무슨 영문인지 룩스는 기묘한 전율을 느꼈다.

'5년, 전……? 피르히랑 마지막으로 헤어졌던 건, 확실히……'

"으윽……!"

찌릿, 날카로운 통증이 룩스의 머리에 퍼져나갔다.

어두운 지하실이 떠오르고, 무엇인지 이해 불가능한 광경이 뇌리 속에서 깜빡였을 때.

와아— 하는 함성이, 연습장 쪽에서 들려왔다.

"가자, 루우."

"으, 응……. 서두르자, 우리 차례니까."

룩스와 피르히는 달려서 연습장에 도착했다.

†

세리스와의 싸움이 시작되기 약 몇 시간 전.

헤이부르그 공화국 변경 리드니스 해 연안 부근 상공에는 기룡사로 구성된 대부대가 모여있었다.

그들 모두의 장갑 일부에는 신왕국의 문장이 새겨져 있어서, 그 소속을 나타내고 있었다.

현재 신왕국에서 정예라고 불리는 상급 계층^{하이 클래스}의 사내는, 아래를 보며 떨리는 목소리로 말했다.

"아직 움직이지 않는군……. 정말로 이만한 놈이, 과거에는 살아있었다는 건가?"

구제국이 은폐해서 비밀리에 해방시킨 유적 최대의 괴물 — 종언신수.[루인][라그나뢰크]

기록으로만 알고 있었던 신화급의 괴물에, 약 300명의 남성 사관들은 긴장된 얼굴로 그것을 내려다보고 있었다.

작은 섬으로 착각할 정도의 거대함을 자랑하는 그 환신수는, 주위의 암벽과 일체화된 것처럼 흉악한 얼굴을 대해(大海) 밖으로 드러내놓고 있었다.

머리 위까지 접근한 것은 비행이 가능한 《와이번》 기룡사뿐이었지만, 근처의 부두나 섬에는 《와이엄》이나 《드레이크》의 혼성부대도 대기 중이었다.

현재 신왕국군이 지닌 기룡부대 3분의 1을 투입한 이번 작전은, 단순한 조사나 감시만이 아니라 동시에 공격을 퍼부을 수 있는 수단도 포함돼있다.

여차하면 이 자리에서 되살아난 라그나뢰크와 일전을 치른 뒤, 마을이나 부두에서 적을 떼어놓고 함정을 설치해둔 무인도에서 싸우는 것까지 시야에 넣어두고 있었다.

그러나—.

"어째서지? 저번에 헤이부르그 공화국의 사신이 가져온 서한에는 당장이라도 움직일 것 같다고 하던데……."

대장을 맡은 사내는, 눈앞의 광경을 보며 이마에 깊은 골을 만들었다.

겨우 3일 전에 『상태를 확인해주길 바란다』라고, 의뢰를 받았기 때문에 이처럼 대부대를 이끌고 왔건만, 눈앞의 괴물은 보이는 그대로 거대한 조각상처럼 꼼짝도 할 기미를 보이지 않았다.

아니, 그뿐만이 아니라—.

"대장, 어떻게 하시겠습니까? 감시는 이대로 계속한다 해도 당장 움직일 낌새를 보이지 않는다면, 가까운 지역에 병참을 정비할 필요가—."

부관을 맡은 기룡사 사관이 그렇게 진언하자.

"그렇군……. 이대로 아무 일 없이 활동을 멈춰준다면 좋겠지만, 확증이 필요해. 일단— 비상기룡 몇 기를 가까이 보내 동향을 확인한 후, 특장기룡을 투입해서 내부 상태를 관측한다!"

살짝 망설인 끝에 그렇게 결단했다.

죽은 것인가, 자는 것인가, 아니면 힘을 모으고 있는 것인가.

전황을 판단하기 위해 행동하지 않으면 위협에 두려워하고 있을 뿐이다.

『총원에게 명한다! 지금부터 상공의 와이번 부대에서 몇 명이 조사를 실시할 것이다. 주력부대는 전원 경계태세에 들어가 캐논을 준비해라! 목표는 해수면 밖으로 나와있는 머리 부분이다. 적의 움직임이 확인되는 즉시 포격을 개시한다! 부두의 부대와 작은 섬의 부대는 경계를 게을리 하지 말도록! 그러면, 작전을 시작하겠다!』

용성(龍聲)으로 작전 내용을 전군에게 전달하는 동시에 대장 사내도 캐논을 들었다.

"……."

전군이 긴장에 숨을 죽이고, 몇 명의 기룡사가 라그나뢰크를 향해 날아간 순간―.

……빠직!

파도 소리 사이에, 기묘한 균열이 일어나는 소리가 들렸다.

†

"그러면 교내 선발전 A그룹 1번 페어 vs B그룹 2번 페어의 모의전을 개시한다!"

오늘의 다섯 번 째 시합이 개최되는 연습장은 격렬한 열기와 흥분에 감싸여 있었다.

여기까지 싸워온 전 학년 학생들도, 이 싸움이 전국의 큰 분기점이 되리라는 것은 알고 있었다.

그래서 연습장에는 고요한 긴장감도 가득했다.

"미안하다, 룩스 군. 개인적으로는 너를 응원하고 싶은 마음이 굴뚝같다만―. 입장상, 이번에는 세리스에게 붙어야 겠다."

사니아가 룩스와의 개인전에서 패배한 탓인지, 이번에 세리스와 페어를 이룬 사람은 트라이어드의 샤리스였다.

"저는 상관없습니다, 샤리스. 당신이 그의 아군이 된다 해도, 결과는 전혀 변하지 않을 테니까요."

초연한 평소의 표정을 띄우며 세리스는 중얼거렸다.

그것은, 어느 누구든 압도하는 평상시의 기척과 같은 것이었지만.

"밖에서는 이런 얼굴밖에 할 줄 모르는 아가씨다만, 사실은 귀여운 점도 있단 말이지. 미안하지만 전력으로 임할 거다. 너라면 뭐, 괜찮겠지?"

"감사합니다, 샤리스 선배."

샤리스의 웃음에 룩스는 끄덕이며 대답했다.

학원을 짊어져야 하는 세리스를, 샤리스는 배려해주고 있는 것이리라.

하지만 동시에 룩스도 이 역경을 극복할 수 있을 거라고 믿어주고 있었다.

그 마음을 알기 때문에 룩스는 질 수 없다고 생각했다.

'이겨서, 세리스 선배에게 정체를 밝히고 사과해야 해. 그리고— 라그나뢰크 토벌 동행을, 인정받는 거야.'

"……마음대로 하시길. 저는 사명을 다할 뿐입니다."

전혀 개의치 않는 태도로 세리스는 선언했다.

외해에서 석화로부터 풀려나려 하고 있는 라그나뢰크는, 지난 며칠사이에 태동하는 기세가 더욱 강해진 모양이었다. 지금까지 관찰한 결과를 토대로 판단했을 때, 1개월 이내— 이르면 며칠 뒤에라도 되살아나, 움직일지도 몰랐다.

따라서 시간이 없었다.

세리스 홀로 라그나뢰크를 토벌하는 것을 막고, 그 뒤의 국외 대항전에서도 승리한다.

이 나라의 운명을 건 싸움은 이미 시작된 것이다.

"그러면 각자 기공각검을 발검하고 장갑기룡에 접속하도록."

심판을 맡은 라이글리의 지시에 따라 네 사람은 기룡을 장착했다.

"각오는 됐겠지요. 룩스 아카디아."

《린드부름》을 장착한 세리스가 조용히 물어보았다.

상대가 범용기룡인 《와이번》이라 해도, 전력으로 공격할 심산이리라.

룩스는 질문에 응하듯 고개를 끄덕이고서, 리샤가 개조한 대형 블레이드를 들어 가볍게 중단 자세를 취했다.

"괜찮습니다. 저는, 달아나지 않을 겁니다."

"……."

학원 최강의 소녀와 시선이 교차한다.

찰나처럼 짧은, 바람이 멎은 호수의 표면처럼 관객석에

정적이 내려앉은 순간—.

　"모의전, 개시!"
　　배틀　　스타트

　라이글리 교관의 선언과 동시에 전투가 시작됐다.
　룩스는 《와이번》의 추진장치를 기동하여 신속하게 후방으로 비상했다.
　상대의 무장을 파괴하는 방어—『극격』을 사용하려면 세리스의 공격 타이밍을 가늠해야하기 때문이다.
　세리스도 마찬가지로 상공으로 비상, 샤리스는 탄막용 브레스 건을 들어 올리려는 와중에 《티폰》을 장착한 피르히만은 뜻밖의 움직임을 보였다.
　　파일 앵커
　"《용교박쇄》."
　거대한 오른팔을 내뻗으며 그 두 번째 팔에서 진회색 와이어를 사출했다.
　투웅—!
　탄환과도 같은 고속으로 사출된 금속 말뚝이, 거대한 뱀의 턱처럼 세로로 열리며 샤리스의 《와이번》을 강습했다.
　"……큭?! —엇차, 위험하다 위험해. 갑자기 무서운 놈을 꺼내드는군, 피르히 아씨는."
　거의 수평으로 발사된 선제공격을 하늘로 날아 피하며, 샤리스는 안도의 한숨을 내쉬었다.

공중으로 달아나면 기체성능이 차이난다 해도 육전형인 《티폰》은 공격을 맞추기 어려워진다. 적어도 일방적으로, 순식간에 당하는 상황은 벌어지지 않을 터다.

"에잇."

그러나 직후에 피르히가 작게 기합을 지르자, 콰직콰직 하는 기묘한 파괴음이 연습장에 울려퍼졌다.

"아닛……?!"

그 소리의 정체를 눈치챘을 때, 샤리스만이 아니라 관객 석의 학생들마저 넋나간 표정을 보여주었다.

《티폰》의 무장인 《파일 앵커》의 끝부분이, 샤리스의 배후에 있는 벽면을 물어뜯어서 거대한 파편을 쥐고 있었다.

그 무게따위는 전혀 문제되지 않는듯한 속도로 와이어가 돌아오는 도중, 《티폰》이 빙글 반회전하더니 상공의 《린드부름》을 겨냥했다.

끝에 돌덩이가 달린 와이어가, 거대한 도리깨같은 하나의 무기로 변해 포물선을 그리며 휘둘러졌다!

"……!"

이미 《린드부름》의 신장—《지배자의 신역》의 공간을 펼쳐둔 세리스는, 간발의 차이로 순간이동을 발동해 그 일격을 피해냈다.

하지만.

콰앙—!

기습이 빗나갔다— 룩스마저도 그렇게 판단한 찰나, 묵직한 금속 충격음이 터져나왔다.

그 직후 세리스가 장착한 《린드부름》이, 피르히의 후방에서 고속으로 날아가 벽면에 격돌했다.

"세리스!"

"피르히!"

공중에 떠있던 샤리스와 룩스가 서로의 파트너의 이름을 외쳤다.

몇 초가 지난 뒤 룩스는 두 사람의 공방을 이해했다.

세리스가 순간이동을 사용해 피르히의 배후로 돌아간 순간, 《티폰》이 강력한 뒤돌려차기를 때려 넣은 것이다.

절대적인 밸런스 감각을 뒷받침되지 않으면 구사할 수 없는 장갑기룡을 이용한 발차기.

그것도 세리스가 자신의 배후로 돌아가리라는 것을 읽지 못했다면 명중시킬 수 없는 타이밍의 일격이었다.

세리스가 격돌한 벽면 주위에 흙먼지가 피어오르고, 요란한 함성이 관객석을 감쌌다.

'피르히…… 정말 강하구나!'

저번에 한 번 싸우는 모습을 목격한 만큼 알고는 있었지만, 이번에는 한층 무시무시한 움직임이었다.

첫 번째 공격인 《파일 앵커》를 일부러 빗맞힌 다음, 그 뒤쪽 벽면을 뜯어내 즉석에서 도리깨를 만들어서 세리스를 공격한다는 발상력.

그리고 세리스가 회피하는 동시에 자신의 뒤쪽으로 돌아올 것을 예측. 본래는 공격이 불가능할 배후에 뒤돌려차기를 먹였다.

진심을 보이는 피르히의 실력과 그 기술에 룩스가 말을 잃어버리자.

"—루우. 조심해. 나 지금, 움직일 수 없어……."

"—?!"

피르히가 희미하게 고통이 섞인 목소리를 낸 직후, 룩스는 재빨리 블레이드를 휘둘렀다.

키잉―! 눈앞에서 불꽃이 튀어오르고, 격렬한 전격이 《와이번》에 엄습했다.

"큭……!"

기룡을 통해 전달되는 그 아픔에 인상을 쓰면서도, 룩스는 간신히 상대의 공격을 받아친 다음 거리를 벌렸다.

《지배자의 신역》으로 룩스의 눈앞으로 이동한 세리스가 《라이트닝 랜스》로 일격을 휘두른 것이다.

강력한 전격에 전신의 근육이 마비됐고, 《와이번》의 시스템도 저하됐다.

아마 피르히도 조금 전의 공방 사이에 뇌섬에 당했을 것이다.

설령 무승부가 된다 해도, 특수 무장인 창으로 가격하면 상대의 움직임을 봉해버릴 수 있다.

예상한 부분이긴 했지만, 역시 상당히 성가신 능력이었다.

평범하게 생각한다면, 손 쓸 도리가 없을 정도로.

"솔직히, 약간 예상 외였습니다."

공중에 떠있는 채, 세리스는 진지한 모습으로 입을 열었다.

룩스의 《와이번》과 피르히의 《티폰》은 아직 전격의 영향이 남아 제대로 움직일 수 없다.

그러니 세리스가 대화에 시간을 들이는 것은 형편상 좋았지만, 들려온 것은 뜻밖의 말이었다.

"4일 전의 그녀들보다 좀 더 봐주는 편이 좋을 거라고, 그렇게 생각했습니다만."

"······?!"

4일 전의 대결. 리샤, 크루루시퍼 페어와의 전투에서조차 세리스는 여유를 가지고 싸웠다.

그 선언과 동시에 세리스는 입꼬리를 말아 올렸다.

그 절대적인 지배자의 미소.

세리스가 만드는, 사대귀족의 얼굴을 선보였다.

"이쯤에서, 먼저 항복해주시겠습니까?"

그리고 한 번 말을 끊은 다음, 그런 이야기를 꺼냈다.

"괜히 전력을 보여서, 이 이상 불필요한 상처를 입히고 싶진 않군요."

그 발언은 협박이 아니라 과장 없는 진심이리라.

룩스와 피르히를 상대로는 전력을 다할 수밖에 없다고 판단했기 때문에 나온 말이었다.

"어이, 세리스. 전투 중에 잡담은—."

옆에 나란히 선 샤리스가 주의를 주었지만, 세리스는 눈 아래의 룩스와 피르히에게서 눈을 떼지 않았다.

"제게는, 이 학원을 지킬 의무가 있습니다."

랜스의 날끝을 두 사람을 향해 내밀며, 최강의 소녀는 선고했다.

"당신은 어쩌면 다를 지도 모르지만, 이 나라에는 아직도 연약한 여성들을 학대하는 남성들이 있습니다. 저는 그녀들의 검과 방패가 되어 싸워야만 하지요."

그리고 미약한 긴장감을 머금은 진지한 목소리로 세리스는 말을 이었다.

"제 판단을 알려드리겠습니다. 저는 아직, 당신 같은 예외를 인정할 수 없습니다. 남성에게 협력을 요청할 수는 없습니다. 저는, 홀로 라그나뢰크를 토벌할겁니다. 그것을 받아들일 수 없다면, 싸움을 계속하십시오. 당신이 할 수 있다는 것을, 어디 한 번 제게 가르쳐 보십시오."

어쩌면 진심일 터인 그녀의 선언.

그녀는 틀림없는 강자이며, 진심으로 학원과 학생들을 지키고자 한다는 것도 안다.

세리스에게 맡겨두면, 괜찮을지도 모른다.

하지만—.

"저는, 이 학원에 남겠습니다."

일말의 두려움이나 동요가 드러나지 않는 모습으로 룩스는 대답했다.

세리스의 본심을 알기 때문에 순순히 받아들일 수 없었다.

무엇보다도 이 학원에서 모두를 지키고 싶다는 마음은, 룩스도 그녀와 같았으니까.

"그 누가 아닌, 저 자신을 위한 선택입니다. 그러니까— 포기할 수 없습니다."

룩스가 강한 눈빛으로 그렇게 선언하자 세리스는 심호흡을 한 번 했고.

거의 드러나지 않을 정도의 망설임이 깃든 눈으로 룩스를 바라보며, 선언했다.

"—그럼, 각오하시길."

†

백열하는 시합이 벌어지는 한편에서는— 은밀하게 그림자가 움직이고 있었다.

지금 시간에는 사서마저 없어서 문단속이 되어있는 아무도 없는 도서관.

서가가 나란히 늘어선 통로 가장 안쪽에 있는 것은, 사니아 레미스트라는 소녀였다.

본디 언니라고 부를 정도로 따르는 세리스의 싸움을 지켜봐야 할 이 소녀. 주위에서는 그녀가 요양을 위해 지금 기숙사의 자기 방에서 쉬는 중이라고 알고 있었다.

세 갈래로 땋아 한데 묶은 머리를 약하게 흔들며, 눈앞에 있는 문의 열쇠구멍에 들고 있던 열쇠를 꽂고, 돌렸다.

철컥, 소리를 내며 자물쇠가 열리자 사니아는 씨익 미소를 지었다.

"후후, 여러모로 애먹긴 했지만, 이것으로 마침내—"

"출입금지 장소에서, 찾는 물건이라도— 있나요? 사니아 선배."

"……?!"

갑작스러운 목소리에 사니아가 돌아보자, 그곳에는 세 명의 소녀가 서 있었다.

룩스의 친여동생인 아이리 아카디아. 그녀의 양 옆으로는 트라이어드의 티르파와 녹트 두 사람이 있었다.

"……무슨 일이지? 오빠의 싸움을 지켜보지 않아도 되겠어? 아이리 양."

"Yes. 아이리도 그러고 싶은 마음은 굴뚝같겠습니다만, 이곳에 온 것은 당신 탓입니다. 책임져주시지요."

"그—렇다구. 아이리, 루크찌의 싸움을 해설할 때면 얼~

마나 의욕적인데 말이지─."

"……뭐어, 그런 아무래도 좋을 이야기는 나중에 하고요."

살짝 뺨이 달아오른 아이리는 자세를 꼿꼿이 세웠다.

그리고 크흠, 헛기침을 한번 한 다음 진지한 시선으로 사니아를 바라보았다.

"제가 알고 싶은 건 한 가지예요. 무엇을 찾고 계신 건가요? 『기사단』의 선배─. 아니, **헤이부르그 공화국의 스파이 씨는.**"

"……."

당연하다는 듯 튀어나온 그 말에 사니아는 눈이 휘둥그레졌다.

"하아…… 아무리 내가 네 오빠랑 적대중이라 해도 그렇지, 타국 스파이 취급이라니─. 상당히 원한이 심한 모양이구나. 상처받았어."

"당신은 변경에 사는 귀족의 딸로 2년 전에 이 학원에 입학한 것 같던데, 레미스트가에서는 양자인 것 모양이더군요? 그만큼 증거를 얻기가 어려워서 지금까지는 몰랐습니다만, 최근 들어서 겨우 큰 움직임을 보여주었죠."

"……."

태연하게 대답하는 사니아를 향해 아이리는 구깃구깃한 종이다발을 들이밀었다.

그것은, 사니아가 학원의 내부 정보에 대해 기록하여 헤이부르그로 보낸 밀서였다.

"학원장님이나 집정원 측에도 이미 보고해두었어요. 무엇을 꾸미고 있었는지 말하고 싶지 않다면, 모쪼록 왕도 감옥에서 느긋하게 조사를 받아주시길."

조용하게 단언하며 아이리는 눈을 내리깔았다.

그러자 사니아는 작은 고소를 흘리며 일어섰다.

"나를, 붙잡을 생각이야?"

"Yes. 그 자리에서 움직이지 마십시오. 어쨌거나 당신에게는 이미 승산이 없습니다."

"맞아맞아―. 다른 『기사단』 단원들도 조금 전에 불렀걸랑."

녹트와 티르파가 아이리 앞으로 나서며 나란히 기공각검을 뽑아들었다.

그러나 자신이 이미 도서관째로 포위됐다는 사실을 들었음에도 사니아는 전혀 동요하지 않았다.

"흥……. 약간은 머리가 돌아가는 모양이라고 감탄했는데 ― 잘못 본 모양이네."

대담한 웃음을 보이며, 사니아는 세 갈래로 땋아 묶은 머리카락을 풀었다.

그리고 살짝 실눈을 뜨며 평소의 지적인 인상과는 정반대의, 사나운 기척을 뿜어냈다.

거칠게 펼쳐지는 긴 머리카락과 날카로운 안광.

굶주린 육식동물을 연상케 하는 흉포한 적의를 발산하며, 사니아는 웃었다.

"간파한 너희에게 경의를 표하며, 무엇을 획책하고 있었는지 가르쳐주마. 나의 사명은, 네놈들을 몰살하는 것. 신왕국의 전력을— 이곳에서 괴멸시키는 것이다!"

그리고 사니아는 기공각검을 뽑아 휘둘렀다.

"……오라, 힘을 상징하는 문장의 익룡. 나의 검을 따라 비상하라, 《와이번》!"

"윽……?!"

한 박자 늦게 녹트와 티르파도 각자의 기룡을 불러내 장갑을 몸에 둘렀다.

사니아가 발산하는 살기는 끔찍할 지경이었지만, 사용하는 기룡은 범용기룡인 《와이번》이다.

『기사단』 멤버 두 사람과 지원군이 오면 이기지 못할 상대는 아니었다.

그렇게, 세 사람이 생각했을 때—.

이이이이이이이이이이……!

"……이 소리는—?!"

돌발적으로 어디선가 들려온 불협화음에 아이리는 자기

도 모르게 귀를 막았다.

피리 소리.

환신수를 부르는 뿔피리의— 파멸의 흉조를 품은 소리.

하지만 환신수 자체는 그 자리에 나타나지 않았다. 대신에 소환된 사니아의 《와이번》이, 갑자기 기묘하게 변모되기 시작했다.

구불구불, 표면에 검붉은 혈관처럼 보이는 것이 뻗어나가고, 장갑이 비명을 지르는 것처럼 삐걱거리며, 환창기핵이 불길한 빛을 띠었다.

무기물일 터인 장갑기룡이, 마치 한 마리의 생물처럼— 꿈틀대기 시작했다.

"뭐야, 이게……? 장갑기룡이 맞기는 해?!"

"모르겠습니다! 대체, 무슨 일이—?!"

주춤하는 티르파와 녹트의 등 뒤에서 아이리가 뒷걸음질 쳤다.

"자아! 시시한 선발전 따위는 끝내고, 진짜 전쟁을 시작해보지 않겠나! 온실 속의 귀족 놈들아!"

사니아가 눈을 부릅뜬 직후, 이형의 기체가 기동했다.

†

외벽과 지면이 엉망으로 파였고, 연습장 곳곳에는 흙먼지와 하얀 연기가 자욱했다.

룩스와 세리스의 정상결전을 맞이한 연습장에서는, 전에 없는 치열한 전투가 전개되고 있었다.

"《용교폭화(龍咬爆火)》."

피르히가 장착한 《티폰》의 오른팔이 붉은 빛을 머금자 주위의 대기가 요동쳤다.

움켜쥔 물체에 직접 에너지를 주입해 터뜨리는 《티폰》의 또 하나의 특수 무장이다.

제대로 맞기만 하면 세리스라도 무사하지 않을 그 일격을, 피르히는 연습장 바닥을 움켜쥐어 불을 내뿜는 듯한 폭발을 일으켰다.

폭렬의 충격으로 토사와 흙먼지가 피어오르자 동시에 《티폰》의 양어깨, 양팔, 등에서 무수한 《파일 앵커》를 사출했다. 한 치 앞조차 보이지 않을 정도의 연기 속에서, 세리스는 정확하게 창을 휘둘러 모든 말뚝을 튕겨냈다.

그러나 피르히도 순식간에 대지를 박차고 달려들어 《티폰》의 튼튼한 팔로 정권을 내질렀다.

장갑의 관절을 비틀고, 최고 속도로 구동해서 퍼붓는 필살의 연타를 세리스는 받아넘기거나, 더러는 공중으로 날아올라 피했다. 《티폰》은 무서운 도약력으로 그 뒤를 쫓아 정권으로 가장한 회전차기를 시도했다.

게다가 지면을 향해 몇 개의 《파일 앵커》를 꽂아넣어, 마치 갈고리가 달린 밧줄처럼 《티폰》을 잡아당겨 공중에서 궤도를 바꾸고, 《린드부름》의 반격을 회피.

고속으로 연습장 링에 내려서더니 원을 그리는 궤도로 상대의 조준에서 벗어나 세리스의 아래쪽을 향해 추적, 다시 무수한 《파일 앵커》를 사출하여 《린드부름》을 노렸다.

카운터를 노리고 상공에서 투척된 대거 세 자루를 피르히는 어렵지 않게 붙잡아 빙글 신체를 반전하며, 몇 배의 속도로 되돌려줬다. 그것을 미리 읽어낸 세리스는 《지배자의 신역》으로 순식간에 《티폰》의 배후로 돌아갔다. 이번에는 발차기를 피할 수 있을 정도의 간격을 두고서, 전격을 머금은 찌르기를 뻗었다. 하지만 피르히도 그렇게 나오리라고 알고 있었는지, 전방으로 도약해 피하면서 몸을 비틀어 세리스를 향해 다시 공중에서 몇 개의 《파일 앵커》를 발사했다.

견제와 포획을 노린 그 공격을 세리스는 교묘하게 피하며 랜스로 추가타를 노렸다.

반사적으로 피할 수 없겠다고 깨달았는지, 피르히는 최고속도의 정권지르기로 응수했다.

주먹과 랜스 끝이 부딪치며 요란한 불꽃과 충격이 터졌다.

——.

그런 노도와도 같은 공방이, 조금 전부터 한순간의 틈도 주지 않고 전개되는 중이었다.

처음에는 소리 높여 응원하던 관객석의 여학생들도, 어느

덧 숨을 죽이고 전투를 지켜보았다.

"셰리스. 미안하지만 뒤는 맡기마. 나는 슬슬 한계인 것 같다."

몇 분 후, 지상으로 내려온 샤리스는 기공각검을 검집에 넣고, 자신의 패배를 선언했다.

이미 수중의 무기는 모조리 파괴되었고, 《와이번》의 장갑에도 깊은 균열이 생겨있었다.

룩스의 극격에 의한 카운터에 당하리라는 것을 알면서도 자신에게로 주의를 끌어당기기 위해 몇 번이나 공격을 시도한 탓이었지만, 문자 그대로 한계에 도달한 것이다.

"알고 있습니다. 빨리 물러나세요. 당신은 걸핏하면 무리하는 게 문제입니다."

"그러냐. 그럼 열심히 해봐. 부탁하지."

샤리스가 쓰게 웃으며 종종걸음으로 링 밖으로 이어지는 문으로 다가가려 하자.

"제 파트너라는 이름에 부끄럽지 않은 싸움이었어요. 샤리스."

슬며시 그런 위로의 말을 건넸다.

"하아, 하아……. 하―. 윽―."

샤리스가 퇴장한 직후, 피르히가 장착한 《티폰》의 장갑도 빛을 잃고 자동적으로 해제되었다.

사용사의 피로에 의한 한계 탓이었지만, 그렇지 않아도

소모가 격심한 신장기룡을 계속해서 최대 출력으로 사용한 점을 생각하면 오히려 너무 길다고 할 정도였다.

장갑의 강제해제가 확인됐을 경우에는, 그 출전자도 패배한 것으로 간주되므로 즉시 퇴장해야만 했다.

"하아, 하아……. 미안, 해. 루……우……."

피르히는 힘없이 고개를 숙인 채 다리를 질질 끌다시피 하며 걸어나갔다.

평소에는 과묵하고 감정을 거의 드러내지 않는 피르히가, 온몸을 땀으로 흠뻑 적시고 거친 숨을 몰아쉬며 전력을 다해주었다.

소중한 소꿉친구에게 감사하며, 룩스도 최후의 기합을 불어넣었다.

"응. 맡겨줘, 피이."

피르히는 초장부터 의표를 찌르는 움직임으로 접근전을 시도했지만, 세리스의 《린드부름》에게는 직격을 성공할 수 없었다.

아무래도 리샤, 크루루시퍼 페어와의 싸움에서도 전력을 다하지 않았다는 말은 사실인 듯했다.

하지만 피르히가 적극적으로 전투에 나서준 덕분에 그 정교한 창 놀림은 어떻게든 눈에 새겨 넣을 수 있었다.

세리스의 행동에는 군더더기가 없어서 간파하기 어려웠지만, 이것으로 어떻게든 해볼 정도는 되었다.

"⋯⋯어째서, 인가요?"

서로의 파트너가 후퇴해 1대 1 구도가 됐을 때, 세리스가 불쑥 말을 걸었다.

대치중인 세리스도 큰 대미지는 입지 않았지만 이미 여유는 없었다.

피르히의— 맹공을 막아내느라 접근전용 《라이트닝 랜스》와 원거리용 《스타라이트 제로》 외의 무장은 거의 사용 불가능한 상황이었다.

"어째서 당신은 싸우는 건가요? 남성사회의 재흥을 위해서? 아니면 귀족 자녀들이 모이는 이 학원에서 공적을 올려서, 다시 이 나라에 관여하려고? 일찍이 이 나라를 지배했던 구제국의 생존자로서—."

"⋯⋯."

여전히 변함없는, 초연한 지배자의 목소리.

그러나 룩스의 귀에는, 그녀의 목소리에 약간의 망설임이 있는 것처럼 들렸다.

"대답해주세요. 룩스, 당신은—."

룩스는 작게 숨을 내뱉은 뒤, 기룡의 손가락으로 살짝 죄인의 개목걸이를 건드렸다.

다시 한 번 생각해 보니, 어째서일까.

자신이 구할 수 없었던 망국에 대한, 속죄일까?

왕자로서 못다 이룬 책무에 대한, 후회일까?

존경스러운 그녀들의 마음에 대답하기 위해서일까?

아니—.

"저는, 줄곧 올바른 길을 걸으려고 하다가 잘못 들고 말았습니다."

모든 것이 그대로였으며, 틀림없이 다르다.

"어떻게 해야 했는지. 당시의 제가 그 이상 무엇을 할 수 있었을지, 그건 알 수 없어요. 하지만—."

세리스는 분명 자신과 같다고, 룩스는 그렇게 생각했다.

이 나라를 이끌기 위해 최선을 다하려고 하며, 그러나 동시에 망설이고 있다.

사실은 남성과 협력해야 하는 게 아닐까, 그것조차도 고민하며 괴로워하는 것이다.

"저는 지금 이 순간의 제가 무엇을 할 수 있을지, 다름 아닌 제 판단을 따라 최선을 계속 추구하는 것. 그것을 위해 싸우자고, 지금은 그렇게 생각하고 있습니다."

"……알겠습니다."

그 대답에 세리스는 살짝 숨을 참으며 창을 들어올렸다.

모의전 시간은 이제 3분이 채 남지 않았다.

이것이 아마도 최후의 공방이리라.

"승부입니다, 룩스 아카디아!"

철컹!

세리스가 외치며 《린드부름》의 어깻죽지에 연결된 주포를 룩스를 향해 겨누었다.

지열한 접전 속에서도 지금까지 사용하지 않고 아껴두었던 특수 무장 《스타라이트 제로》.

연습장 전체를 폭파하는 초광범위 공격은, 제아무리 룩스라 해도 막아낼 수 없다.

"윽……?!"

에너지 충전 전에 룩스의 《와이번》이 고속으로 날아든 순간, 세리스의 창이 전격을 띠고 눈부시게 빛났다.

그 직후 《지배자의 신역》으로 순간이동, 룩스에게서 한계까지 거리를 벌렸다.

최초의 충전 동작은— 페이크!

《성광폭파》.
스타라이트 제로

세리스의 선언과 함께 압축된 에너지의 광구가 발사된— 바야흐로 그 순간!

"—그, 오오오오오오오오오오오오오오오오오오오옹!"

천재지변의 흉조를 떠올리게 하는, 들어본 적 없는 기괴한 소리가 일대를 뒤흔들었다.

시간이 멈춘 것처럼 주위가 고요해지며 기묘한 긴장감이 생겨났다.

동시에 엄청난 땅울림과 함께 연습장과 관객석이 덜컹덜

컹 요동치기 시작했다!

"뭐, 뭐야, 이 소리—?"

관객석에 있던 여학생 중 누군가가 불쑥 중얼거린, 그 찰나.

콰콱—!

연습장 지면에서 기둥 같은 수십 가닥의 촉수가 일제히 솟아 나왔다.

"아니……?!"

전투중의 두 사람이 숨을 삼킬 틈도 없이, 촉수의 공격을 받아 《린드부름》의 자세가 무너졌다.

그 직후, 연습장 중앙에서 《스타라이트 제로》의 압축 광탄이 폭발했다.

†

"큰일났습니다, 이사장님! 왕도에서 보낸 전령입니다!"

보좌 서기관 청년이 몸통박치기를 하는듯한 기세로 이사장실 문을 열며 굴러가다시피 들어갔다.

"헤이부르그 공화국 외해로 정찰을 나간 대부대의 이야기로는, 『라그나뢰크는 돌덩이인 채로 무너져 내렸다』고……!

하, 하지만, 그 내용물이 존재하며, 물속에서 이동한 흔적이 확인되었습니다! 내용물의 행방은— 아직!"

이사장 보좌 사내의 목소리는 공포로 떨리고 있었다.

군의 주력부대를 움직여 감시와 조사를 실시할 예정이었던 라그나뢰크의 모습이, 그 자리에 없었던 것이다.

게다가 바닷속에는 그것이 이동한 흔적이 있다. 한 나라를 멸망시킬 정도의 재난인 라그나뢰크가 부활하여 이미 행동을 시작했고, 신왕국군의 대부대는 보기 좋게 닭 쫓던 개 신세가 되었다.

만약 왕도를 습격당한다면— 오늘 중에 괴멸될지도 모른다.

"……의태라는 거군요. 제법인걸요."

"어, 어떻게 하시겠습니까, 학원장님?! 라그나뢰크를 찾고 왕도의 방위를 강화하기 위해, 긴급하게 『기사단』의 협력을 요청하고 있습니다만—."

"유감스럽게도, 이미 발견됐군요. 아마도 저것이겠죠, 예의 라그나뢰크 『포세이돈』이."

"네……?! 무, 아—?!"

학원장 렐리를 따라 서기관이 창밖으로 시선을 옮겼다.

멀리 연습장이 보이는 그곳에, 하늘에 닿을 정도로 거대한 괴물의 반신이 존재했다.

"갑작스럽지만, 당신에게 새 임무를 맡기지요. 시장에게 연락해서, 이 1번 지구의 주민들을 피난시키도록 전하세요. 그리고 각 지구와 유적 부근에 있는 기룡사에게도 구원요청을 보내주겠어요?"

렐리는 상의를 벗으며 재빨리 지시를 내렸다.

"어, 어딜 가시려는 겁니까?! 위험합니다! 구제국의 기밀문서에 실려있던 라그나뢰크에 대한 기록이 사실이라면, 놈은 소국 하나를 멸망시킬 정도로—"

"유감이지만— 책임자에게는, 이런저런 특별한 임무가 있거든요. 최대한 할 수 있는 만큼은 해봐야죠."

렐리가 씁쓸하게 웃으며 문밖으로 나섰을 때, 달려온 여성 사무원이 소리 높여 말했다.

"시, 실례합니다! 성채도시 각 지구에 소속을 알 수 없는 기룡사 부대가 출현했다고 합니다! 전 병력이 일제히, 1번지구의 학원쪽으로 향하고 있습니다!"

"……멋지게도 저질렀군요. 헤이부르그"

끝내 이마에 땀을 흘리며, 렐리는 머리를 긁적였다.

그리고 천천히 학원 밖으로 걸어나갔다.

†

"우……. 크……."

"세리스 선배, 괜찮으세요?!"

주위를 둘러싼 벽면의 반이 붕괴하고, 지면이 깊게 함몰된 연습장 내에서 룩스는 《린드부름》째로 세리스를 안아 일으켰다.

《스타라이트 제로》의 폭발은, 아슬아슬하게 관객석에는 닿지 않은 것 같았다.

그러나 폭발을 억제하기 위해 장벽을 펼친 세리스는 그 영향으로 날아가서 일시적으로 의식이 몽롱해진 모양이었다.

"무슨 일이 일어난거죠? 도대체……."

"모르겠어요. 하지만 아마도, 저것은—."

대답하며 룩스가 고개를 들어올린 순간, 그것이 보였다.

"그오오오오오오오오오오오오오오오오오오오오오오!"

그것은, 지옥을 떠올리게 하는 광경이었다.

연습장의 지면과 관객석을 뚫고 두꺼운 녹색 촉수가 몇 백 줄기나 솟아나 있었다.

연습장에 진을 친 초대형 환신수는 단단한 대지를 파내며 주위의 석벽을 닥치는 대로 박살냈고, 그 기세를 서서히 늘려가고 있었다.

그 중심에는 거대한 머리와 돌출된 보라색 안구가 있었다.

크라켄이라고 불리는 오징어형 환신수를 더욱 징그럽게,

몇백 배나 거대화시킨 모습—.

연습장과 관객석 일대를 점거해버릴 정도의 거체가 그 자리에 존재했다.

"설마, 저것이—!"

"네. 아마도 저게, 구제국이 세상에 풀어버렸다는 라그나뢰크일겁니다."

본디 바다에서 맹위를 떨칠 터인 환신수가, 어째서 땅속에서 침입해온 것인지는 모른다.

그러나 지형으로 인한 약간의 불리함 따위는 전혀 문제되지 않을 정도의 힘을 숨기고 있다는 점은, 누가 보기에도 극명했다.

무수한 촉수가 난비하는 관객석에서는 도망치는 학생들의 비명이 들려왔다.

여력이 있던 학생들은 어떻게든 촉수에게 응전하려 했지만, 블레이드나 캐논 등의 무장이 촉수에 휘감겨서 그대로 수수깡처럼 부서지는 모습을 보고 금세 전의를 상실했다.

"자, 잠깐만……?! 모, 못들었다구, 이런 건—."

"뭔가요? 이런 건…… 저희 수준으로는, 상대할 수 있는 상대가……!"

"사, 살려줘! 『기사단』이라도, 왕도의 군대라도 좋으니까! 아, 아무나—."

사관학교에 소속되어 환신수를 무찌르기 위해 나날이 정진중인 소녀들조차도 새파랗게 질려서 갈팡질팡 하고 있었다.

그 대다수는 촉수에 묶여서, 흉악한 입으로 옮겨지기 전에야 가까스로 구조해낼 수 있을 만큼 열세였다.

『기사단』멤버가 어떻게 된 일인지 이 자리에 거의 없었기 때문에, 라이글리를 비롯한 교관들 몇 명이 분전하고 있음에도 압도적으로 수가 부족했다.

싸울 수 있는 학생은 점점 줄어들어 갔지만, 촉수는 계속해서 솟아나 그 수를 늘려갔다.

그 개수는 룩스의 눈에 닿는 범위에서만 이미 수백 개를 돌파한 상황이었다.

사방에서 학생들의 비명이 들려오고 있을 때.

"신의 이름 아래 부복하라! 《천성》!"

쿠콰! 무지막지한 땅울림이 들리며 포세이돈의 머리가 지면에 처박혔다.

동시에 《티아마트》의 특수 무장인 《레기온》몇 기가 학생들을 포박한 촉수를 관통하고, 뜯어냈다.

그리고 촉수의 절단면을 차례차례 얼려서 신속한 재생을 막았다.

"리샤 님! 크루루시퍼 씨!"

깊고 커다란 구멍 속에서 룩스가 하늘을 올려다보자 붉고 푸른 기룡이 보였다.

모두가 방어와 도망에 정신없는 와중에 두 사람만이 라그나뢰크를 상대로 맹공을 펼치고 있었다.

그 틈에 룩스는 머리 위에 있는 잔해를 블레이드로 파괴했다.

"어떻게든 할 수 있지 않겠나? 크루루시퍼."

"응. 우리의 전력을, 이대로 오래 유지할 수 있다면 말이지만……."

한 번은 우위에 섰지만, 역시 라그나뢰크의 힘을 직접 느껴본 탓인지 리샤와 크루루시퍼는 낙관하지 않았다.

핵을 파괴하지 않는 한 환신수는 죽지 않는다.

"기다리세요, 저도 바로—!"

룩스가 그대로 《와이번》으로 참전하려 했을 때.

"—?!"

콰앙! 커다란 폭격음이 들려와 룩스를 포함한 전원이 넋을 잃었다.

연습장에서 떨어진 곳에 있는 부지 내— 여자 기숙사와 교사 근처가 터져나가고 있었다.

그 위에 보이는 것은, 낯선 형태로 도장(塗裝)된 《와이번》 수십 기였다.

"뭐냐 저건?! 왕국군의 장갑기룡이 아니잖아?! 대체—."

리샤의 절규가 도중에 끊긴 이유는, 그 정체를 생각하고 있기 때문이리라.

구제국을 신봉하는 반란군이라면, 기룡을 회색으로 칠했을 것이다.

정체불명의 부대였지만, 학원의 적이며 이 습격에 편승했다는 점은 일목요연했다.

기기이익……!

"윽……?! 이 자식, 벌써 부활을……?!"

바라보니 《티아마트》의 중력 부하에 뭉개지고 모든 다리가 얼어붙은 포세이돈이 다시 기세를 되찾고 있었다.

중력에 적응해서 기어오르며, 얼어붙은 다리 끝을 뜯어낸 다음 거기서부터 재생하기 시작했다.

"위험해. 라그나뢰크만이 아니라 학원 쪽도 지원해야—"

"—명령입니다. 학원 방위에 전념하세요. 리즈샤르테, 크루루시퍼."

그때, 세리스가 포세이돈의 머리 위로 날아오르며 조용히 선고했다.

투둑, 투둑, 어깻죽지에서 피를 흘리면서도 아무렇지 않은 것처럼 창을 들고 있었다.

"세리스 선배! 무모해요!"

"이 정도는 괜찮습니다. 저 혼자서 해치우겠습니다. 적의 접근을 여기까지 허용한 건, 제 잘못입니다. 그러니 책임을

져야겠지요."

룩스가 소리치자 세리스의 긴장감 어린 목소리가 돌아왔다.

분명 세리스의 실력이라면 이 흉악한 라그나뢰크를 상대로도 대등하게 싸울 수 있을지도 모른다.

그러나—.

"안됩니다! 하다못해 저랑 협력해서—."

"리즈샤르테, 크루루시퍼. 어서 움직이세요. 제 지시는 이미 전달했을 텐데요."

"큭……?!"

리샤는 작게 신음하며 순간적으로 뜸을 들인 뒤.

"유감이지만, 이미 내게는 저 커다란 놈과 싸울만한 여력이 없는 것 같다."

그렇게 자조하는 듯한 웃음을 보이며 어떠한 의지를 담은 눈으로 룩스를 바라보았다.

"룩스! 네가 취해야 할 행동은 전부 네 판단에 맡기겠다! 저 잘난 공작 영애에게 아무런 명령도 받지 않았다면, 너의 전력을 다하여 싸우거라!"

지치고 초조한 모습을 보이면서도, 그렇게 소리치며 웃어보였다.

"—강탄하라, 천지와 대적하는 쐐기, 꿰뚫린 혼돈의 용. 《키메라틱 와이번》!"

리샤는 《티아마트》의 장갑을 해제하고, 직접 제작한 오리지널 장갑기룡을 장착했다.

두 종류의 기룡을 조합한 그 기룡은, 이전에 봤을 때보다 한층 흉악한 형태로 변해있었다.

신장기룡의 소모를 최대한 피해서 학원을 지킬 생각인 것이리라.

"나도, 너한테 좋은 모습을 보여주고 싶은 마음은 굴뚝같지만—."

쿨한 미소를 보이며 크루루시퍼도 입을 열었다.

"《재화의 예지》의 미래 예지도 제대로 사용할 수 없는 지금 상태로는, 그것도 불가능할 것 같네. —여기는 부탁할게, 영웅 씨."

"네…… 두 사람 모두— 맡겨두세요!"

룩스가 끄덕이는 동시에 리샤와 크루루시퍼는 나란히 학원 쪽으로 날아갔다.

리샤의 한마디를 머릿속으로 되새기며, 룩스는 보일 듯 말 듯한 미소를 떠올렸다.

'내가 취해야 할, 행동이라…….'

룩스는 그 말대로라고 생각했다.

아직 세리스와의 대결은 끝나지 않았다.

그렇다는 건, 아직 세리스에게 명령 받을 이유가 없다는 것.

그렇다면 이 눈앞의 재앙을, 『검은 영웅』으로서 룩스가 지닌 최대의 힘으로 쓰러뜨릴 뿐이다.

하지만—.

"……."

불현듯 룩스는 촉수로 파괴된 연습장 일대를 훑어보았다.

"피르히……?"

그가 찾는 소녀는 시야에 없었다.

걱정되긴 했지만, 눈앞의 재앙을 내버려둘 수는 없었다.

'우선, 핵의 위치를 파악해야 해—!'

각오를 굳힌 룩스는, 말없이 창을 거머쥔 세리스 뒤를 따르는 형태로 날아들었다.

†

"크크큭! 역시 신왕국의 아가씨들이 모여있는 사관학교다. 꽤 상등품들이 모여있구만, 어엉?!"

학원 부지 내—.

연습장에서 여자 기숙사나 교사로 이어지는 좁은 길을, 몇 명의 기룡사들이 가로막고 있었다.

"뭐, 뭔가요 당신들은?! 어, 어디 소속이죠?! 이런 짓을 —."

"지, 지금은 거대한 환신수가 근처에 있다고요! 장난치고 있을 시간은 없습니다!"

그렇게 언성을 높인 사람은 서두르고 있던 2학년 여학생 2인조였다.

선발전에서 시합을 마치고 교사로 돌아가는 도중에 라그나뢰크의 존재를 눈치채고서 황급히 연습장으로 돌아가려는 찰나, 수수께끼의 기룡사 사내 몇 명에게 포위당하고 만 것이다.

놈들은 저마다 무장이 크게 다른 장갑기룡을 장착하고 있었지만, 어째선지 도장은 통일돼있었다.

상공에서 학원을 포격한 《와이번》 기룡사와 같은 것이었다.

"헤에ー. 그거 참 무섭네, 무서워. 그럼, 아가씨 쪽을 정중하게 보호해야 하겠구만ー."

그러나 남자는 떨어진 연습장에서 보이는 촉수를 보고도 안색 하나 바꾸지 않고 낄낄대며 웃을 뿐이었다.

"어이어이, 이런 곳에서 농땡이 피우고 있어도 돼? 나중에 『케르베로스』 녀석들한테 욕먹는다? 우리 목적은 학원장과 예의 물건을 찾는 거잖아."

"내가 알 바냐? 허구한 날 위험한 임무로 알차게 부려먹히고 있는데, 이정도 임시 보수도 없이 할 맛 나겠냐고. 우리는 어디까지나 보물찾기를 하던 도중에 임무를 방해한 이년들이랑 한판 붙어서 포로로 잡은 거라고. 여러모로 써먹을 데도 많으니까 말이지."

"……윽?!"

그 악의로 가득한 남자들의 말에, 여학생 두 명은 새파랗게 질렸다.

"—말해 봐야 헛수고야, 후배 여러분. 그놈들은 아마도 용병 기룡사일거다."

그렇게 배후의 약간 떨어진 곳에서 말을 꺼낸 사람은, 피르히를 부축하고 있던 샤리스였다.

"헤이부르그 군부에 고용된 놈들이냐? 일부러 신왕국까지 찾아오다니 고생이 많군."

"샤, 샤리스 선배……?!"

황급히 달려온 두 학생에게 샤리스는 미소를 보이며 속삭였다.

"이곳은 내게 맡겨라. 그리고— 그녀를 데리고 달아나고, 할 수 있다면 응원군을 불러다오."

이미 샤리스 자신의 《와이번》은 대파나 마찬가지인 상태였고, 체력적으로도 한계였지만, 무방비한 후배들 앞인 이상 그렇게 말할 수밖에 없었다.

자신에게 이목을 끌어들인 다음에 도주. 그렇게 된다면 좋겠지만— 하고 샤리스는 생각했다.

"네, 네엣!"

"놔둘 줄 알았냐!"

2학년 여학생 두 명이 대답한 순간, 눈앞의 남자가 소리쳤다.

동시에 기룡의 기본 능력중 하나인 《기룡포효》를 발산했다.

<small>하울링 로어</small>

구우웅— 대기가 소용돌이치며, 방사상으로 충격파가 꿰뚫고 나갔다.

"꺄아아악……?!"

그 자리에 있던 네 명 전원은 후방으로 나가떨어졌고, 샤리스는 큰 나무에 세차게 등을 부딪치고 말았다.

"컥…… 으……!"

힘없이 고개를 숙이며 샤리스와 2학년 소녀들은 혼절하고 말았다.

"……응."

가까스로 피르히만이 그 자리에서 의식을 유지했고, 비틀거리면서도 어찌어찌 일어섰다.

그러나 나가떨어질 때의 충격 탓에 허리의 벨트가 벗겨져서, 《티폰》의 기공각검은 손이 닿지 않는 수풀 속으로 떨어지고 말았다.

"어이쿠, 위력이 좀 약했나? 뭐, 좋아. 지금 죽어버리면 아깝기도 하니까."

"아, 우우……."

피르히는 머리를 누르며 나른하게 신음했다.

그 눈에는 이미 빛이 사라져 있었다.

"……그나저나, 이년은 개중에도 상급이구만. 아직 애라고는 생각할 수 없는 몸뚱이야."

아직 장의를 입고 있는 피르히의 가슴을 훑는듯한 시선으로 바라보며, 용병 남자는 입맛을 다셨다.

"우리가 먼저 실컷 즐기고, 몸값을 두둑히 뜯어낸 다음에 집으로 돌려보내주마. 네 몸을 난도질한 상태로 말이지."

"……거야?"

"어엉……? 뭐야 아가씨. 너무 작아서 안 들리걸랑—?"

용병 사내는 저열한 웃음을 보이며 되물었다.

압도적인 우위에 서서, 양질의 사냥감을 눈앞에 두고 있던 그들은 깨닫지 못했다.

눈앞의 소녀가, 지독하게 공허한 기색을 띠고 있다는 것을.

"우리를— 죽일 거야?"

"그래, 안됐지만 최후에는 그렇게 되겠지. 미안하지만 포기하라고. 지금까지 충분히 풍족하게 살면서, 좋은 추억을 쌓아왔겠지? 이것도 신께서 내리신 운명이란 놈이라고 생각해라."

"……안, 돼. 그런 거. 왜냐하면—."

불현듯 공허한 표정을 띄우고 있던 피르히의 안구가 어둠으로 물들기 시작했다.

단 한 부분, 그 동공만이 활짝 열려서 날카로운 금빛을 머금었다.

축 늘어뜨린 팔을 가볍게 들어올려 주먹을 휘두르려는 듯한 자세를 취했다.

여유에 취해 아무것도 눈치채지 못한 남자들은 폭소했다.

"하하하! 너 지금 뭐하냐? 위험하니까 관두지그래. 그러다 다치— 커헉?!"

남자들이 이변을 알아차린 것은, 모든게 끝난 뒤였다.

금속이 찌그러지며 균열이 생기는 파쇄음.

한 박자 늦게, 남자의 입에서 비명과 피가 터져나왔다.

"무⋯⋯억?!"

그 광경을 본 다른 용병들은 눈을 부릅뜬 채 아무 말도 하지 못했다.

"이, 이게 무슨⋯⋯?! 말도 안 돼?! 장갑기룡을, 맨손으로—?!"

소녀는 맨몸, 맨주먹으로 장갑기룡의 장벽을 뚫고, 너무나도 간단하게 기룡의 장갑을 파괴했다.

있을 수 없는 현실을 눈앞에 두고, 남자들의 얼굴이 공포로 물들었다.

"⋯⋯나는 이제, 죽을 수 없으니까."

끝없는 어둠으로 물든 미소와 함께, 피르히는 다음 사내를 향해 주먹을 휘둘렀다.

✝

"그오오오오오오오오!"

반쯤 무너져내린 연습장에서, 라그나뢰크가 날뛰고 있었다.

수백 개의 촉수를 휘두르고, 그 입에서 안개 같은 연막을 토해내고는 서서히 공격 수단을 늘리고 있었다.

룩스는 끊임없이 그것을 막고, 피하고 있었지만 좀처럼 반격에 나설 수는 없었다.

상대의 파괴력을 그대로 받아치는 극격은, 유연한 신체를 지닌 포세이돈에게는 큰 타격을 주지 못했다.

그래서 지금은 옆에서 보면 시간 벌이로도 볼 수 있는 회피에 전념하고 있었다.

그러나.

"룩스 아카디아. 대피를 명령합니다. 당신의 힘은, 제게는 불필요합니다."

빠지지직!

전격을 두른 《라이트닝 랜스》로 촉수를 끊어내며, 세리스가 불쑥 입을 열었다.

처음에는 완고하게 『남자인 룩스』를 거절하는 발언처럼

들렸지만―.

그 한마디에, 룩스는 세리스의 의도를 이해했다.

"―알겠습니다. 조심하세요."

대답한 직후, 룩스는 하늘 높이 촉수의 사정거리 밖으로 달아났다.

그 순간 세리스가 움직였다.

"《지배자의 신역》."

조용히 읊조리는 동시에 《린드부름》이 일곱 빛깔 빛의 고리에 감싸였다.

그리고 수백 개의 촉수가 세리스를 덮친 순간, 그 모습이 사라졌다.

"기이이익?!"

포세이돈이 기괴한 울음소리를 냈을 때, 이미 세리스는 적의 코앞에 있었다.

"《성광폭파》."

지옥의 구멍처럼 뻥 뚫린 추악한 입속으로, 지근거리에서 초압축된 광탄을 발사했다.

그 직후에 세리스는 상공으로 대피한 룩스보다 훨씬 높게 날아올라 상상을 초월할 정도의 전격을 뒤덮은 《라이트닝 랜스》를 겨누었다.

"마무리입니다."

"세리스 선배! 설마―."

룩스가 막을 새도 없이, 광탄이 폭발하는 동시에 세리스가 눈 밑의 라그나뢰크를 향해 돌진했다.

두 종류의 공격을, 혼자서 동시에 적중시키는 『중격』.

적이 안쪽에서 폭파되는 순간을 노려 세리스가 그것을 시도했다.

폭풍과 충격파가 일대를 뒤흔드는 가운데, 세리스는 자신의 포격으로 인한 대미지를 무릅쓰고 포세이돈의 동체를 깊숙이 꿰뚫었다.

"―기이이아아아아아아아아아악……!"

이 세상의 것이라고는 생각할 수 없는 절규를 요란하게 터뜨리며, 파란 피를 주위에 온통 흩뿌려댔다.

한바탕 날뛰며 모든 촉수를 주위 내팽개친 뒤, 꼼짝도 하지 않게 됐다.

몇 번이나 창을 찔러 넣는 과정에서, 세리스는 핵의 위치를 포착해둔 것 같았다.

최후의 특수무장 두 개를 동원하여, 피탄마저 각오한 뒤에 선보인 중격.

정말로, 혼자서 라그나뢰크를 해치우고 말았다.

그 꿈만 같은 현실에, 룩스는 잠시 시선을 빼앗기고 말았다.

"우우…… 아……."

역시 소모된 정도가 심했는지, 찔러 넣었던 창을 다시 뽑아내며, 세리스는 기우뚱 몸을 가누지 못했다.

"세리스 선배!"

룩스가 황급히 곁으로 다가가 넘어지는 그녀를 지탱해주자.

"……당신에게는, 이미 명령을 전했을 텐데요. 이 제게, 걱정 따위는—."

"필요합니다."

"네……?"

고집스러운 목소리로 룩스의 손을 뿌리치려 하던 세리스를, 한마디로 말렸다.

"어째서, 그런 무모한 짓을 하신 거죠? 당신이 다치면, 이곳 학생들은 다들 슬퍼할 거예요. 괴로운데, 괴로워하는 모습을 보이지 않는 사람을, 누군가가 돌봐주지 않으면 어떻게 되겠습니까?"

"……. 당신은."

룩스의 쓸쓸한 목소리에 세리스는 한순간 놀란 것처럼 눈을 크게 떴다.

그 아름다운 비취색 눈동자가 미미하게 흔들렸지만, 곧바로 고개를 저으며 의연한 표정을 지었다.

"괜찮습니다. 그보다, 묘한 부대에 습격당하고 있는 다른 사람들을 도와주러 가야—."

그렇게 말하며 여자 기숙사와 교사가 있는 방향으로 비상하려고 한 순간.

"하하하핫—!"

반쯤 무너져 내린 연습장 관객석에서 크고 날카로운 웃음소리가 들려왔다.

"······윽?!"

룩스와 세리스가 나란히 좌석 일부를 바라보자, 그곳에는 칠흑빛 로브를 두른 자그마한 인영이 있었다.

마리까지 푹 눌러쓴 후드 밑에서는, 선명한 은발과 날이 선 안광이 엿보였다.

룩스나 여동생 아이리와 같은, 구제국 황족에게 계승되는 — 머리카락 색.

그것을 본 순간, 룩스의 심장이 덜컥 튀어올랐다.

"저건— 설마?!"

"명불허전이로군, 학원 최강의 공작 영애님인지 뭔지는. 아주 훌륭해, 참 강하기도 하고. —하지만 설마, 설마 이 정도로 끝날 거라고, 눈곱만큼이라도 그런 생각을 하는 건 아니겠지—?"

후드 밑에서 실눈을 뜬 그림자는, 황금의 뿔피리를 입에 대고 소리 높여 말했다.

"자아, 빨리 나를 즐겁게 해다오! 미천한 네놈들이 먹혀 가는 꼬라지를, 절망으로 물든 얼굴을, 배신자들의 말로를 보여서, 이 갈증을 채워다오!"

이이이이이이이이이이!

검은 로브의 그림자가 혼잣말한 직후, 불협화음이 울려퍼 졌다.

동시에 콰직! 연습장 링이 함몰되더니 대지에 깊은 균열 이 생겼다.

"아니……?!"

세리스가 놀라며 눈을 부릅뜬 순간, 그것은 모습을 드러 냈다.

"그르…… 붜어어어어어어어어어어어어!"

핵을 꿰뚫려, 한 번은 완전히 침묵했던 포세이돈이, 절규 같은 포효를 터뜨리며 다시 소생했다. 새카맣게 그을려 지 면에 힘없이 널브러져 있던 수백 개의 촉수가, 순식간에 재 생되어갔다.

"이건, 그때의—?!"

세리스와 외출했을 때, 키마이라가 보여준 것과 같은 변 화다.

검붉은 선이 전신을 달리고, 불길한 살기가 연습장 전체에 가득 차올랐다.

안구는 어둠으로 물들었고, 동공이 열리며 번득였다.

"붜어어어어어어어어억!"

포세이돈의 포효와 함께 학원 부지가 격렬하게 뒤흔들렸다.

"위험해……!"

이대로라면 학원 그 자체가 파괴당하고 말 것이다.

그렇게 생각한 세리스가 《라이트닝 랜스》를 들어올렸을 때.

쿠쾅!

《린드부름》이 폭풍에 휘말려 세리스는 잔해의 산에 격돌하고 말았다.

"헉……?!"

놀라움과 함께 등 뒤를 돌아보자, 그곳에는—.

"역시 세리스 언니. 아직도 버티고 계셨나요."

온화한 미소를 머금은 사니아가 공중에서 세리스를 내려다보고 있었다.

평소의 지적인 외견과는 완전히 다른 길고 독특한 머리카락을 거칠게 흩뜨렸다. 난잡한 모습으로.

그리고 라그나뢰크처럼 기묘한 검붉은 문양으로 뒤덮인 《와이번》을 장착하고 있었다.

"사니아…… 무슨 짓을 하고 있는 겁니까……?"

1학년 때부터 자신을 따르던 소녀. 그런 그녀가 자신을 포격했다는 사실을 세리스는 곧바로 받아들일 수 없었다.

동요하는 세리스를 향해 사니아는 수중의 캐논을 들어올리며 대담하게 웃었다.

"아아, 이거 말인가요? 이건 《B-blood 와이번》이라고 하는 거예요. 최근 우리 부대에 도입된 신병기로, 약간 리스크가 있긴 하지만 신장기룡에도 밀리지 않는 강한 기체라고요."

"무슨 말을 하는 겁니까, 당신은······."

룩스의 부축을 받아 일어난 세리스는 떨리는 목소리로 물었다.

그 순간, 무너진 관객석 위에 있던 검은 로브의 그림자가 폭소를 터뜨렸다.

"머리 진짜 나쁘네, 역시 뇌까지 근육으로 된 공작 영애님 답구만! 너는 우리 장단에 놀아난 거라고! 거기 있는 사니아는 우리가 보낸 스파이다! 내가 군사(軍師)를 맡고 있는, 헤이부르그 공화국 소속이지!"

"아······!"

로브의 비아냥에 세리스는 아무 말도 하지 못했다.

한편 사니아는 의아한 얼굴로 로브를 바라보았다.

"괜찮은 겁니까? 그 이름을 발설해도."

"어엉? 넌 또 무슨 헛소리야? 설마 놈들을 하나라도 살려서 보내줄 생각이었냐? 이 자리에서 전부 잊게 하라고. 그것이 네 임무니까, 헤이부르그의 개."

"알겠습니다— 그런고로 아쉽지만, 이만 죽어주세요. 세리스 언니."

"……어, 어째서입니까?"

싸늘한 미소로 내려다보는 사니아를 향해, 그런데도 세리스는 말을 걸었다.

"전부 거짓말이었던 건가요?! 당신이 내게 했던 말도……. 당신에게 들은, 남성에게 받은 지독한 취급과 처사도, 전부—."

매달리는 듯한 목소리와 표정, 그 전부를 끊어버리는 미소와 함께 사니아는 대답했다.

"세리스 언니. 당신 덕분이라고요. 당신이 무능한 덕분에, 여기까지 문제가 없었죠. 당신 덕분에 이 나라를 멸망시킬 수 있게 됐다고요. 고마워요. 감사하고 있어요. 당신의 그 어리석은 명성은, 제 나라에서 확실하게 퍼뜨려 드릴 테니— 잘 가세요."

쿠웅!

사니아가 말을 마치는 동시에 대형 블레이드를 높이 들어 올려 세리스를 향해 내리그었다.

룩스가 그것을 블레이드로 받아낸 순간, 사니아가 들고 있던 날에 예리한 균열이 생겼다.

장벽 블레이드와 카운터 방어를 합친 절기, 『극격』.

그것을 다시 경험한 사니아가 지긋지긋하다는 얼굴로 씹어 뱉듯이 말했다.

"하아……. 또 너냐? 모의전에서는 참 고마웠다고. 그보다 괜찮겠어? 할아버지의 원수를 감싸도."

뜬금없이 튀어나온 알 수 없는 한마디에 룩스의 눈썹이 꿈틀거렸다.

구오옹─! 사니아의 《와이번》이 《하울링 로어》를 발산했다.

세리스를 감싸며 앞으로 나선 룩스는 그 일격에 고스란히 노출돼 나가떨어졌다.

"컥……!"

일반적인 《와이번》과 외관은 거의 같았지만, 모든 위력이 몇 배로 올라가 있었다.

신장기룡에도 뒤지지 않는 그 출력에, 룩스는 경악하면서.

"무슨 뜻이지? 조금 전에 한 말은─."

상공에서 건방지게 웃고 있는 사니아를 노려보며 그렇게 물어보았다.

"이거 재밌는걸, 날품팔이 왕자. 너 설마 아무것도 모르는 거냐?"

"사니아! 그건─ 당신에게만……!"

매달리듯 쥐어짜낸 세리스의 목소리를 비웃으며, 사니아는 대답했다.

"네 조부를 죽인 건 그 여자다. 그년이 예전에 구제국 정치의 부패된 점을 네 조부에게 전했고, 거기에 선동당해 진언한 탓에 투옥되어 죽은 거지."

"———."

그 이야기를 들은 룩스의 움직임이 멈추고, 세리스의 얼굴에서 핏기가 가셨다.

순간적인 경직. 그 틈에 룩스가 극격으로 파괴한 사니아의 블레이드가 검붉은 빛을 띠더니 눈에 보일 정도로 빠르게 수복되어갔다.

"네놈들은 이제 끝났어. 우리의 부하들이 이 학원을 점거했다고! 그 신장기룡 사용사 두 명도, 나와 같은 급의 녀석이 상대하고 있지. 이대로 라그나뢰크의 먹잇감이 돼라!"

그리고 사니아는 검붉은 각인이 떠오른 캐논을 조준, 발사했다.

극대 사이즈의 빛줄기가 공포에 떠는 세리스를 향해 날아들었다.

그 순간, 라그나뢰크의 포효와 함께 검은 안개가 사방으로 흩어지며 룩스의 시야가 암전했다.

"—미안해요."

칠흑 같은 어둠이 주위를 뒤덮고, 폭발로 무너진 벽면의 잔해가 떨어지는 가운데, 세리스의 꺼질 듯한 목소리가 들려왔다.

"저는, 차마 말할 수 없었습니다······. 웨이드 선생님의─ 당신의 조부님에 대한 것을······."

평상시 세리스의 모습에서는 상상할 수 없는, 기운 없는 어두운 목소리.

그것은 그저 룩스의 귓가에 들릴 뿐이었다.

"어렸던 저는 라르그리스가에서 우연히 구제국에 대한 나쁜 이야기를 듣고 말았습니다. 당시의 저는 딱히 깊게 생각하지 않고, 그저 옳은 일을 하면 되는 거라고 생각하고 있었지요······."

"그래서, 제 할아버지께, 이야기를─?"

세리스의 목소리를 향해 룩스는 물어보았다.

"······네. 그리고 구제국의 정치에 대하여 진언하신 웨이드 선생님께서는 투옥당하셨지요. 제가 주제넘은 말을 꺼낸 탓에, 당신까지 궁정에서 추방당했는데─ 그런데도 마지막까지 선생님께서는 『너는 틀리지 않았단다』라고, 말씀하셨습니다."

모습조차 보이지 않는 짙은 어둠 속.

흐느끼는 듯한 그 목소리에, 룩스는 가슴이 아려왔다.

"저는 그 이후로 줄곧 생각했습니다. 내 탓에, 올바른 행동을 하신 선생님께서 돌아가셨다. 그러니 내가 대신해서 올바르게 행동해야만 한다. 신왕국에서 모든 여성들을 수

호하고, 당신도 위험에서 멀리 떼어놓아야 한다. 그것이 내가 해야만 할 일이라고, 지금껏 그렇게 생각해왔건만—."

"그래서 세리스 선배는, 제 협력을 거절하고 혼자서 라그나뢰크와 싸우려고 하셨던 건가요……?"

일찍이 어린 자신의 말로 룩스의 조부를 죽이고 말았다.

그것을 후회하고 있었기에, 신왕국에서 누구보다도 강하고 올바르게 살아가려 했으며, 그 손자인 룩스도 싸움터에서 멀리 떼어놓으려고 해왔다.

"그런데, 결국 할 수 없었군요. 저는 속고 있었습니다……. 모두의 기대도 배신하고, 당신마저 말려들게 하다니……."

"……."

바른 길이라 생각하며 행했던, 과거의 행동을 후회하여.

홀로 싸우고, 모든 것을 짊어진 소녀.

일찍이 왕자로서 책임을 다하지 못했던 지금의 자신처럼, 이 나라와 룩스를 지키고자 싸워왔다.

"미안해요. 제가 원망스럽겠지요? 그래도 괜찮습니다. 당신만큼은, 제 목숨과 맞바꿔서라도, 지켜보이겠어요……. 반드시 구해드릴, 테니까—."

스르륵, 촉수 한 줄기가 기어오는 소리가 들렸다.

룩스 일행의 주위를 뒤덮은 잔해의 틈을 파고든 그것이 쭉 늘어나며, 일어서려는 세리스를 공격하려던 순간—.

"아니야! 나는—!"

써걱! 그 촉수가 잘려나가며, 세리스의 방패가 되어주듯 서있던 룩스는 자신의 검을 높이 들어올렸다.

키마이라에게 습격당한 세리스를 구해준, 흑색 기공각 검을.

"검은, 기공각검……?! 그것은, 루노가 가지고 있던—."

세리스가 눈을 크게 뜨며 떨리는 목소리를 냈다.

그 모습을 보며 룩스는 슬프게 미소 지었다.

"잠자코 있어서 죄송합니다. 죗값은 나중에, 제대로 치를 테니—."

그리고 아직 개지 않은 새카만 하늘을 향해 검을 들고서, 영창부를 외쳤다.

"—현현하라, 신들의 혈육을 삼키는 폭룡. 흑운으로 뒤덮은 하늘을 가르거라, 《바하무트》!"

직후, 흐릿한 빛의 입자가 고속으로 집속하며, 거대한 검은 기룡이 나타났다.

"칠흑의 신장기룡……?! 설마, 당신은?!"

"안심하세요. 저는 세리스 선배를 원망하지 않으니까. 강하고, 상냥하고, 하지만 너무나도 서투른 당신을, 좋아하니까."

룩스는 그 질문에는 답하지 않고, 온화한 목소리로 그렇게 고했다.

"그러니까, 조금만 기다려주세요. 반드시, 당신을 지키겠습니다. 당신이 존경하는, 제 조부님을 대신해서."

그 직후에 함몰된 지면을 뚫고 《바하무트》가 날아올랐다.

"―왔구나! 『검은 영웅』! 네놈까지 이곳에서 죽일 수 있다니, 큰 수고를 덜 수 있어서 아주 잘됐어!"

《바하무트》를 장착한 룩스가 나타난 순간, 사니아는 흉포한 웃음을 떠올리며 달려들었다.

그러나.

"미안하군요."

룩스는 전혀 관심 없는 목소리로 그렇게 말하며, 사니아에게 초고속 7연섬을 선사해주었다.

"지금은, 당신에게 신경 쓸 틈이 없어서요."

"윽……!"

사니아의 《B-blood 와이번》에 무수한 선이 그어지며―붕괴했다.

《바하무트》의 신장. 압축 강화의 마법으로 시전한 초가속의 『즉격』으로, 룩스는 순식간에 승패를 갈랐다.

"큭……!"

사니아의 표정에 놀라움이 떠올랐지만, 그것은 순식간에 두려움을 모르는 웃음으로 바뀌었다.

"흥! 하지만, 이미 끝났다!"

날개의 추진력을 잃고, 자유낙하를 시작한 사니아가 의기양양하게 소리쳤다.

"『검은 영웅』의 전설 따위는 언급할 가치도 없는 뜬소문일 뿐이지! 현실적으로 혼자서 1,200기에 달하는 기룡사를 상대할 수 있을 리가 있겠냐! 네놈 혼자 라그나뢰크는 막을 수 없다! 학원 교사 쪽에 있는 놈들도 구할 수 없지! 너의 ― 패배다!"

그 목소리와 동시에 모든 촉수를 재생한 포세이돈이 두 개의 안구로 룩스를 포착했다.

관객석 구석에 대피했던 여학생들이 공포에 비명을 질렀다.

이제는 방법이 없다고 생각할 수밖에 없는 순간, 룩스는 머리를 굴리기 시작했다.

빠르게 베어도, 힘으로 분쇄해도 저 라그나뢰크는 재생하고 만다.

숨통을 끊을 방법은, 거대한 신체 깊숙한 곳에 자리잡은 핵을 완전하게 파괴하는 것뿐이다.

세리스가 보여준 공방을 떠올리며 룩스는 바쁘게 사고했다.

무수한 《와이번》에게 습격당하는, 떨어진 곳에 있는 교사의 학생들.

반파된 연습장과 관객석에 남겨진 어떠한 물건.

셀 수 없을 정도의 모의전을 실시하며 100명 이상의 학생들이 싸운 이 장소에는, 무수한 장비가 떨어져있다.

지형과 상황의 파악.

두 개의 『적』의 거동과 역량을 인식.

사고가 가속되며 바늘처럼 뾰족하게 연마되었다.

그리고 다음 순간— 룩스의 시나리오가 완성됐다.

"《공명파동(共鳴波動)》."

목소리와 동시에 《바하무트》의 두 눈이 붉게 빛나며 주위의 대기가 진동했다.

찌릿찌릿 대기가 떨리며, 떨어져있던 잔해나 무수한 기룡의 무장이 딸려 올라갔다.

"……주위의 물질을 띄우고 있어? —무엇을 하려는 거지?"

착지한 사니아가 의아한 얼굴로 《바하무트》를 올려다보았다.

《공명파동》은 《바하무트》에 내장돼있는 특수 무장이다.

주위의 물질에 간섭하여 특수한 역장을 발생, 물건을 움직이는 능력.

그 위력은 강하지 않았다. 뭔가를 파괴하거나 나가떨어지게 하는 것은 고사하고, 기껏해야 근처로 자질구레한 물건을 끌어당기는 정도인 힘이다.

라그나뢰크를 쓰러뜨리는 데에는 전혀 도움 될 리가 없었다. —그러나.

"뵈어어어어어어어어!"

그 직후, 라그나뢰크의 새카만 촉수 수십 가닥이 룩스를 노리고 날아왔고—.

　좌악—!

　"기이……?!"
　그 전부가 거의 동시에, 한순간에 갈기갈기 찢겨나갔다.
　"……헉?!"
　관객석에서 대피 중이었던 먼 곳에 있는 학생들, 사니아
와 세리스까지 그 이상한 광경에 헛바람을 들이켰다.
　다시 사용한 《폭식》의 일격을 시초로 그것은 시작됐다.
　《바하무트》의 날개가 빛을 머금더니 눈에 보이지 않는 속
도로 날아올랐다.
　그 뒤를 포세이돈의 촉수 수백 가닥이 어지럽게 쫓아갔다.
　그러나 단 한 가닥도 《바하무트》의 본체에 닿지 못했고,
차례차례 촉수가 끊어져나갔다.
　회피와 동시에 참격을 휘둘러 잠시의 틈도 허용하지 않는
연격이 개시됐다.
　"……뭐야, 저 움직임은……?! 도대체, 어떻게—."
　지상의 사니아가, 그 기묘한 광경에 무심코 중얼거렸다.
　고속으로 돌아다니며 자신에게 달려드는 촉수를 차례차
례 절단하면서, 룩스는 주위에 떠오른 무언가를 던지고 있
었다.

연습장의 잔해더미에 굴러다니는, 여학생들이 떨어뜨린 무수한 기공각검과 무장.

《링커 펄스》로 들어올려서 근처로 끌어당긴 그것들을, 싸우는 도중에 끊임없이 붙잡아 탄환처럼 고속으로 투척하고 있던 것이다.

물론 육박하는 포세이돈의 촉수 수백 가닥을 피하고, 절단하는 와중에 말이다.

"무슨 허튼수작이냐! 놀고 있을 생각인가?! 그런 것으로, 모조리 피해낼 수 있을 거라고—."

그 곡예에 가까운 신기(神技)에 전율하면서 사니아가 부르짖자, 기룡 간의 통신— 용성을 통해서 목소리가 전송됐다.

『사, 니아…… 님! 긴급상황입니다! 학원을 거의 제압했습니다만— 우리 기룡부대가 잇따라 격추당하고 있습니다!』

"그게 무슨 소리냐? 어디서 그런 공격…… 헉?!"

그제야 사니아는 그 사실을 알아차렸다.

룩스가 라그나뢰크와 싸우면서 공중으로 끌어올려 투척한 무장과 기공각검이, 저 멀리서 교사를 습격한 무수한 《와이번》을 격추하고 있다는 것을.

황급히 학원 위쪽으로 고개를 돌리자, 그 하늘에 떠있던 《와이번》 수십 기의 모습이, 홀연히 사라져있었다.

"모조리, 그 공격에 격추당했다는 거냐……?!"

사니아는 아연한 표정으로 시선을 다시 근처로 되돌렸다.

거기에는, 바야흐로 라그나뢰크를 향해 달려들려 하는
룩스가 있었다.

†

"『영구연환(永久連環)』^{엔드 액션}……이군요."

한편, 학원 교사나 여자 기숙사를 습격했던 용병부대《와
이번》이 떨어져내릴 때, 교사 그늘로 대피해있던 아이리가
나지막하게 중얼거렸다.

"무엇이죠? 아이리, 그것은―?"

옆에 있던 녹트가 질문했다.

사니아는, 티르파와 녹트의 장갑기룡을 파괴한 뒤, 마무
리를 후속부대에 맡기고 연습장으로 날아갔다.

그 틈에 리샤 일행이 돌아와, 가까스로 화를 면할 수 있
었지만―.

"오빠가 사용하는, 기룡사 오의 중 하나예요. 보통 기룡
사는 조작계통에 지시를 내리는 구조상, 일정한 연속명령
밖에 내릴 수 없죠. 하지만―."

멀리 떨어져 있는 연습장 상공을 올려다보며 계속해서 말
했다.

"육체조작 직후에 정신조작만으로 기룡을 움직여서, 그
틈을 지운다―. 하나의 동작이 완료될 즈음, 교대로 끊임없

이 명령을 내려서 무한한 연속공격을 가능케 하는 기술입니다."

"영구히, 말입니까?"

녹트는 반쯤 믿기 어렵다는 얼굴로 물었지만, 아이리는 망설임 없이 끄덕였다.

"끝은 있어요. 하지만 그것은 공격이 중단되었을 때가 아니라—."

확신을 담은 표정으로, 아이리는 단언했다.

"오빠가, 마지막까지 모든 것을, 완벽하게 읽어냈을 때예요."

†

"이럴수가……! 말도 안돼……! 이런, 이런 웃기지도 않는 일이!"

사니아가 분노에 찬 절규를 터뜨리는 사이에 포세이돈의 촉수는 차례차례 끊어졌고, 동체에 구멍이 뚫렸다.

절단된 촉수는 고속으로 재생을 반복하여 다시 《바하무트》를 공격했고, 잘려나갔다.

되풀이되는 비현실적인 광경. —그러나.

"헛수고다! 라그나뢰크의 생명력에 한계 따위는 없어! 먼저 나가떨어지는 건—."

"라그나뢰크 쪽입니다."

사니아가 그렇게 외치자, 갑자기 옆에서 우아한 목소리가 들려왔다.

그쪽을 보자 빈사 상태로 괴로워하던 세리스가, 여느 때의 초연한 표정을 되찾고 서 있었다.

"눈치채지 못했나요. 사니아. 『그』의 움직임을─."

"뭐, 라고⋯⋯?"

다시 하늘을 누비는 룩스에게로 시선을 돌렸을 때, 그것을 깨달았다.

가속하고 있었다.

촉수를 피하고, 절단하고, 떠오른 무장과 기공각검을 포세이돈의 동체에 꽂아 넣는 그 움직임이 서서히 가속하여, 그 본체로 다가가고 있었다.

"그가 제게, 용성을 보냈습니다. 저 라그나뢰크의 움직임을 파악할 수 있었던 건, 『당신이 저를 지키기 위해, 싸움을 보여준 덕분입니다.』라고."

"그럴, 리가─."

본 적도 없는 라그나뢰크의 공격을, 그 짧은 시간만에 모조리 파악했단 말인가.

만약, 그 말이 사실이라면─.

"⋯⋯신기하군요. 불찰입니다. 제가 칭찬받는 일은 있어서는 안된다고 생각했는데─ 지금은 그의 힘이 될 수 있었다는 것이 무척 기쁘군요."

세리스는 홀연히 미소를 보이며 기공각검을 들었다.

그리고 마찬가지로 잔해더미에 서 있는 사니아에게, 그 검 끝을 살짝 겨눈 뒤.

"투항하세요, 사니아. 이 싸움이 끝나기 전에—."

조용한 목소리로, 그렇게 선고했다.

†

엉망진창으로 무너진 연습장 내부, 룩스는 고속 공방을 계속하며 생각했다.

《바하무트》를 전개해서 조작하며 실감했다.

역시 이 라그나뢰크는, 정말 무시무시하게 강하다는 것을.

《바하무트》의 영구연환은 상상 이상으로 부담이 크다.

멈추지 않는 연격의 피로는, 확실하게 룩스의 신체에 쌓여서 삐걱대기 시작했다.

그렇다 해도 질 수 없는 싸움에 도전하는 것은, 이번이 처음이 아니었다.

그리고 자신과 함께 싸워주는 소녀들이 있다는 것도, 여기서밖에 맛볼 수 없는 경험이었다.

"그렇다면—."

아무리 괴로워도, 이 학원 유일의 남자인 자신이 약한 소리를 낼 수는 없다.

여러모로 고생스러운 점도 많았지만, 이럴 때만큼은 자신이 남자라서 참 다행이라고 생각했다.

그녀들을 위해 싸우고, 다치는 것에 아무런 망설임이 없으니까.

"간다!"

그리고, 호흡을 가다듬을 짬마저 전투 안에 녹여 넣은 뒤, 룩스는 최후의 연섬(連閃)을 시전했다.

서걱―!

예리한 참격 소리와 함께 포세이돈의 표피에 선이 그어지며 파란 피가 분출됐다.

육체조작과 정신조작을 교대로 중첩한 공격 동작이 수백을 넘어서 쏟아져 내린 순간, 끝없는 무한의 참격이 되어 그 거구를 무참하게 꿰뚫었다.

반복되는 참격의 연쇄가 포세이돈의 체내에 닿고, 고속 재생 뛰어넘는 속도로 핵에 닿았다.

그리고.

"붸에, 아아아아아아아아아아아아아아아아!"

단말마의 비명과 함께 라그나뢰크의 거체가 검은 연기를

뿜으며 붕괴하기 시작했다.

무수한 균열이 생긴 그 신체가, 안쪽에서부터 터져나오며 푸른 선혈이 솟구쳤다.

'이것으로— 끝이다.'

룩스가 승리를 확신한, 그 순간—

파스락!

분쇄된 라그나뢰크의 핵에서, 사람 머리만한 크리스털이 모습을 드러냈다.

"어……?"

일곱 빛깔로 연하게 빛나며, 공중으로 떠오른 환상적인 물체.

룩스도— 아니, 그 자리에 있는 누구도 본 적 없는 보석에, 한순간 전장의 공기가 정지했다.

"암캐. 네 차례다."

로브를 두른 자의 목소리와 동시에 사니아의 《B-blood 와이번》이 그 수정을 붙잡으며 날았다.

엉망으로 파괴됐을 터인 기룡이 재생한 것에도 의표를 찔렸지만, 영구연환의 부담으로 룩스는 움직일 수 없었다.

"네놈에게는 지금 당장 이 빚을 돌려주고 싶다만, 이번에는 물러나주마."

사니아는 표독스럽게 토해낸 뒤, 기룡의 어깨에 로브를 두른 자를 태우고 공중에서 멈췄다.

"제법 놀랐다고? 설마 그 포세이돈을 해치울 줄이야─."

비웃는 어조로 로브를 두른 자는 웃었다.

"하지만, 죽이지 않는 쪽이 좋았을지도 몰라─. 이것으로 너는, 완전히 나를 화나게 만들었거든.『검은 영웅』님─."

"너는 누구지? 그 은발은─."

두근, 그렇게 말한 룩스 자신의 심장이 크게 뛰었다.

오랫동안 추격해온, 이복 맏형.

구제국의 종착점이며 신왕국의 시발점이 된 그 쿠데타에서, 제국군과 성내의 사람들을 몰살한, 그 남자─.

"후길……. 형님, 입니까?"

"……."

긴장이 담긴 룩스의 질문에, 로브를 두른 자는 잠시 숨을 멈춘 뒤.

"등─신."

화악, 그 얼굴을 가리고 있던 후드를 걷어냈다.

"흡……?!"

그 맨얼굴을 보고, 룩스는 무심코 숨을 삼켰다.

룩스나 후길과 같은, 구제국의 혈족을 나타내는 선명한 은발.

좌우의 눈동자는 회색과 푸른색으로 비대칭.

2013 Ayumu Kasuga

그러나 그 이상한 용모보다 놀라운 점은, 후길이라고 생각했던 자의 정체가 생전 처음 보는 작은 소녀였다는 것이었다.

"후우기일—? 나를 그런 수상쩍은 자식과 같은 취급 하지 마시지. 내 이름은 헤이즈다. 잘 기억해두라고, 가짜 왕자. 히야하하하—!"

폭소와 함께 선언한 뒤, 헤이즈라는 이름의 소녀는 그대로 사니아와 함께 도주했다.

지금의 룩스에게 적을 쫓을 여력은 없었다.

사니아의 《B-blood 와이번》이 완전히 재생했으며 아직 여력을 남기고 있다면, 여기서 추격하는 것은 위험에 몸을 내던지는 행동이다.

두 명의 적이 그 자리에서 사라지자, 포세이돈은 색을 잃고 이내 검은 재가 되어 흩어졌다.

그 키마이라처럼, 기묘한 최후를 맞이했다.

"후우……."

난데없이 나타난 라그나뢰크와 그 사체에서 나온 수수께끼의 크리스털.

군비 확장을 추진하는 헤이부르그 공화국의 스파이와 룩스와 머리색이 같은 수수께끼의 소녀.

수수께끼 몇 개가 남기는 했지만, 일단 싸움은 끝났다.

『이봐— 룩스! 들리느냐?! 이쪽은 전원 무사하다! 네 여동생을 포함해서 크게 다친 사람은 없다! 놈들은 후퇴했고!』

리샤가 보낸 용성에 안도의 한숨을 내쉬었다.

"수고하셨습니다, 리샤 님. 이쪽도 라그나뢰크를 쓰러뜨렸습니다. 세리스 선배도 무사하시—."

그렇게 대답하며 세리스를 보았을 때.

"……."

그녀가 몹시 불쾌하다는 듯한 도끼눈으로 지그시 자신을 응시하고 있음을 눈치채고, 룩스는 통신을 끊고 말았다.

"……불만스럽군요."

잠시 후, 약간 뺨을 부풀리며 세리스가 중얼거렸다.

그것이 무엇을 의미하는지를 깨닫고서 룩스는 허둥댔다.

"저를 용서해준 것은 감사합니다만, 루노 건은, 몹시 불만스럽습니다."

"저, 정말 죄송합니다! 그게, 여장 건은 처음부터 속이려고 했던 게 아니라! 온갖 우연과 오해가 겹친 결과—."

"저는, 당신에게 부끄러운 모습을 너무나도 많이 보여주고 말았습니다. 용서할 수 없어요. 치사합니다. 비겁합니다. 분합니다. 불만입니다."

"저, 저기, 제가 할 수 있는 일이라면, 뭐든지 할 테니까—."

"—하지만 가장 불만스러운 건, 당신의 도움을 받으며 기쁘게 생각하고 말았다는 점입니다. 저는, 누구에게도 도움을 받아서는 안된다고, 줄곧 그렇게 생각해왔건만……."

세리스는 어딘가 곤란한 듯 약한 미소를 보이며.

"제게 사과하겠다고, 그렇게 말했지요?"

그리고 룩스를 향해 서며, 거듭 말했다.

"그러니까, 네. 저 혼자 해결할 수 있는 거라면─."

"그러면, 당신이 가르쳐주세요."

"─네?"

막연한 요망에 룩스는 고개를 들었다.

거기에는, 세리스의 미소가 떠올라있었다.

타인을 위압하는 엄격한 얼굴이 아니라.

자신감을 드러낸, 위에 서는 자로서의 초연한 미소가 아니라.

『루노』에게 보여주었던, 자연스러운 그녀 본연의 미소가.

"저는, 남에게 의지하는 방법을 몰라요. 훌륭한 귀족으로서 행동하는 요령도 미숙합니다. 그리고─ 이것이 가장 중요합니다만, 저는 남자의 마음도, 어울리는 방법도 잘 모릅니다. 그러니까 당신이 가르쳐주세요. 과거, 당신의 조부님께서 제게 가르쳐 주셨던 것처럼. 당신을, 의지하게 해주세요─ 그것이, 조건입니다."

"그 말씀은─."

"네. 사대귀족 라르그리스가의 이름 아래, 당신이 학원에 남아 우리 『기사단』에 입단하는 것을 인정합니다. 룩스 아카디아."

"……감사합니다. 세리스 선배."

"그래서 말이죠. 빠른 감이 있지만, 당신에게 첫 번째 명령을 내리겠습니다."

"헛……?!"

갑자기 날아온 명령에 룩스의 신체가 약간 경직됐다.

무슨 말을 하려는 것인지, 약간 불안했지만—.

"『루노』를 통하여 알게 된 저를, 전부 비밀로 부쳐주세요. 위엄이 붕괴됩니다."

약간 곤란한 표정으로, 세리스는 자못 심각한 태도로 말했다.

"어, 으음, 네……. 하지만— 그 이야기를 하는 편이, 다들 세리스 선배를 귀엽게 받아들여서 더 좋아하게 되지 않을까 싶은데요—."

"네……?!"

룩스가 고개를 끄덕이며 대답을 돌려주자, 세리스는 갑자기 허둥댔다.

"무, 무슨 소리지요? 룩스 아카디아. 지, 지금 그 귀엽다는 이야기는, 대체 누구에 대한—."

"그, 그렇게 다시 물어보시면 대답하기 좀 그렇지만, 그러니까, 세리스 선배가……."

룩스는 주뼛거리며 대답했다.

'하, 하지만 선배한테 『귀엽다』라고 그러면, 역시 혼나려나……?'

곰곰이 생각하던 룩스는 약간 불안함을 느꼈지만.

"귀엽단…… 말이죠. 남자에게선, 처음 들었습니다……."

화악— 뺨을 새빨갛게 물들인 세리스는 룩스를 외면해버렸다.

"괘, 괜찮으세요?! 세리스 선배?!"

"자, 잠시 기다리세요! 지금은, 제 얼굴을 봐서는 안됩니다! 명령입니다, 룩스 아카디아!"

허둥지둥 등을 돌리는 세리스를 보며, 룩스는 재인식했다.

역시 서툴러서, 귀엽구나—.

"버, 벌써 돌아왔군요. 그러면, 가지요. 우리가 지켜줘야 할, 그녀들을 만나러—."

"네."

룩스는 끄덕이며, 세리스와 나란히 걸음을 떼었다.

어쩌면 세리스 곁에서 걷는 남자는 자신이 처음일지도 모르겠다고, 룩스는 생각했다.

†

눈앞의 위협이 사라지고, 안도의 함성으로 뒤덮인 학원 부지 내.

13 Ayumu Kasuga

연습장에서 여자 기숙사나 교사로 이어지는 좁은 길을, 학원장인 렐리 아인그람은 걷고 있었다.

예상치 못한 습격에 구원 요청이나 대피 권고 지시를 내리며 움직이던 렐리는, 지금은 남들의 시선을 피하며 어떤 소녀를 찾고 있었다.

아니, 관계자나 교관들에게 지시를 내리며, 학원의 상황을 확인하러 돌아다니며, 사실은 줄곧 찾고 있던 것이다.

홀로 남아있을 소녀를 찾기 위해, 그때 렐리는 학원을 뛰쳐나온 것이다.

"……."

처참하게 해체된 장갑기룡이 흩어진 수풀 속으로 렐리는 발을 내디뎠다.

기절한 샤리스와 2학년 학생 두 사람은 이미 의무실로 후송되었다.

《와이번》을 격추당한 용병부대 사내들은, 누군가의 손에 전원 살해당했다.

아마도, 증거를 남기지 않기 위해 동료들에게 버려진 모양이었다.

하지만 렐리에게 그런 건 하찮은 일에 지나지 않았다.

"다행이야……."

긴장된 표정을 하고 있던 렐리는, 목적을 달성하고 나서야 간신히 안도의 한숨을 내쉬었다.

암벽에 등을 기댄 채, 조용히 잠들어 있는 피르히를 발견한 것이다.

"돌아가자꾸나. 우리의 학원으로—."

살며시 손을 뻗어 그녀를 안아, 부축하듯 걷기 시작했다.

그 얼굴에는 슬픔이 깃든 미소가 떠올라있었다.

"안심하렴. 피르히."

소녀의 부드러운 머리카락을 어루만지며 문득 언니의 얼굴을 보인 렐리는 뺨을 가져다 댔다.

"두 번 다시, 너를 빼앗기진 않을거야. 설령— 상대가 신 왕국이라 해도."

그 작은 혼잣말은, 그 누구의 귀에도 들어가는 일 없었다.

"후아……."

오후 수업 시간. 룩스는 교실 안에서 작은 하품을 눌러 참았다.

그 수수께끼의 습격이 있은 이후로, 벌써 3일이 흘렀다.

피로 탓에 잠시 휴양 중이던 룩스는, 겨우 수업에 복귀할 수 있었다.

헤이부르그 공화국의 스파이였던 사니아와 군사인 헤이즈.

그들의 부대와 라그나뢰크에 의한 학원 습격의 상흔은 어마어마해서, 한동안은 복구작업을 하며 훈련을 진행하게 됐다.

교사나 여자 기숙사 등의 피해는 적은 편이었고, 부상자도 대다수가 경상에 그친 것은 기적적이라고 할 만한 행운이었다.

그 이후 신왕국은 헤이부르그 공화국에 온갖 질문이나 항의를 보냈지만, 공화국의 집정원에서는 제대로 된 답변을 돌려주지 않고 있는 상황이라고 했다.

우선은 구제국이 국외로 내보낸 라그나뢰크가 사멸함으로써 직면한 큰 문제는 해결했지만, 2개월 뒤로 닥친 국외 대항전에는 헤이부르그 공화국도 참가하는 모양이었으니 아직은 방심할 수 없었다.

'하지만…… 다행이야. 다들 무사해서.'

이것으로 다들 당분간은 괜찮으리라.

그렇게 마음을 놓은 룩스는, 자기도 모르게 얕은 잠에 빠지고 말았다.

"이봐, 룩스. 언제까지 잘 셈이냐?"

기분 좋은 잠에 빠져있는데, 어깨가 흔들리는 감각에 룩스는 눈을 떴다.

눈꺼풀을 열자, 자신이 엎드려 있던 책상 바로 앞에 리샤가 있었다.

"응……? 헉?! 죄, 죄송합니다! 수업은—"

"수업은 이미 한참 전에 끝난지 오래라고. 하지만 뭐, 지쳤을 테니 오늘 하루 정도는 괜찮겠지. 네 귀여운 잠든 모습도 볼 수 있었고."

"어, 어억?!"

리샤가 놀리는 듯한 미소를 보이자, 룩스는 황급히 입가를 훔쳐냈다.

침은 흘리지 않은 것 같았지만, 주위의 소녀들이 계속 그 모습을 보고 있었다고 생각하자 몹시 창피했다.

"그러네. 참고로 공주님. 네가 잠자는 모습도 참 재미있었다고. 한껏 몸을 뒤로 젖힌 채 쿨쿨 자면서, 침까지 흘렸지만—."

"우왁—?! 이봐, 크루루시퍼! 룩스 앞에서 이상한 소리 하지 마라!"

크루루시퍼가 평소의 쿨한 미소로 말하자, 지적받은 리샤는 시뻘겋게 달아오른 얼굴로 버럭 소리 질렀다.

그런 광경을 보며 쓴웃음을 짓고, 룩스는 옆으로 슬쩍 시선을 보냈다.

피르히도 특별한 외상은 없이 무사한 것 같지만, 아무래도 피로가 쌓인 모양인지 오늘도 수업에는 나오지 않았다.

'나중에, 병문안 하러 가봐야지.'

상황이 상황이다보니 앞으로 며칠간 잡일은 면제된 터라, 하루 수업이 끝난 지금부터 피르히가 있는 의무실에 가보려고 자리에서 일어서는데—.

"이봐, 룩스. 어딜 가려는 거냐? 오늘 방과 후에는 전교 집회 예정이라고?"

"아……."

리샤에게 붙잡혀서 룩스는 그것을 기억해냈다.

이번 교내 선발전에서 세리스와 룩스의 승부는 애매하게 끝나고 말았지만, 원래대로라면 그 종합 결과는 지금부터 발표될 예정이었던 것이다.

국외 대항전 출전자 열두 명을 정하는, 선발전의 원래 취지를 따라서.

"그럼 가자구. 누가 대항전에 나갈지는, 대체로 예상되지만."

크루루시퍼의 재촉에, 룩스는 함께 연습장으로 이동했다.

그 사건이 끝난 직후, 주변 지역이나 왕도에서는 정비담당 기룡사를 총동원하여 최대한으로 정비를 해준 모양이었다.

거우 3일밖에 지나지 않았으니 완벽하게 복구된 건 아니었지만, 잔해는 철거돼서 일단 연습장으로써의 외관은 정리되었다.

연습장 한복판에 특설 스테이지가 준비돼 있었고, 그 앞에는 라이글리 교관이 서 있었다.

"그럼 지금부터, 며칠 전에 실시한 교내 선발전의 결과로 판단하여 결정한 국외 대항전 대표 멤버를 발표하겠다!"

변함없이 쩌렁쩌렁한 목소리를 올리며, 늠름한 분위기를 유지하고 있었다.

그 습격사건 때에는 솔선해서 학생의 구조에 나섰고, 룩스가 피로로 쓰러진 뒤에도 꼬박 이틀을 자지 않고 지휘에 나섰던 것 같지만, 전혀 피곤함을 드러내지 않는 것은 역시 대단했다.

"대표는 열 명, 보결은 두 명이다. 물론 며칠 전의 승패는 어디까지나 참고용일 뿐이다. 종합력, 성장성, 연계력 등을 가미해서 결정한 것이지. 선발되지 못한 사람은, 앞으로도 더욱더 정진하도록."

그렇게 서두를 꺼내고 심호흡을 한 번 한 다음, 드디어 이름을 읽기 시작했다.

"그러면, 발표하겠다. 선발대표 리더는 3학년, 세리스티아 라르그리스!"

와아―! 그 순간 높은 환호성이 학생들 사이에서 솟구쳤다.

그리고 계속해서 다른 대표들의 이름을 하나하나 읽어내려갔다.

신장기룡 사용사인 리샤와 피르히. 그리고『기사단』일원인 트라이어드 삼인조 등은, 어느 정도 예상범위 내였지만―.

"어라, 크루루시퍼 씨도 신왕국 대표로 출전하는 거예요?!"

"어머? 꽤 서운한 소릴 하는구나. 틀림없이 기뻐해 줄 거라고 생각했는데―."

평소의 미소로 대답하는 크루루시퍼를 향해 룩스는 허둥지둥 고개를 좌우로 흔들면서.

"그, 그게 아니라요. 크루루시퍼 씨는 유미르 교국의 유학생이잖아요?"

"일단 국외 대항전의 규정으로는, 한 명으로 제한되긴 하지만 유학생도 참가할 수 있거든. 뭐 그렇다 해도, 유미르가 동맹국이라는 점도 그렇고, 특별한 허가를 받을 필요는 있었지만."

"그, 그건, 설마—?"

"응. 알테리제에게 편지를 보내서, 에인폴크가를 통해 나라에 부탁해달라고 했어. 내 약혼자가 있는 학원의 대표라는 점을 고려해서 받아들여준 것 같더라고."

"아, 그, 그랬군요……."

'어, 어쩐지 내가 모르는 사이에 점점 궁지로 몰리고 있는 듯한 기분인데…….'

이상하다. 크루루시퍼와의 약혼 이야기는 완전한 거짓이었을 텐데. 에인폴크가 뿐만이 아니라 유미르 교국까지 그렇게 인식하고 있는 모양이다.

어떡하지…….

영리한 소녀의 작전에 룩스가 난처해하는 동안에도 대표자의 낭독은 계속되었고.

"마지막으로— 룩스 아카디아."

"어……?"

그 한마디가 나왔을 때, 술렁술렁— 그 자리에 모인 학생들 사이에서 어수선함이 일어났다.

뭔가 착오가 있는 게— 룩스가 말하기 전에, 세리스가 단상에 섰다.

그저 그것만으로도 학생들의 소란은 즉시 잦아들었다.

"저는, 여러분께 사과해야만 하는 일이 있습니다."

평소의 초연한 분위기와 표정으로, 전교생들을 둘러보며 세리스는 말을 시작했다.

"저는, 늘 최선을 추구했고, 그것을 위해 행동해왔습니다. 그것이 모두를 위한 것이며, 저의 사명이라고 믿었기 때문이지요. 하지만—."

거기서 살짝 머리를 숙이며, 세리스는 이야기를 계속했다.

"저는 이번에, 큰 실수를 범하고 말았습니다. 라그나뢰크의 접근을 알아차리지 못한 것도, 믿었던 동료가 타국의 스파이라는 것을 간파하지 못한 것도 그렇습니다."

지금껏 절대적인 지배자였던 세리스의 고백을 학생들은 진지한 표정으로 듣고 있었다.

"제가 통감한 것은, 저 자신이 미숙하고 미흡하다는 점입니다. 저는 사대귀족 출신으로서, 『기사단』의 단장으로서, 사실은 어울리지 않을지도 모릅니다."

희미한 슬픔이 깃든 목소리로, 그럼에도 가슴을 활짝 펴며 세리스는 말했다.

"그래서 누군가의 도움을 받고 싶다고 생각했습니다. 다른 누가 아닌 여러분에게, 도움을 받았으면 좋겠다고 생각했지요. 그리고 저와 이 학원을 구해준 그에게도, 협력을 부탁하고 싶습니다."

거기까지 말한 뒤, 세리스는 등허리를 똑바로 펴며 조용한 미소를 떠올렸다.

"룩스 아카디아. 이번 승부에 대한 제 패배를 인정하고, 당신의 소원을 들어드리겠습니다. 그리고 저는, 한 가지를 부탁드리고 싶군요. 앞으로의 국외 대항전에서, 당신의 힘을 빌려주시겠습니까?"

3학년을 포함한 여성들이, 그 발언에 놀라움을 감추지 못했다.

『최강』인 세리스가 패배를 선언한 것. 그리고 남성을 싫어할 터인 그녀가 룩스를 인정하고 조력을 요청한 것.

그 너무나도 기적적인 사건에 모든 학생이 동요했다.

그녀의 물음에 룩스는, 그곳에 있는 모든 여학생의 시선을 한몸에 받으면서—

"—네. 저도 잘 부탁드립니다. 세리스 선배."

그렇게, 친근한 미소를 돌려주었다.

분명 불만의 목소리도 나올 거라고, 룩스는 생각했지만—.

우와아아—! 연습장 전체가 들썩일 만큼 요란한 환호성이, 그 직후에 한꺼번에 터져 나왔다.

"해냈어~! 이걸로 한동안은 함께 지낼 수 있겠네요! 룩스 선배."

"정말 잘 된 일이에요. 그가 없어지면, 앞으로 잡일을 부탁할 수 없게 되는걸요."

"남성을 혐오하는 세리스 님이 인정하시다니— 믿기 어렵지만, 대단한걸."

학년 별로 여학생들 사이에서는 그런 말이 어지럽게 날아 다녔다.

역시 3학년 소녀들도 어디까지나 세리스를 지지해주었을 뿐이지, 진심으로 룩스를 싫어한 건 아닌 모양이다.

어떤 의미로는 이 학원을 혁신할만한 중대 발표를, 다들 거리낌 없이 받아들였다.

하지만.

"─그리고. 룩스는, 제게 남성에 대해 이것저것 가르쳐줄 것을 약속해주었습니다. 이것도, 나중에 여러분께 보고해드 릴 수 있다면 좋겠군요."

"……."

기쁜 듯한 세리스의 목소리가 귓가에 닿은 순간. 웅 성……! 하고, 파문이 주위로 퍼졌다.

그리고 학생들이 소곤소곤 속삭이기 시작했다.

"그, 그건 설마, 그렇고 그런 이야기이려나?"

"헤, 헤에……. 벌써, 거기까지 진도가 나간 거군요."

"아, 아아. 남성 혐오증이 나았다는 건, 설마─?!"

"아, 아니거든요?! 저건 아마도, 그런 의미가 아니라─?!"

'하, 하필이면 이럴 때에 세리스 선배의 오해 받기 쉬운 성 격이 나오다니?!'

룩스가 황급히 모두에게 해명하려 하자.

"이봐! 룩스! 이건 또 무슨 소리냐?! 설마, 나를 버리고 세리스한테까지 무언가— 야한 짓을 한 거냐?!"

"자세한 이야기를 듣고 싶은걸? 룩스 군."

리샤와 크루루시퍼까지 바짝 다가오더니, 조금 전과는 다른 소동으로 번졌다.

"……? 다들 왜 저렇게 소란스러운 걸까요?"

"하아……. 너는 몰라도 된다."

고개를 갸웃거리는 세리스의 지적에서 라이글리 교관이 한숨을 내쉬며 높은 하늘을 올려다보았다.

높게 떠오른 태양이, 초여름의 도래를 선언하고 있었다.

†

아티스마타 신왕국 영내.

낙반으로 붕괴된 어두침침하고 낡은 굴.

녹색 이끼로 뒤덮인, 아무도 접근하지 않는 그 장소에 네 명의 남녀가 있다.

검은 로브 차림의 소녀와 그 옆에서 대기 중인 세 명의 남녀.

학원을 습격한 헤이부르그의 군사 헤이즈와 『케르베로스』

라고 불리는 세 명의 측근이었다.

"앞으로 어떻게 움직이실 생각이십니까, 헤이즈 님. 일단 목적이었던 그랑 포스 중 하나는 무사히 회수했습니다만—."

"흥."

사니아의 질문에 코웃음치며, 헤이즈는 들고 있던 육포를 뜯어먹었다.

"그놈들이 라그나뢰크를 해치운 건 뜻밖이었어. 그걸 해치우다니, 놈들도 제법이잖아."

눈가에 그림자를 만들며 헤이즈는 흉악한 미소를 떠올렸다.

"하지만 너희의 상사 놈들에게는 충분히 전달됐겠지? 내가 거느리는 **헤이부르그**의 유적에서 불러낸 라그나뢰크의 힘은."

"네……!"

사니아를 포함한 세 사람이 즉시 대답했다.

"네놈들에게 준 《B-blood 와이번》이라는 범용기룡에는, 내가 거느리는 라그나뢰크의 힘의 일부를 주입해서 육체강화와 초회복능력을 주었다. 뭐, 너무 심하게 날뛰면 근본적인 생명력을 전부 먹혀서, 마지막에는 재가 되어버린다만—."

"네, 예비를 가지고 있어서 다행이었습니다. 그 후에 바로 『기생체』를 주입한 저희의 장갑기룡은 금세 붕괴하고 말았으니—."

"확실히 놀라웠습니다."

거꾸로 세운 빨간 머리의 사내, 이그니드도 고개를 끄덕였다.

"다 죽어가던 포세이돈이, 『기생체』를 투여하자 그만한 강력함을 발휘했으니—."

그렇다.

룩스 일행이 해치운 라그나뢰크는 타고난 특수 능력조차 사용할 수 없었던, 정말로 시체에 가까운 상태였던 것이다.

거기에 헤이부르그의 유적에서 해방된 라그나뢰크의 기생체를 심어서 일시적으로 힘을 부여해주었다.

"네놈들의 범용기룡에 나눠준 힘은 각각 고작 1퍼센트에 지나지 않는다. 그 포세이돈은 5퍼센트 정도였고. 그리고 이미 내 라그나뢰크는 그 나눠준 힘을 전부 회복했다."

다른 무기물이나 환신수, 동물 따위에 기생체를 투여해 조종하는 동시에 힘을 주는 라그나뢰크.

그것이 헤이즈가 암상인으로서 헤이부르그 공화국에 팔아넘긴 최대의 상품이었다.

"하지만 그 룩스 일행은 상당히 성가십니다. 혹여 그럴까 싶긴 하지만—."

사니아가 불안한 마음을 토로하자 헤이즈는 웃었다.

"안심해라. 그놈들 곁에는 이미 터무니없는 폭탄을 안겨주었으니까."

"폭탄이요?"

사니아의 의문에 헤이즈는 돌아서며 소리 높여 말했다.

"그런 곳에, 내 예전의 연구성과가 살아남아 있었을 줄이야. 라그나뢰크 기생체의 13퍼센트나 되는 힘을 심고도 살아있는 인간― 최고 걸작인 악마빙의자^{괴물}가 말이지!"

헤이즈의 찢어지는 듯한 웃음소리가 무너진 원통형 벽에 메아리친다.

악마와도 같은 요란한 웃음소리는, 언제까지고 그 자리에서 들려오고 있었다.

■작가 후기

　오랜만입니다.

　이 3권을 한창 집필하던 도중에 인플루엔자와 꽃가루 알레르기의 더블 펀치로 기절해버린 아카츠키 센리입니다.

　매년 마스크 등으로 예방하고 다니기 때문에 이렇게 제대로 걸려본 건 몇 년 만입니다만, 그만큼 대미지가 장난 아니었습니다. 건강은 소중한 거구나— 하고 거듭 생각했습니다.

　그리고 올해는 눈이 엄청나네요.

　제가 사는 동네는 평소에 그다지 눈이 내리지 않는 곳이라 과거에는 쌓이기만 하면 그저 좋아서, 고등학생 때에는 『운치 있어서 좋은걸』 따위의 겉멋 든 생각을 하곤 했습니다만, 그게 말이죠. 나이를 먹으면 『귀찮구만』 같은 생각밖에 들지 않게 된단 말이에요. 슬픈 이야기입니다.

　아니, 그것도 그렇지만 눈 탓에 통판으로 구입한 물건이라든지 편집부 측에서 보낸 서류 관련으로 이런저런 문제가 있어서…….

　그래도 눈은 좋아하지만요.

자 그럼 사소한 뉴스입니다.

본작 『최약무패의 신장기룡』이 만화책으로 만들어지는 모양입니다! 감사합니다.

조만간 자세한 정보가 발표될 예정이오니, 기대해주세요.

그런고로, 감사인사를 드려볼까 합니다.

일러스트레이터 카스가 아유무 님. 이번에도 바쁘신 와중에 멋진 퀄리티의 일러스트를 그려주셔서 감사합니다.

리샤와 크루루시퍼의 컬러 일러스트를 처음으로 봤을 때, 『여기까지 벗을 줄은 몰랐어!』라며 충격에 휩싸였습니다. 그리고 편집부의 체크를 통과할 수 있을지 불안해졌죠(폭발).

담당 사토 님. 『바하무트』 특설 HP의 장갑기룡·스테이터스 해설 기획 등, 이번에는 원고 이외에도 정말 고생 많으셨습니다. 앞으로도 잘 부탁드립니다.

그러면, 이번에는 이쯤에서 실례하도록 하겠습니다.

다음 권은 드디어 룩스와 피르히의 이야기입니다.

2014년 2월 모일 아카츠키 센리

■역자 후기

 안녕하세요, 역자 원성민입니다.

 ……이런 일러스트로 괜찮은 건가?! 싶은 생각이 드는 3권이었습니다. 아니 뭐, 사실 1권부터 노출도는 매우 높았지만 갈수록 강력해지는 모습을 보니 참…… 좋네요. 『루노』 일러스트가 한 장뿐이라는 건 참 아쉽지만(...).

 그나저나 본 작품, 예상 외로 진행 속도가 빠른 것 같습니다. 바로 앞 권만 해도 라그나뢰크라는 놈은 강력한 보스급으로 묘사됐길래 좀 뒤쪽에나 나오려나 싶었더니, 아무리 약화된 상태라고 하지만 한 권 만에 등장해서 무참하게 썰리고, 마찬가지로 검은 로브를 두른 자의 정체도 뜻밖에 싱겁게 밝혀졌다는 느낌이…… 뭐, 예상했던 인물이 아니었으니 당연할지도 모르겠습니다만. 아무튼, 신속하게 진행되는 가운데 새롭게 깔리는 복선들이 흥미진진합니다. 그나저나 룩스, 아무리 전설의 주인공이라고 하지만 너무 강한 거 아닙니까. 대체 오의가 몇 개야!

그럼 다음 권에서 다시 뵙겠습니다.

최약무패의 신장기룡 3

1판 1쇄 발행 2015년 6월 10일
1판 4쇄 발행 2018년 2월 26일

지은이_ Senri Akatsuki
일러스트_ Ayumu Kasuga
옮긴이_ 원성민

발행인_ 신현호
편집국장_ 김은주
편집진행_ 최은진 · 김기준 · 김승신 · 원현선 · 김솔함 · 권세라
편집디자인_ 양우연
국제업무_ 정아라 · 고금비
관리 · 영업_ 김민원 · 이주형 · 조인희

펴낸곳_ (주)디앤씨미디어
등록_ 2002년 4월 25일 제20−260호
주소_ 서울시 구로구 디지털로 26길 111 JnK디지털타워 503호
전화_ 02−333−2513(대표)
팩시밀리_ 02−333−2514
이메일_ lnovelpiya@naver.com
ㄴ노벨 공식 카페_ http://cafe.naver.com/lnovel11

원제 SAIJAKU MUHAI NO BAHAMUT 3
Copyright ⓒ 2014 Senri Akatsuki
Illustrations copyright ⓒ 2014 Ayumu Kasuga
All rights reserved.
Original Japanese edition published in 2014 by SB Creative Corp.

This Korean edition is published by arrangement with SB Creative Corp., Tokyo
in care of Tuttle−Mori Agency, Inc., Tokyo.

ISBN 978−89−267−9934−5 04830
ISBN 978−89−267−9873−7 (세트)

값 6,800원

*이 책의 한국어판 저작권은 Tuttle−Mori Agency를 통한
SB Creative Corp.와의 독점 계약으로 (주)디앤씨미디어에 있습니다.
저작권법에 의해 한국 내에서 보호를 받는 저작물이므로 무단전재와 복제를 금합니다.

*잘못된 책은 구매처에 문의하십시오.

©2013 COMPILE HEART ©HIFUMI SHOBO

페어리 펜서 F 모래 먼지 망토를 두른 자들

카네히로 아키 지음 | 우리모 일러스트 | 김덕진 옮김

여신을 부활시키기 위해 퓨리를 모으는 소녀 티아라에게서
함께 퓨리를 모으기 위해 협력하자는 제안을 받은 청년 팡.
성가신 퓨리 찾기는 티아라에게 맡기고 우아한 여관 생활이다! 하고
남몰래 기뻐한 팡이었지만 현실은 그리 쉽지 않았다…….
그러던 어느 날, 만물상이면서 정보상인 소녀 로로의 가게에서 정보를 산 펜서가
차례차례 실종되고 있다는 소문을 듣게 된다. 진상을 확인하기 위해
로로의 가게를 찾았을 때, 로로에게서 좋은 퓨리의 정보가 있다는 말을 듣는다.
비싼 가격에 불만을 늘어놓으면서도 정보를 사고,
사막 너머에 있는 마을로 향하는 팡 일행이었지만…….
「갈라파고스 RPG」 제1탄 「페어리 펜서 F」가
새로운 에피소드와 함께 소설로 등장!
팡, 아린, 티아라 일행의 새로운 모험이 지금 시작된다.

PlayStation®3 전용 소프트웨어
호평 발매 중

라이트노벨의 새로운 빛! L노벨의 신간은 매월 10일에 발매됩니다. www.lnovel.co.kr

© Hajime Asano 2014
Illustration Seiji Kikuchi

창구의 라피스 라줄리 1~7권 (완결)

아사노 하지메 지음 | 키쿠치 세이지 일러스트 | 이승원 옮김

나, 츠지미네 토우야는 사촌 자매와 한집에서 살게 되었다.
미소녀 자매와 동거를 한다고 하면 듣기에는 좋지만,
실은 빌어먹을 아버지의 빚 때문에 담보 및 하인으로 잡혀 사는 것이었다.
그리고 그녀들은 어떤 비밀을 가지고 있었다. 우리 선조님 중에는 마녀가 있었는데,
그 피를 나눠 받은 99개의 앤티크──
《마녀의 유산》을 모으고 있다고 한다.
그리고 나는 우연히 그녀들이 소유하고 있던 위치크래프트
《창구》를 깨우고 말았다.
금발 미소녀의 모습을 한 그녀는
"너는 오늘부터 내 소유자이자──노예야."라고 말하는데······?!

『마요치키!』의 콤비가 전해드리는
학원 배틀 액션 대망의 완결!

라이트노벨의 새로운 빛! L노벨의 신간은 매월 10일에 발매됩니다. www.lnovel.co.kr